LA BESTIA CON

LA MARCA

TIM LAHAYE

JERRY B. JENKINS

EDITORIAL
UNILIT

Publicado por
Editorial Unilit
Miami, Fl. 33172
Derechos reservados

Primera edición 2000

© 2000 por Tim LaHaye y Jerry B. Jenkins
Originalmente publicado en inglés con el título:
The Mark por Tyndale House Publishers, Inc.
Wheaton, Illinois
Traducido al español con permiso de Tyndale House Publishers
Left Behind® es una marca registrada por Tyndale House Publishers, Inc.

Fotografía de la cubierta © 2000 por Chris Altemeier
Derechos reservados

Fotografía de los autores © 1998 por Reg Francklyn
Derechos reservados

Serie *Left Behind* ® diseñada por Catherine Bergstrom
Diseño de la fotografía en la cubierta por Julie Chen
Diseño por Julie Chen

Traducido al español por: Nellyda Rivers

Citas bíblicas tomadas de "La Biblia de las Américas"
© 1986 The Lockman Foundation
Usada con permiso.

Producto 495166
ISBN 0-7899-0909-X
Impreso en Colombia
Printed in Colombia

A Linda y Rennie
Con gratitud

Cuarenta y dos meses en la tribulación; tres días en la gran tribulación

Los creyentes

Raimundo Steele, cuarenta y cinco años aproximadamente; miembro fundador del Comando Tribulación; ex capitán de aviones 747 de Pan-Continental. Fue piloto de Nicolás Carpatia, el Soberano de la Comunidad Global y sospechoso del asesinato del mismo. Fugitivo internacional exiliado; se refugia en una casa nueva, la "Torre Fuerte", Chicago. Perdió a su esposa e hijo en el arrebatamiento.

Camilo "Macho" Williams, un poco más de treinta años; trabajó para Carpatia como escritor principal del *Semanario Global y* editor del *Semanario de la Comunidad Global.* Es miembro fundador del Comando Tribulación; editor de la revista cibernética *La Verdad* y también un fugitivo exiliado. Reside en la "Torre Fuerte", Chicago.

Cloé Steele Williams, veinte años aproximadamente, hija de Raimundo; esposa de "Macho" y madre de Keni Bruno, un bebé de catorce meses. Fue alumna de la Universidad Stanford. Es presidenta de la Cooperativa Internacional de Bienes, una red clandestina de creyentes; también miembro fundador del Comando Tribulación; fugitiva exiliada, se refugia en la "Torre Fuerte", Chicago. Perdió a su madre y hermano en el arrebatamiento.

Zión Ben Judá, a finales de los cuarenta años; anteriormente erudito rabínico y estadista israelí. Reveló, a través de la televisión internacional, su creencia en Jesús como el Mesías. Posterior a ello, asesinaron a su esposa y dos hijos adolescentes. Escapó a los Estados Unidos. Es profesor y líder espiritual del Comando Tribulación. Cuenta con una ciberaudiencia diaria de más de mil millones de personas. Es también fugitivo exiliado en la "Torre Fuerte", Chicago.

Doctor Jaime Rosenzweig, casi setenta años; botánico y estadista israelí; descubridor de la fórmula que hizo florecer los desiertos de Israel. Ostentó el título de Hombre del Año del *Semanario Global*. Confesó ser el asesino de Carpatia. Reside en la "Torre Fuerte", Chicago.

Max McCullum, sesenta años aproximadamente; piloto de Nicolás Carpatia. Reside en Nueva Babilonia, Estados Unidos Carpatianos.

David Hassid, veinticinco años; director de alto rango de la C.G., Nueva Babilonia.

Anita Cristóbal, veinte años aproximadamente; sargento de la Comunidad Global, jefe de cargamento del Fénix 216; enamorada de David Hassid; desaparecida, Nueva Babilonia.

Lea Rosas, casi cuarenta años; fue enfermera principal del Hospital Arthur Young Memorial, situado en Palatine, Illinois. Reside en la "Torre Fuerte", Chicago.

Señor Lucas (Laslo) Miclos y señora: ambos de cuarenta y cinco años aproximadamente; magnates de la explotación minera de lignito. Residen en Grecia, Estados Unidos Carpatianos.

Abdula Smith, aproximadamente treinta años; ex piloto jordano de combate; primer oficial del Fénix 216; reside en Nueva Babilonia.

Ming Toy, veintidós años; viuda; vigilante del Instituto Belga de Rehabilitación Femenina (Tapón); en comisión de servicio para el funeral de Carpatia en Nueva Babilonia.

Chang Wong, diecisiete años; hermano de Ming Toy; reside en China, Estados Unidos Asiáticos. Asiste al funeral de Carpatia en Nueva Babilonia, con sus padres. Estos últimos desconocen su fe.

Creyente profeso

Al B. (Albie), casi cincuenta años de edad; nombre real desconocido; oriundo de Al Basrah, al norte de Kuwait, y anterior administrador de la torre de control de la pista de aterrizaje de esa ciudad. Es también comerciante del mercado negro internacional. Le hizo saber a "Macho" Williams que profesaba la fe musulmana, pero al estudiar las enseñanzas de Zión Ben Judá, a través de la Internet, creyó y comparte ahora la fe de aquél. La marca del creyente se ve en su frente; ofrece sus servicios al Comando Tribulación en el norte de Illinois, Estados Unidos Norteamericanos.

Los enemigos

Nicolás Jetty Carpatia, treinta y seis años; antiguo presidente de Rumania; ex secretario general de las Naciones Unidas; autodesignado Soberano de la Comunidad Global. Fue asesinado en Jerusalén; resucitó en el complejo palaciego de la CG en Nueva Babilonia.

León Fortunato, cincuenta años; mano derecha de Carpatia; Comandante en jefe de la CG; reside en Nueva Babilonia.

La indecisa

Patty Durán, treinta años aproximadamente. Fue auxiliar de vuelo de Pan-Continental y asistente personal de Carpatia; vista por última vez en los Estados Unidos Norteamericanos.

PRÓLOGO

De El Poseído

El locutor dijo: —Damas y caballeros de la Comunidad Global, su Potestad Suprema, Su Excelencia, Nicolás Carpatia.

Nicolás dio un paso más cerca de la cámara, obligando a ser reenfocado. Miró directamente al lente.

—Mis queridos súbditos —comenzó—, juntos hemos resistido toda una semana, ¿no? Me conmovió profundamente el esfuerzo de millones de personas que han venido a Nueva Babilonia, para lo que no resultó ser mi funeral, cosa que agradezco, al igual que las manifestaciones de dolor que han sido alentadoras para mí.

»Como saben, y he dicho anteriormente, quedan pequeños grupos de resistencia a nuestra causa de paz y armonía. Hay quienes se han precipitado a proferir las más hirientes, blasfemas y falsas declaraciones acerca de mí, utilizando para describirme, términos que jamás alguien quisiera escuchar.

»Sé que aceptarán que hoy, les he probado quién soy y quién no soy. Ustedes harán bien al atender los dictámenes de sus mentes y corazones y continuar en pos de mí. Saben lo que han visto, y sus ojos no mienten. También anhelo fervorosamente dar la bienvenida al redil del mundo único, a todos los ex devotos de la franja radical, ahora convencidos de que no soy el enemigo. Por el contrario, puedo ser el objeto mismo de la devoción de su propia religión, y oro para que no cierren sus mentes a esa posibilidad.

»Para terminar, permitan que le hable directamente a la oposición. Siempre he permitido puntos de vista divergentes, sin rencor ni irritabilidad. Sin embargo, existen entre ustedes quienes me han catalogado abiertamente, como el Anticristo, y a este período de la historia, como la Tribulación. Lo que sigue podrá ser considerado como mi promesa personal:

»Si insisten en continuar sus ataques subversivos a mi modo de ser e impidiendo la armonía mundial, que me ha costado tanto trabajo crear, la palabra *tribulación* no alcanza a describir lo que les tengo reservado. Si los últimos tres años y medio conforman el concepto que ustedes tienen de la tribulación, esperen hasta que padezcan la Gran Tribulación.

> *¡Ay de la tierra y del mar!, porque el diablo ha descendido a vosotros con gran furor, sabiendo que tiene poco tiempo.*

Apocalipsis 12:12

UNO

Avanzaba la tarde en Nueva Babilonia y David Hassid estaba desesperado. Anita había desaparecido y él no tenía noticias de ella; sin embargo, apenas podía desviar la vista de las pantallas gigantescas del patio del palacio. La imagen del infatigable Nicolás Carpatia, recientemente resucitado luego de estar muerto por tres días, llenaba la pantalla, y emanaba una energía que David pensaba que de encontrarse más cerca de él, sería electrocutado por sus cargas demoníacas.

Con la desaparición de su amada quien luchaba por captar su atención, David se encontró de pronto, pasando los enormes monitores, los guardias y la muchedumbre, al borde del féretro que, sólo horas antes, exhibía el cadáver del rey del mundo.

¿Sería él capaz de detectar evidencias de que ahora, aquel hombre estaba poseído directamente por Satanás? El cuerpo, el pelo, el semblante, la mirada, eran los mismos; pero una intensidad, un cierto aire de inquietud y agudeza emanaban de sus ojos. Aunque Nicolás sonreía y hablaba suavemente, era como si apenas pudiera contener el monstruo que moraba en su interior. Furia controlada, violencia postergada, venganza en suspenso, se debatían en los músculos de su cuello y hombros. David aguardaba a que en cualquier momento reventara el traje, luego su piel, y quedara expuesto al mundo como la serpiente repugnante que era.

David se distrajo por un momento con una persona próxima a Carpatia, y al recorrer nuevamente con sus ojos aquel rostro de áspera belleza, no estaba preparado para enfrentar la mirada del enemigo de su alma. Nicolás lo conocía, por supuesto, pero su mirada, aunque lo reconocía, no transmitía la aceptación y exhortación, a las que David estaba acostumbrado. Esa misma, afable y penetrante mirada siempre ponía nervioso a David, pero la prefería a la del presente, mirada transparente que parecía traspasarlo, y casi le impulsaba a adelantarse y confesar su traición y la de cada compañero del Comando Tribulación.

David tuvo que recordar que ni el mismo Satanás era omnisciente, aunque le costó mucho aceptar que esos ojos no fueran los de alguien que conocía todos sus secretos. Quiso correr pero no se atrevió, y agradeció que Nicolás retomara la tarea que tenía a mano: ser el motivo de adoración del mundo.

David se apresuró a regresar a su puesto pero alguien se había apropiado de su carro de golf. Esto lo enfureció, hasta el punto de querer hacer gala de su condición. De un golpe abrió su teléfono, le fue difícil articular palabra, pero finalmente, le vociferó al supervisor de los vehículos:

—Mejor será que me traigan un vehículo en ciento veinte segundos o alguien va a tener que...

—¿Un carro eléctrico, señor? —dijo el hombre, con un acento que le hizo a David suponer que era australiano.

—¡Por supuesto!

—Director, esos escasean aquí pero...

—¡Seguramente porque alguien se escapó con el mío!

—Pero yo iba a decir que, dadas las circunstancias, me haría muy feliz prestarle el mío.

—¿Las circunstancias?

—¡La resurrección, naturalmente! A decir verdad, director Hassid, me gustaría mucho hacer la fila.

—Sólo traiga...

—Señor, ¿cree que pudiera hacerlo? Quiero decir, ¿aunque esté uniformado? Sé que han rechazado a civiles que aún no estaban en el patio, y que ellos no están contentos, pero como empleado...

—¡No sé! Yo necesito un carro y ¡tiene que ser ahora!

—¿Usted me llevaría al lugar de reunión antes de ir adonde tenga que...

—¡Sí! ¡Ahora, apresúrese!

—Director, ¿usted está emocionado o qué?

—¿Qué dice?

El hombre habló de forma lenta y condescendiente:

—¡Por la re-su-rrec-ción!

—¿Está usted en su vehículo? —requirió David.

—Sí, señor.

—Eso es lo que me emociona.

El hombre seguía hablando cuando David interrumpió la conversación y se dirigió a control de multitudes.

—Estoy intentando localizar a Anita Cristóbal —dijo.

—¿Sector?

—Cinco-tres.

—Director, el Sector 53 fue despejado. Puede que la hayan relevado u orientado a otra asignación.

—Si le hubieran indicado una nueva asignación, tendría usted ese dato, ¿no?

—Verificando.

El jefe de vehículos apareció radiante en su carro. David subió, con el teléfono aún pegado a la oreja.

—Voy a ver a dios —dijo el hombre.

—Sí —dijo David—. Espere un minuto.

—¿Puede creerlo? Él tiene que ser dios. ¿Quién más pudiera ser? Lo vi con mis propios ojos; bueno, en la televisión;

es igual. Resucitó de los muertos. Yo lo vi muerto, estoy seguro. Si lo veo en persona, no habrá ninguna duda, ¿no?

David asintió, metiéndose un dedo en la oreja libre.

—Digo que sin duda, ¿eh?

—¡Sin duda! —gritó David—. ¡Ahora, déme un minuto!

—¿Dónde vamos, caballero?

David estiró el cuello para mirar al hombre, sin creer que todavía continuaba hablando.

—Digo que ¿adónde vamos? ¿Yo lo llevo o usted me lleva?

—¡Yo lo llevo! ¡Vaya donde quiera y bájese!

—¡Per-dón!

Esa no era la forma en que David normalmente trataba a los demás, ni siquiera a personas ignorantes, pero tenía que averiguar si habían vuelto a asignar a Anita, y dónde.

—Nada —le dijo el expedidor de control de multitudes, por teléfono

—Entonces, ¿quedó libre? —dijo aliviado.

—Probablemente. No aparece nada acerca de ella en nuestro sistema.

David pensó en llamar a Servicios Médicos, pero se recriminó por reaccionar exageradamente.

El hombre de los vehículos hábilmente se abrió paso entre la enorme multitud que se dispersaba. Unos quedaban estupefactos; otros, enojados. Habían esperado horas para ver el cadáver, y ahora que Carpatia había resucitado, no lograrían su propósito; debido al lugar que ocupaban entre tal muchedumbre.

—Esto es lo más cerca que puedo llegar en este artefacto —dijo el hombre, patinando al detenerse bruscamente, lo que hizo que David tuviera que sujetarse—. Señor, entonces, ¿usted lo traerá de vuelta?

—Por supuesto —dijo David, tratando de reincorporarse por lo menos para agradecer al hombre. Mientras se deslizaba hacia el asiento del chofer, le dijo—: ¿Ha estado en Australia después de la reorganización?

El hombre frunció el ceño y apuntó con su dedo a David, como si lo regañara: —Un hombre de su rango debiera diferenciar entre un australiano y un neocelandés.

—Me equivoqué —dijo David—. Gracias por el carro.

Mientras se alejaba el hombre gritó: —¡Por supuesto, de todos modos, ahora somos ciudadanos orgullosos de los Estados Unidos del Pacífico!

David quiso evitar el contacto visual con los muchos dolientes contrariados ahora convertidos en celebrantes, quienes intentaban hacerle señas, no para que los llevara, sino para obtener información. En ocasiones, se vio obligado a frenar para no atropellar a alguno; y la demanda siempre era la misma... Con acentos diferentes todos le preguntaban:

—¿Alcanzaremos a ver a Su Excelencia?

—Yo no puedo ayudarle —decía David—. Por favor, circule. Asunto oficial.

—¡No es justo! Esperar toda la noche y medio día al sol ardiente y ¿para qué?

Pero otros bailaban en las calles, entonando cánticos sobre Carpatia, su nuevo dios. David miró una vez más a los monstruosos monitores que mostraban a Carpatia tocando brevemente las manos de los últimos miles de personas que desfilaban ante él. A la izquierda de David, unos guardias se esforzaban por cerrar el paso a quienes aún tenían esperanzas de verlo.

—¡La fila está cerrada! —gritaban una y otra vez.

La pantalla reflejaba peregrinos que se desvanecían al acercarse al féretro, impactados por Nicolás en su gloria. Muchos se desmadejaban tan sólo por aproximarse a él, palideciendo como catatónicos. Los guardias pretendían mantenerlos en movimiento, pero cuando Su Excelencia les hablaba sosegadamente y los tocaba, algunos se desmayaban, caían como muertos en brazos de los guardias.

—Qué bueno verle. Gracias por venir. Bendito sea. Bendito sea —decía Nicolás.

Por encima de la voz amorosa de Carpatia, David escuchó a León Fortunato que decía dulcemente: —Adore a su rey. Inclínese ante Su Majestad. Adore al señor Nicolás, su dios.

De los guardias provenía la disonancia, pues tenían la responsabilidad de mover aquella estremecida y aglutinada masa de humanidad, sosteniéndolos cuando se desplomaban en éxtasis.

—¡Ridículo! —gruñían entre sí, los micrófonos enviaban la cacofonía de Fortunato, de Carpatia y de los que se lamentaban, a los confines del sistema de altavoces.

—Sigan caminando. ¡Pase ahora! ¡Levántese! ¡Siga adelante!

Finalmente David alcanzó el sector 53 que estaba desierto, tal como le habían dicho. Las puertas de control de multitudes se habían derrumbado, y el cartel gigante con el número del mismo fue pisoteado. David se quedó ahí, con los antebrazos apoyados en el volante del carro. Se echó hacia atrás la gorra del uniforme y sintió en su cabeza el aguijón de los rayos solares ultravioletas. Sus manos estaban rojas como langostas y supo que tendría un precio el exponerse al sol por tantas horas. Pero estaba decidido a no buscar sombra alguna, hasta que hallara a Anita.

Mientras la multitud, arrastrando los pies, pasaba por el que fue el sector de Anita, David miró de soslayo al suelo, al asfalto reluciente. Además de envolturas de helados, dulces y vasos desechables que yacían inmóviles en aquel ambiente caluroso y sin brisas, estaba lo que parecía ser restos de suministros médicos. A punto de bajarse del carro para mirar más de cerca, una pareja de ancianos abordó el vehículo pidiendo ser llevados a la zona de ómnibus del aeropuerto.

—Este no es transporte de personas —dijo él en forma ausente, todavía con ánimo suficiente para quitar las llaves antes de bajarse del carro.

—¡Qué descortés! —dijo la mujer.

—Vamos —dijo el hombre.

David fue al sector 53 y se arrodilló; el calor hacía que sus fuerzas mermaran. A la sombra de centenares de transeúntes, examinó los paquetes vacíos de vendajes, gasas, pomadas e incluso sondas. Alguien había sido atendido allí. No tenía que haber sido Anita, podía haber sido cualquiera. De todos modos, él debía averiguar. Se abrió paso de regreso al carro, el cual ahora tenía todos los asientos ocupados, excepto el suyo.

—Si no van a Servicios Médicos —dijo, marcando el número en su teléfono—, se equivocaron de carro.

———

En Chicago, Raimundo Steele, descubrió que el noveno piso de la "Torre Fuerte", era un rico depósito, adecuado para apartar de su mente recelos sobre Albie. Muy pronto sería probada la verdad acerca de su amigo moreno y de poca estatura del Oriente Medio. Albie iba a transportar un avión de combate desde Palwaukee a Kankakee, donde sería posteriormente recogido por Raimundo en un helicóptero de la Comunidad Global.

Además de descubrir un cuarto lleno de lo último en escritorios y computadoras, todavía en sus empaques originales, Raimundo halló un pequeño dormitorio privado, adyacente a una enorme oficina ejecutiva. Estaba preparado como una habitación de hotel de lujo. Rápidamente examinó los pisos y encontró que había lo mismo en por lo menos cuatro oficinas en cada nivel.

—Tenemos más comodidades que las jamás soñadas —informó al exhausto Comando Tribulación—. Hasta que cubramos las ventanas tendremos que poner algunas camas en los corredores, cerca de los ascensores, donde no sean vistas desde afuera.

—Pensé que nadie se acercaba por aquí —dijo Cloé, con Keni dormido en su regazo y Camilo adormecido, recostando la cabeza en su hombro.

—Nunca se sabe qué muestran las imágenes de satélite —dijo Raimundo—. Podemos estar durmiendo profundamente mientras las fuerzas de inteligencia y seguridad de la CG, nos toman fotos desde la estratosfera.

—Déjenme acostar a este par en alguna parte —dijo ella—, antes que yo sucumba.

—En mi buena época he movido muebles —dijo Lea levantándose lentamente—. ¿Dónde están esas camas y en qué lugar las ponemos?

—Quisiera ayudar —dijo Jaime con los dientes apretados. Su mandíbula aún estaba cerrada por la sutura.

Raimundo lo detuvo con un gesto.

—Señor, mientras permanezca con nosotros, usted me obedece a mí. Los necesitamos, a usted y a Camilo, tan sanos como sea posible.

—Y yo lo necesito alerta para el estudio —dijo Zión—. Usted me hizo estudiar bastante para muchos exámenes. Ahora, le corresponde estar en el curso más intensivo de su vida.

Raimundo, Cloé, Lea y Zión se pasaron media hora subiendo camas en el ascensor, hasta una habitación improvisada en un corredor interior del piso veinticinco. Cuando Raimundo abordó con cautela el helicóptero, que se equilibraba precariamente en lo que servía como tejado nuevo de la torre, todos dormían excepto Zión. El rabino parecía haber recobrado ánimo, y Raimundo no estaba seguro por qué.

Raimundo dejó apagadas las luces del panel de instrumentos y, naturalmente, las luces exteriores. Echó a andar los rotores pero despegó cuando sus ojos se adaptaron a la oscuridad. El helicóptero no tenía sino tres metros y medio de espacio libre a cada lado. Pocas cosas eran más complicadas —especialmente para un experto en ala fija como Raimundo— que las corrientes oscilantes dentro de lo que venía a ser un caverno-so conducto de humo. Él había visto helicópteros estrellán-dose en espacios completamente abiertos, después de estar suspendidos sobre un mismo punto por mucho tiempo. Max McCullum había tratado de explicarle los fundamentos físi-cos, pero Raimundo no había escuchado con la atención sufi-ciente para entenderlo. Se refería a alguna maniobra humana, que hacía que los rotores aspiraran aire de abajo del aparato, dejándolo sin fuerza ascensional. Cuando el piloto se perca-taba de que descendía, producto de un vacío creado por él mismo, ya había destruido el equipo y, a menudo, todos eran aniquilados.

Raimundo necesitaba dormir tanto como cualquiera de sus compañeros, pero tenía que encontrarse con Albie. Natural-mente, había motivos mayores. Podía haber llamado a su amigo y decirle que tratara de pasar inadvertido hasta el si-guiente anochecer, pero Albie era nuevo en el país y tendría que habérselas arreglado por cuenta propia o mentir para quedarse en un hotel. Con lo sucedido en Nueva Babilonia, ¿quién sabía por cuánto tiempo más iba a poder continuar con su estratagema? De cualquier forma, Raimundo tenía que saber si Albie lo apoyaba o estaba contra él, como solía decir su padre. Se había emocionado al ver la marca del cre-yente en la frente de Albie, pero sus actuaciones antes del amanecer, confundían a Raimundo y lo hacían cavilar. Un hombre de experiencia y astuto como Albie, que había pro-visto tanto a un alto riesgo, sería la peor clase de enemigo. A Raimundo le preocupaba que, involuntariamente, hubiera conducido al Comando Tribulación a la guarida del enemigo.

Raimundo contenía el aliento, mientras el helicóptero re-tumbaba por el embudo de ventilación hasta la parte superior de la torre. Había estabilizado la nave con todo cuidado hacia el centro del espacio, permitiéndose usar un ángulo como guía mientras subía. Si mantenía las aspas zumbantes equi-distantes de las paredes del ángulo, estaría centrado hasta que lograra dejar atrás el edificio.

¿Cuán vulnerable y expuesto podía sentirse un hombre? Suponía que los cálculos de David Hassid eran erróneos, establecidos de acuerdo con información obsoleta, sin tener en cuenta que la misma CG sabía que Chicago estaba a salvo, no sancionada por los efectos de la radiación. El mismo Raimundo había oído decir a Carpatia que no había usado radiación sobre la ciudad, al menos al comienzo. Él se preguntaba si la CG había diseminado esa información sólo para atraer a los insurgentes y tenerlos donde querían: en un lugar donde podían ser fácilmente eliminados.

Ya el helicóptero estaba fuera del área de la torre y Raimundo no se atrevía aún a encender las luces. Quería mantenerse a poca altura, para evadir el alcance del radar. Anhelaba también ser invisible a la vigilancia fotográfica de los satélites, pero la detección térmica era tan eficiente, que el oscuro pájaro giratorio brillaría de color naranja en la pantalla.

Un escalofrío le recorrió la espalda al dejar correr su imaginación. ¿Lo estarían siguiendo media docena de aparatos como el suyo? No los oía ni veía. Podían haber estado acechando muy cerca, incluso en tierra. ¿Cómo podría saber?

¿Desde cuándo se fabricaba problemas? El peligro real ya era suficiente. No había necesidad de inventarse más.

Raimundo encendió las luces del panel en el nivel más bajo, viendo de inmediato que volaba fuera de rumbo. Era fácil de solucionar, pero en aquellas condiciones, confiar en su cerebro era mucho pedir, y más en una nave como esa. Una vez, Max le dijo que pilotar un helicóptero comparado con un 747, era como andar en bicicleta con relación a manejar un vehículo deportivo de tracción. De ahí Raimundo dedujo, que tendría que aplicar más la experiencia adquirida y no descansar sólo en el panel de instrumentos. Pero ninguno había pensado en volar a ciegas sobre una megalópolis desierta, en la oscuridad de la noche. Tenía que llegar a Kankakee, recoger a Albie y volver a la torre, antes del amanecer. No podía perder ni un minuto. Lo último que quería era ser visto sobre una zona prohibida a plena luz del día. Una cosa era ser detectado en las sombras de la noche, en ese caso se arriesgaría y confiaría en sus instintos; pero a la luz del sol no habría escondite y prefería morir antes de llevar a alguien a la nueva casa de refugio.

En Nueva Babilonia los frustrados feligreses habían formado una fila nueva, en las afueras del palacio de la Comunidad Global. La integraban miles de personas. Los guardias de la CG la recorrían a lo largo, informando que el resucitado soberano abandonaría el patio al terminar de saludar a los que estuvieran en el lugar y momento precisos.

David se desvió de su destino a Servicios Médicos para oír la respuesta de la multitud. No se movieron ni se dispersaron. Los guardias se detuvieron finalmente a escuchar, al ver que el mensaje que proclamaban no era tenido en cuenta. David, que lucía perplejo, se estacionó detrás de un *jeep*. Uno de los guardias se encogió de hombros como si estuviera tan atónito como el director Hassid. El guardia que tenía el altavoz dijo:

—¡Hagan lo que quieran, pero esto es absolutamente inútil!

—¡Nosotros pensamos otra cosa! —gritó un hombre con acento hispano.

Escucho —dijo el guardia y el grupo cercano a él se tranquilizó.

—¡Adoraremos la estatua! —exclamó el hombre respaldado por centenares del grupo.

—¿Qué dijo? ¿Qué dijo? —la pregunta corrió en ambas direcciones de la fila.

—¿No fue el Comandante en Jefe Fortunato el que dijo que hiciéramos eso? —preguntó el hombre.

—Amigo, ¿de dónde es usted? —indagó el guardia, con admiración en su voz.

—¡*México!* —gritó el hombre en su idioma y muchos se regocijaron con él.

—¡Tienes el corazón del torero! —dijo el guardia—. ¡Déjame verificarlo!

La noticia se diseminó mientras el guardia se instalaba en su asiento y hablaba por teléfono. Súbitamente, se paró haciéndole una señal de aprobación al hombre.

—¡Se les permite adorar la imagen de Su Excelencia, el soberano resucitado!

La multitud vitoreó.

—¡Efectivamente, sus líderes consideran que es una idea importantísima!

La multitud cantaba, acercándose más y más al patio.

—¡Por favor, conserven el orden! —instaba el guardia—. Falta más de una hora para que los dejen entrar, pero ¡ustedes *tendrán* lo que desean!

David movió la cabeza mientras daba una gran vuelta en U dirigiéndose al patio. Los que estaban a lo largo del camino le preguntaban:

—¿Es cierto? ¿Podemos al menos adorar la estatua?

David no les prestaba atención, pero cuando unos grupos se colocaban por delante de su carro que cobraba velocidad, tenía que frenar antes de pasar despacio alrededor de ellos. Saludó ocasionalmente, para deleite del gentío que formaba una fila, extendida ya por más de doscientos cincuenta metros. ¿Acabaría este día en algún momento?

DOS

R aimundo se reprochó mentalmente por haber subestima-
do enormemente el tiempo y la habilidad para recoger a
Albie, la decisión de qué hacer con el avión de combate y el
Gulfstream, y cómo regresar a la nueva casa de refugio antes
del amanecer. El sol ya jugueteaba con el horizonte. Raimundo buscó su teléfono en los bolsillos del pantalón, en su bolsa
de vuelo, en la chaqueta, en el suelo.

Quiso maldecir, pero como había recuperado su lucidez
pocos días antes, reconoció que necesitaba volver a la disci-
plina. Había aprendido de un viejo amigo de la universidad
algo que, en aquel entonces, había rechazado como demasiado esotérico y exageradamente susceptible. Su amigo, un libre pensador, lo calificaba como su modalidad de "reacción
contraria" y, cuando estaba así, se obligaba a actuar en forma
diametralmente opuesta a su sentir. Si quería gritar, susurraba. Acariciaba con dulzura el hombro de la persona, si lo que
deseaba realmente era golpearla.

Raimundo no había pensado en ese viejo amigo ni en su
loca idea, hasta su emotivo vuelo a solas desde el Oriente
Medio a Grecia y, luego, a los Estados Unidos Norteamericanos. Ahora decidió intentarlo. Quería insultarse por la falta
de previsión y por perder su teléfono; en cambio, revisó su

mente en busca de una reacción opuesta. Lo contrario de maldecir sería bendecir, pero ¿a quién bendecir? Otra opción sería orar.

"Señor —comenzó—, necesito ayuda otra vez. Estoy enojado conmigo mismo y tengo pocas opciones. Me siento agotado pero debo saber qué hacer".

Casi instantáneamente recordó que Albie tenía su teléfono. Aunque él disponía de uno propio, Raimundo le había entregado el suyo en medio del alboroto y de la recolección de diversos artículos. Muy pronto, se haría necesario equipar la casa de refugio con una estación de radio, de modo que él pudiera establecer contacto con ellos directamente desde el helicóptero. Mientras tanto, no podía comunicar al Comando Tribulación su posición, ni que su regreso sería, por lo menos, bien avanzada la noche.

Tampoco podía determinar si Albie estaba bien. Sencillamente tendría que aterrizar usando su alias para hablar con la torre de control y esperar que Albie estuviera esperándolo.

———

David dejó mensajes en el teléfono de Anita y exploró todas las fuentes que consideraba útiles para saber su paradero. Servicios Médicos estaba demasiado atareado para ubicarla en sus computadoras.

—De todos modos, aunque estuviera aquí, no aparecería todavía en el sistema —le dijeron.

—¿Ustedes no ingresan los códigos de barras de las credenciales de los empleados cuando los hospitalizan?

—Director, en realidad no se hospitalizan. Son tratados de acuerdo con la urgencia de su condición; los vivos reciben atención; los muertos se declaran como tal. El catalogarlos no es lo primero en la lista de prioridades, pero llegará el momento en que los tendremos inscritos a todos.

—¿Cómo sabré si ella está ahí?

—Usted puede venir a mirar pero no interfiera ni estorbe.

—¿Dónde localizo a los que van llegando?

—Lo más al este que usted pueda llegar a partir de nuestra tienda principal. Intentamos ponerlos inicialmente a la sombra de tres tiendas, pero se nos acabó el espacio y entran y salen de ahí tan rápido como podamos moverlos.

—¿Principalmente insolados? —dijo David.

—Director, principalmente fulminados por los rayos.

———

—¡Torre a helicóptero CG! ¿Me oye?

—Kankakee, este es el helicóptero CG —dijo Raimundo tratando de disimular que estaba nervioso—. Mis disculpas. Me quedé dormido al volante.

—Espero que no literalmente.

—No, señor.

—Explique a qué viene.

—Eh, sí, civil bajo la autoridad del Delegado Comandante Marco Elbaz.

—¿Señor Berry?

—Correcto.

—El Delegado Comandante Elbaz solicita que lo tranquilicemos referente a su teléfono.

—¡Entendido!

—Autorizado a aterrizar al sur donde él lo recogerá en el hangar 2. Usted se dará cuenta de que aquí estamos con poco personal. Puede encargarse de su propia seguridad y de cargar combustible.

Diez minutos después Raimundo le preguntaba a Albie cuánto tiempo más creía que podrían mantener esa estratagema con la CG.

—Tanto tiempo como el camarada Hassid esté en su puesto de palacio. Raimundo, él es un joven notable. Le confieso que aquí tuve que contener la respiración más de una vez. Se pusieron hostiles, con tan poco personal como tienen. Tuve que pasar dos controles.

Raimundo miró de soslayo. —Ellos me dejaron entrar sin pensarlo dos veces y ni siquiera me había puesto en contacto con la torre.

—Eso se debe a que estás conmigo y eres civil.

—Los convenciste, ¿eh?

—Totalmente, pero tengo que darle el mérito a tu amigo. No sólo me tiene en la base internacional de datos de la CG con nombre, rango y número de serie sino que, también, me ha asignado a esta parte de los Estados Unidos Norteamericanos. Me encuentro aquí porque se supone que este sea mi lugar. Estoy mejor verificado que la mayoría del personal legítimo de la CG.

—David es bueno —dijo Raimundo.

—El mejor. Me encolericé y mostré impaciencia haciéndoles creer que tendrían problemas si me detenían por mucho tiempo, pero no se conmovieron hasta que el segundo control, revisó en la computadora y tuvo acceso a la base de datos de David. Un día tendrá que explicarme cómo hace eso. Él ingresó toda mi información y cuando mis papeles mostraron lo mismo que ellos tenían en pantalla, no hubo problemas. Entonces, empecé a gritar órdenes diciéndoles que te facilitaran las cosas, que teníamos asuntos urgentes que atender y debíamos proseguir sin obstáculos.

Raimundo le dijo a Albie que sería imposible regresar a la casa de refugio antes del anochecer y que bien podía llevarlo a Palwaukee, para que él trajera el Gulfstream a Kankakee.

—¿Preferirías un poco de diversión? —dijo Albie—. ¿Quieres ver si la CG ya incendió tu antigua casa de refugio y si no, hacerlo por ellos?

—No es mala idea —dijo Raimundo—, si ellos la quemaron, estupendo, pero si están registrándola en busca de evidencias, me preocupa lo que hayamos podido dejar.

—No tienen el personal para eso —dijo Albie caminando hacia el helicóptero—. ¿Cargaste combustible?

Raimundo asintió.

—También está listo el avión de combate cuando lo necesitemos.

Albie se descolgó la bolsa del hombro, buscó el teléfono de Raimundo y se lo tiró.

—Tres llamadas sin contestar —musitó Raimundo cuando abordaban el helicóptero—. Espero que todo esté bien en Chicago. ¿Cuándo entraron esas llamadas?

—Las tres, hace media hora; una tras otra. Ninguna mostraba un número; así que no creí que debía contestar.

Ya estaban con los cinturones de seguridad puestos pero Raimundo dijo: —Prefiero comprobar con la casa de refugio.

Zión contestó medio dormido.

—Doctor, lamento despertarlo —comenzó Raimundo.

—Capitán Steele, ningún problema. Acababa de dormirme. El teléfono de Cloé no dejaba de sonar pero ella estaba profundamente dormida. Nadie se levantó; están muy cansados. Yo no pude llegar a tiempo para contestar, pero cuando volvió a sonar, me apuré y lo traje a un lugar tranquilo. ¡Raimundo, era la señorita Durán!

—¿Estás seguro?

—Sí, y ella parecía desesperada. Le rogué que me dijera dónde estaba y le recordé que todos la queremos, nos preocupamos y oramos por ella, pero sólo quería hablar contigo. Dijo que había llamado a tu número y le dije que yo también lo intentaría. Llamé dos veces sin resultado. De todos modos tú tienes su número.

—La llamaré.

—Y me dejas saber.

—Zión, descansa un poco. Tienes tanto que hacer instalando tu computadora, enseñando a Jaime...

—Oh Raimundo, estoy tan entusiasmado por eso que apenas me puedo contener. Y tengo tanto que comunicar a mi público a través de la red electrónica... Pero tú debes llamar a la señorita Durán y, sí, tienes razón, a menos que haya una razón apremiante, nos puedes contar cuando vuelvas. Francamente, yo te esperaba ahora.

—Zión, hice mal los cálculos. No puedo volver hasta que el cielo esté muy oscuro pero, ahora, estoy disponible vía telefónica.

—¿Y te comunicaste con tu amigo del Oriente Medio?

—Sí.

—Raimundo, ¿y él está bien? Perdóname, pero parecía preocupado.

—Doctor, todo está bien aquí.

—Él es un creyente nuevo también, ¿correcto?

—Sí.

—¿Y se quedará con nosotros?

—Probablemente.

—Entonces, espero entrenarlo también.

———

David estaba aterrado en Servicios Médicos. Había ido muchas veces a la instalación que tenían bajo techo. Esta se veía limpia y ordenada a pesar de la disminución de personal. Lo que había comenzado como dispensario principal de primeros auxilios, que atendía a docenas de instalaciones semejantes del área durante el velorio de Carpatia, parecía ahora un hospital quirúrgico móvil del ejército.

Los otros dispensarios de primeros auxilios estaban siendo desmantelados, y los lesionados restantes, eran llevados al centro de clasificación de urgencias ubicado en el patio, o a la instalación interna.

Una y otra fila de camillas improvisadas serpenteaban cruzando el patio. David preguntó, tirando del tieso cuello de su camisa:

—¿Por qué no entran a esta gente?

—¿Por qué no se ocupa de su zona y nos deja manejar la nuestra? —dijo un doctor, desatendiendo brevemente a una víctima pálida por el calor.

—No fue mi intención criticar. Sólo que...

—Sólo que ahora todos estamos aquí, afuera —dijo el médico—. Al menos, la mayoría de nosotros. El mayor número de casos tratables se deben a la insolación y la deshidratación. Las bajas han sido causadas principalmente por los rayos.

—Yo busco a...

—Director, lo siento; quien sea la persona que busca, tendrá que hacerlo por su cuenta. No nos preocupamos de nombres ni nacionalidades. Sólo intentamos mantenerlos vivos. Más tarde nos ocuparemos del papeleo.

—Yo tenía una empleada asignada a...

—¡Lo lamento! No es que sea indiferente pero no le puedo ayudar, ¿entiende?

—Ella habría sabido cómo evitar el sol... la insolación.

—Bueno. Ahora, adiós.

—Ella estaba en el sector 53.

—Bueno, usted no querrá saber del cinco-tres —dijo el médico, volviendo a atender a su paciente.

—¿Qué pasó?

—La mayoría, víctimas de los rayos. Ahí cayó uno tremendo.

—¿Hacia dónde habrán llevado a las víctimas?

El doctor había terminado de hablar con David. Le hizo señas a un ayudante: —Dile.

El joven vestido con uniforme de cirugía, habló con acento francés.

—No hay lugar específico. Algunos llegaron aquí. Unos fueron tratados en el mismo sector. Otros, adentro.

David arrancó el carro pero pronto lo dejó, para seguir despacio entre la fila de víctimas. Esto sería imposible. ¿Cómo sabría él quién era quién? Anita estaba uniformada, y aunque estaba seguro de identificarla necesitaría mirar cada rostro, ya que sólo los zapatos sobresalían de las sábanas mojadas que enfriaban a los pacientes. Esto obstaculizaría el tratamiento médico.

Mientras avanzaba corriendo despacio, en aquel calor, David buscó en el cinturón su botella de agua, y la encontró vacía. Tenía reseca la garganta y sabía que su sed estaba retardada varios minutos con respecto a su necesidad real de agua. ¿Cuándo había sido la última vez que tomó un sorbo? ¿En qué momento había comido? ¿Cuándo había dormido?

Las enormes pantallas mostraban a Viviana Ivins, León Fortunato y Nicolás Carpatia haciendo desfilar a los peregrinos, arrullándolos, bendiciéndolos, tocándolos. Las olas de calor del asfalto hacían que el uniforme de David se le pegara al cuerpo como peso mojado. Se paró y se agachó para recobrar el aliento, pero sentía hinchada la garganta, su boca era incapaz de producir saliva, su aparato respiratorio estaba contraído. *Mareado. Anita. Se me va la cabeza. Caliente. Anita. Todo da vueltas. Sed. Manos rojas.*

David cayó hacia delante, su gorra se deslizó delante de él. Su mente le dijo que la tomara, pero sus manos quedaron inmóviles encima de las rodillas. *¡Detén tu caída! ¡Detén tu caída!,* pero no pudo. Sus brazos no se movieron. Su cara recibiría toda la fuerza del golpe. No podía esconder el mentón.

La parte de arriba de su cabeza dio contra el pavimento, el asfalto dentado se clavó en su cuero cabelludo. David cerró los ojos anticipando el dolor y vio como que un rayo blanco atravesaba. Con las manos aún en las rodillas, su trasero en el aire, fue rodando de lado lentamente y se estrelló con la cadera. Abrió los ojos y vio que goteaba sangre de su cara, y se coagulaba rápidamente al caer sobre el pavimento, caliente como un horno. Intentó moverse, hablar. La inconsciencia lo acosaba y todo lo que pudo pensar fue que era el próximo integrante de una larga fila de víctimas.

———

—¿Quieres que yo pilotee mientras llamas? —preguntó Albie.

—Sería mejor —dijo Raimundo. Cambiaron puestos mientras él marcaba el número de Patty. Ella respondió con un ronco y aterrado susurro, al sonido del primer timbre.

—Raimundo, ¿dónde estás?

—Patty, no quiero decirlo. Dime, ¿dónde estás tú?

—Colorado.

—Especifica.

—Pueblo, extremo norte, me parece.

—¿La CG te tiene?

—Sí. Y me van a enviar de vuelta al Tapón —Raimundo se quedó callado—. Raimundo, no me dejes desamparada. Tenemos tantas cosas en común.

—Patty, no sé qué decirte.

—¡¿Qué?!

—¿Qué quieres que haga?

—¡Ven a buscarme! ¡Yo no puedo volver a Bélgica! Me moriré allá.

—¿Qué esperas que haga?

—Ray, lo debido.

—En otras palabras, arriesgar mi vida y exponer al Comando a...

Clic.

Raimundo no supo si ella había colgado por sentirse insultada o porque oyó que venía alguien. Le relató la conversación a Albie.

—Amigo mío, ¿qué vas a hacer?

Raimundo miró fijo a Albie a la luz que comenzó a surgir y movió la cabeza.

—Esa mujer nos ha causado innumerables penas.

—Pero tú tienes interés en ella. Me lo dijiste antes.

—¿Yo?

—Me fui dando cuenta. Quizá Max me lo dijo.

—Max no la conoce.

—Pero él te conoce y tú hablas, ¿no?

Raimundo asintió. —Sabemos que la dejaron salir del Tapón pensando que ella...

—¿El Tapón?

—La Institución Belga de Rehabilitación Femenina.

—Ah, mejor es que me acuerde de eso.

—De todos modos, sabemos que ellos tenían la esperanza de que ella los condujera a nosotros en la gala de Jerusalén pero...

—Raimundo discúlpame, ¿quieres que ponga rumbo a la vieja casa de refugio o me dirija directamente a Palwaukee?

—Depende de si decido ir a Colorado.

—Cosa tuya pero, si me permites decirlo, esperaba que fueras más decidido. Yo solamente actúo pero parezco más líder que tú. Tu gente te admira y respeta; es evidente.

—No debieran. Yo...

—Raimundo, te reconciliaste con ellos. Te perdonaron. Ahora, vuelve a ser su líder. ¿Qué harás con esta Patty Durán? Decide. Me dices, informas a los de la "Torre Fuerte" y lo haces.

—Albie, no sé.

—Nunca *sabrás*. Sólo analiza tus opciones, considera las ventajas y desventajas, y actúa. De una u otra forma, la casa vieja está a menos de diez minutos fuera de la ruta. Empieza con una decisión pequeña.

—Démosle una mirada.

—Está bien, Raimundo.

—Albie, no me trates con condescendencia. Estamos en un helicóptero de la CG. No despertaremos sospechas de ninguna índole.

—Pero te decidiste. Ahora, piensa en voz alta sobre lo más importante. ¿Vamos a Colorado?

—Yo decía, que en vez de conducir la CG a nosotros, ella se fue derecho para allá. Su familia está muerta pero, quizá pensó que podía quedarse con amigos en Colorado. ¿Quién sabe? Yo no pudiera decirte siquiera si confundir a la CG fue un toque maestro o pura suerte, pero me inclino por lo último.

—Entonces, ella pudiera estar dirigiéndote *a ti* hacia *ellos,* y no a la inversa.

Raimundo dio la espalda a Albie y miró hacia fuera por la ventanilla, orando en silencio. No habían pasado tantos años desde que el deseo lujurioso que Patty Durán despertó en él, casi le costara su matrimonio. Asumía la responsabilidad pero desde entonces, ella no había causado más que trastornos. Él y los demás miembros del Comando Tribulación la querían, aconsejaban, le brindaban apoyo y le rogaban que recibiera a Cristo. Ella no se dejaba convencer, y tuvo unos desliCes peligrosos que comprometieron la seguridad del Comando. Él sabía que por su causa, la CG descubrió, por fin, la casa de refugio.

El teléfono de Raimundo sonó.

—¿Patty?

—Oí pasos. Me tienen en un cuartito, en un refugio antiaéreo a una hora al sur de Colorado Springs.

—Yo estoy muy lejos de ahí.

—Oh, gracias, Raimundo, sabía que podía contar...

—Patty, todavía no he decidido lo que voy a hacer.

—Por supuesto que ya decidiste. No me dejarás aquí para que me envíen de nuevo a la cárcel o algo peor. ¿Qué tengo que hacer, prometer que me haré creyente?

—No, a menos que sea en serio.

—Bueno, si *no* vienes a buscarme, puedes despedirte de la idea.

Raimundo cerró su teléfono bruscamente, suspirando.

—¡Qué idiota!

—¿Ella? —dijo Albie—. ¿O tú por pensar en lo que estás considerando?

—¡Ella! Este es un intento tan transparente de la CG para atraer a uno de nosotros. En cuanto me tengan, intentarán conseguir información sobre el resto del Comando. Naturalmente es a Zión al que quieren en realidad. El resto somos estorbo. Él es el enemigo.

—¿Así que tu opción es elegir entre esta señorita Durán y Zión Ben Judá? ¿Quieres mi voto?

—No es tan fácil. La queremos para el Reino. Albie, de veras, es el sentir de todos.

—Y piensas que ella nunca creerá si la abandonas ahora.

—Ella dijo eso.

—Puede que te parezca frío, y admito que soy nuevo en esto pero es su opción, ¿no? Tú no decides por ella.

—Ir hacia allá, sería lo más tonto que pudiera hacer. Ellos la capturan, detienen, amenazan con llevarla de nuevo a la cárcel y, no obstante, le dejan su teléfono. Vaya, pero qué se cree.

Albie examinó el horizonte. —Entonces, tu decisión es fácil.

—Quisiera.

—*Es*. No vas o considerar todos tus recursos.

—¿Qué significa eso?

—Hay uno que pareciera que olvidaste. Quizá dos.

—Me rindo.

—Asigna a David Hassid para averiguar exactamente dónde la tienen y haz que él envíe una orden de un comandante falso para retenerla allá hasta nuevo aviso. La llamas nuevamente y le dices que no vas. Haz que lo crean, ella y el que esté escuchando. Entonces, te apareces, ataque sorpresivo, justo cuando ella y la CG piensan que la abandonaste.

Raimundo frunció los labios. —Quizá tú debieras estar a cargo del Comando Tribu. Aunque tomarlos por sorpresa no garantiza el éxito. Aun así pueden matarme o arrestarme.

—Porque te olvidaste de otro recurso.

—Sigo escuchando.

———

—¿Señor? ¿Director? ¿Se siente bien?

—Está inconsciente.

—Doctor, tiene los ojos abiertos.

—Se cayó de cabeza, Mujer Médica.

—Le he pedido que no me diga...

Lo lamento. No sé como trataba usted en la reserva a los valientes caídos, pero éste ni siquiera pudo interrumpir su caída. No podría haber cerrado los ojos de haber querido.

—Ayúdeme a ponerlo en...

—Queridita, y vuelve con lo mismo. Yo no soy un enfermero.

—*Doctor, ¡usted es el que sigue con lo mismo!* Podemos dejarlo tirado aquí desangrándose hasta morir o le puedo recordar que nuestros pacientes exceden en número a la atención disponible.

La lengua de David estaba hinchada y no podía articular palabras. Todo lo que deseaba era agua, pero sabía que su cabeza también necesitaba tratamiento.

—¡Atomizador! —gritó la enfermera morena y alguien le tiró una botella. Ella roció directamente la cara de David con tres chorros de agua tibia y él ni siquiera pudo pestañear. El agua se sentía helada comparada con el calor del asfalto, que calculó como en 120 grados. Unas pocas gotas llegaron a su boca e intentó beberlas.

El médico y la enfermera lo acostaron con suavidad, y en su mente, con sus ojos esquivaba el sol implacable. Sin embargo, sabía que sus ojos estaban muy abiertos y ardiendo. Él quería suplicar por otro chorro, pero se sentía paralizado. La enfermera, compasiva, le puso su gorro sobre la cara, y cuando las sensaciones le volvieron, intentó quedarse inmóvil para mantener la gorra en su lugar.

Si podía recuperar la voz, preguntaría por Anita pero estaba desvalido. Probablemente ella estaba buscándolo en otra parte.

Cuando levantaron a David poniéndolo en una camilla de lona, se le deslizó la gorra de la cara pero pudo pestañear, y pronto estuvo a la sombra de una carpa repleta de gente. Le habían dado la última área de sombra.

— ¿Grave? —preguntó alguien.

—No —dijo el médico—, pero cosa pronto esa cabeza.

La primera jeringuilla que se hundió en su cuero cabelludo hizo que todo su cuerpo convulsionara y se estremeciera, pero todavía no podía gritar. En segundos se le adormeció la parte superior de la cabeza.

—¿Puede hacer esto? —preguntó el médico.

—No es exactamente estético, ¿cierto? —dijo la enfermera.

—Hágale puntos como los de una pelota de fútbol americano, no me importa. Puede ponerse un sombrero.

Verdaderamente a David no le importaba como quedara su cabeza, y eso fue bueno porque la enfermera afeitó rápidamente dos centímetros y medio a cada lado de la herida, le roció más líquido y empezó a abrir una aguja enorme.

—¿Muhmal? —se las compuso para decir con su lengua colgando.

—Vivirá —le dijo ella—. Es muy superficial. Tiene el cráneo duro. Pero realmente se arrancó la carne del hueso. Doce centímetros y medio por lo menos, lateralmente, en la parte superior.

—¿QQué?

—¿Cómo dice?

—¿Poco?

Ella sacó rápidamente la tapa del rociador que tenía aún dos centímetros y medio de agua. —Abra.

La mayor parte del agua corrió por el cuello de David pero le aflojó la lengua.

—Busco al jefe Cristóbal —dijo.

—No lo conozco —dijo ella—, ahora quédese quieto.

—*Ella*. Anita Cristóbal.

—Director, me quedan como cinco minutos para usted, y si tiene suerte, encontraré una intravenosa para rehidratarlo. Pero mientras lo coso, tiene que callarse y quedarse quieto si no quiere verse peor.

———

—¿Ves lo mismo que yo? —Albie miró de soslayo a la distancia.

Raimundo siguió su mirada y fue sorprendido por una ráfaga de emoción. Una torre de humo negra, de varios cientos de metros de altura, ascendía en espirales por el aire.

—¿Te parece? —dijo.

Albie asintió: —Tiene que ser.

—Acércate lo más que puedas —dijo Raimundo—. Ese fue mi hogar por mucho tiempo.

—Lo haré. Ahora, vas a usar todo recurso disponible o ¿desperdicié mi dinero en este uniforme y todas las credenciales?

TRES

Camilo se despertó al mediodía, hora de Chicago, sintiéndose doblemente viejo. Como siempre, desde el día del arrebatamiento, sabía exactamente dónde se encontraba. Antes no le era raro despertar en una ciudad del extranjero, y tener que recordar dónde estaba, quién era y qué estaba haciendo allí. Ya no más. Aunque estuviera exhausto, herido y apenas capaz de funcionar, el engranaje de la conservación de sí mismo, seguía girando de alguna forma en su mente, desconectada en otros aspectos.

Había dormido profundamente, pero con el primer parpadeo y la primera ojeada a su reloj, lo supo. Todo tenía sentido, aunque de una forma absurda. Camilo contempló la pared lateral de un ascensor en un rascacielos bombardeado de Chicago, oyó voces apagadas provenientes del área, olió café y a un bebé. Keni tenía su olor característico, una entalcada fresca y suave que Macho anhelaba cada vez que estaban separados.

Pero Keni estaba ahí, protegido de los pasillos exteriores expuestos a las ventanas, que dejaban entrar el sol del mediodía. Camilo se puso de espaldas y se incorporó ayudado con los codos. Aparentemente Keni había cesado en los intentos de trepar la improvisada barrera y estaba sentado, contento, jugando con uno de los cordones sueltos de sus zapatos.

—Hola, Keni Bruce. Ven a saludar a papá —susurró Camilo.

Keni levantó la cabeza bruscamente y, después, se puso en cuatro patas antes de enderezarse y caminar hacia la cama.

—Pa-pá.

Camilo lo tomó y el cuerpecito regordete se subió sobre él extendiéndose sobre su estómago y pecho. Macho dejó caer la cabeza hacia atrás y puso sus brazos alrededor de Keni. Rara vez el niño tenía la paciencia para descansar en los brazos de su padre, pero ahora, parecía estar casi listo para una siesta. Camilo deseó quedarse así para siempre, con el corazoncito del bebé latiendo contra el suyo.

—¿Pa-pá adiós, adiós? —dijo Keni y Camilo no pudo contener las lágrimas.

_____

Raimundo había tomado una decisión, de hecho, varias. Luego de mirar cómo se quemaba completamente la vieja casa de refugio, dio instrucciones a Albie para regresar a Kankakee, desde donde volarían a Colorado en el avión de combate de la CG.

—Capitán, ahora está actuando —dijo Albie.

—Ahora estoy actuando —se quejó Raimundo—, probablemente ahora consiga que nos maten a todos.

—Está haciendo lo correcto.

Incapaz de comunicarse con David, en Nueva Babilonia, Raimundo le dejó un mensaje solicitando el paradero exacto de Patty. También le pedía que informara al personal de la CG que la custodiaba, que si su actual operativo fallaba, debían mantener a Patty ahí hasta que llegara personal comisionado a buscarla.

David solía pasar por alto otros sistemas de la CG para enviar tales órdenes de forma que no le fueran atribuidas. Él era el que asignaba los códigos de seguridad para impedir que esas transmisiones fueran captadas por "los enemigos de la Comunidad Global"; por eso mismo, también podía usar los canales sin ser detectado.

—Tan pronto como puedas —grabó Raimundo en la máquina privada de David—, llámanos, a Albie y a mí, para confirmar que nos allanaste el camino.

Raimundo iba a tener que transmitirle a David Hassid, sin mucha demora, una fotografía con su nombre y aspecto nuevos para que el joven israelita también pudiera "alistarlo" en las Fuerzas Pacificadoras de la CG. Mientras tanto, él y Albie iban a aterrizar en la que fuera la Base Peterson de la Fuerza Aérea, se adueñarían de un *jeep* CG que David les tendría reservado, seguirían sus instrucciones hasta ese refugio, si se le podía llamar así, y recogerían a la prisionera.

Mientras Albie demoraba el aterrizaje hasta que el avión tuviera poco combustible, Raimundo había dormitado más de dos horas. Albie lo despertó con la novedad de que no tenían noticias de David.

—Eso no es bueno —dijo Raimundo, llamando otra vez a Nueva Babilonia. No hubo respuesta—. ¿Albie, tienes una computadora?

—Tengo una portátil pequeña con conexión vía satélite.

—¿Programada para comunicarse con David?

—Si tienes las coordenadas, lo puedo hacer.

Raimundo encontró la máquina en la bolsa de Albie.

—Tiene poca batería —dijo.

—Conéctala en el cargador del avión —dijo Albie—. De todos modos, yo no hago trámites importantes con la batería.

—No cortes la energía después que aterricemos —dijo Raimundo—. Esto pudiera tomar un buen rato.

Albie asintió y se puso a hablar por radio con el puesto CGT: —CG NB4047 a torre Peterson.

—CG, usted debiera saber que ahora somos Monumento Conmemorativo a Carpatia —llegó la respuesta.

—Torre, me equivoqué —dijo Albie—. Primera vez que estoy aquí, después de no sé cuánto tiempo —le hizo un guiño a Raimundo, quien levantó los ojos de lo que hacía en la computadora. Albie nunca había estado en los Estados Unidos.

—Vamos a tener que eliminar del nombre eso del *Monumento*, ¿no es así 4047?

—¿Cómo dijo?

—Él resucitó.

Albie giró los ojos y miró a Raimundo.

—Sí, lo supe. Eso es tremendo, ¿no?

—Se supone que uno conteste: "Resucitó indudablemente".

Raimundo hizo el gesto de meterse el dedo en la garganta, aparentando vomitar. Albie movió la cabeza.

—Bueno, torre, creo eso por cierto —dijo mirando a Raimundo y apuntando al cielo.

—¿Qué lo trae aquí?

—Delegado Comandante con órdenes confidenciales.

—¿Nombre?

—Marco Elbaz.

—Un momento.

—Torre, tengo poco combustible.

—Comandante Elbaz, tengo poco personal. Deme un minuto.

—De todos modos vamos a aterrizar —le dijo Albie a Raimundo, que estaba ocupado mirando los detalles que orientarían el anotador computarizado de posiciones globales de Albie, hacia un satélite que lo enlazaría directamente con la computadora de David.

—Señor, ahí está. Lo veo en el sistema —la torre dijo.

—Entendido.

—Aunque no lo tengo asignado para aquí. ¿Estuvo en Kankakee?

—De allá vengo.

—Y ¿a qué viene aquí?

—Repito, órdenes confidenciales.

—Oh, sí, lo lamento. ¿Algo en que podamos ayudar?

—Debiera estar lista la carga de combustible y también, un vehículo terrestre.

—Señor, como dije, no tenemos su comisión aquí. Podemos cargarle combustible, sin problemas con el código de autorización apropiado. El transporte terrestre escasea.

—Confiaré en que usted haga algo.

—Estamos muy escasos de personal y...

—Ya lo comentó.

—...y, francamente señor, no hay nadie aquí con rango como el suyo.

—Entonces, yo espero que quien esté al mando obedezca mi orden de transporte.

Una pausa larga.

—Yo, este, yo transmitiré esa orden, señor.

—Gracias.

—Y tiene permiso para aterrizar.

David despertó en el hospital del palacio, con la cabeza latiéndole tanto, que apenas podía abrir los ojos. Compartía un cuarto con dos pacientes los cuales estaban dormidos. Le habían quitado la ropa y estaba acostado con una bata ligera. Tenía un suero intravenoso puesto en la mano; su reloj, en una mesita lateral. Ponerlo ante sus ojos casi cegatos, era más de lo que podía tolerar. Las nueve de la noche ¡No podía ser!

Intentó sentarse y se percató de los vendajes en su cabeza y orejas. Escuchó su pulso y sintió dolor con cada latido. Afuera estaba oscuro, pero una pantalla de televisión silenciosa, mostraba que aún había peregrinos en el patio; estaban desfilando, arrodillándose, haciendo reverencias, adorando y orando ante la gigantesca estatua de Nicolás.

El control remoto estaba al otro lado de David. No quería despertar a los demás pacientes, pero los subtítulos estaban en árabe. Logró cambiarlos al inglés, pero sólo presentaban la letra de los cánticos interpretados en el patio, mientras la gente desfilaba lentamente frente a la imagen. Miró fijamente mientras la cámara retrocedía para mostrar la inmensa multitud que, evidentemente era tan grande como la del funeral, serpenteaba kilómetro y medio fuera del palacio.

David sintió pánico. Estaba pasando mucho tiempo sin su teléfono y su computadora. Hacía meses que no se encontraba en esta situación. Estiró el cuello buscando un teléfono y el dolor casi lo tiró nuevamente en la almohada. Haló un cordón claramente conectado a la oficina de enfermeras, pero no vino nadie. Sabía que la proporción entre enfermeras y pacientes era ridículamente baja pero, con toda seguridad, ellos sabían que él era un director. Eso debía valer algo.

La hidratación que le hacían estaba funcionando de alguna forma, ya que sentía una urgente necesidad de ir al baño. No había un orinal para él. Manipuló los controles laterales de la cama hasta que una de las barandas bajó. Hizo muecas al mover las piernas, pausó para que los latidos de la cabeza menguaran y pudiera recuperar el aliento.

Finalmente pudo apoyar ambas manos en el borde de la cama ayudándose a pisar el suelo. El mármol estaba frío, cosa incongruente en esa zona tan cálida del mundo, pero esa sensación le era agradable. Se paró tambaleante, mareado, esperando recobrar el equilibrio. Cuando se sintió más firme, dio un paso hacia el baño pero un tirón en la muñeca le recordó que seguía enlazado al suero intravenoso. Retrocedió para mover el aparato metálico alejándolo de la pared y de los pies de la cama, pero al arrastrarlo consigo, quedó atrapado.

El cordón de un monitor estaba enchufado en la pared. Intentó desprenderlo pero no cedía la conexión, ni el aparato.

David sabía que debía existir alguna forma sencilla de desconectarlo. Quizá estaba atornillado al revés de lo normal, había que apretarlo para sacarlo o algo así. Lo único que sabía era que debía ir al baño. Por más doloroso que fuera, se arrancó la venda adhesiva, que le dejó la mano sin vellos, y sacó la aguja con un solo movimiento. El pinchazo le hizo lagrimear y como el líquido goteaba en el suelo, efectuó un débil intento de cerrar el paso. Después sólo ató el cordón y se dirigió al baño.

A los pocos segundos escuchó la alarma informando a la oficina de enfermeras que se había soltado un suero intravenoso. Al regresar, abrió el armario y aunque su ropa estaba ahí, el teléfono no. Su mente casi quedó en blanco por el dolor y el miedo. ¿Era este el final? ¿Habría marcado alguien los números de los miembros del Comando Tribulación que hubiesen intentado comunicarse con él? Él mismo podía haber sido descubierto ya. ¿Debía limitarse a encontrar a Anita y escapar de ahí? ¿Qué haría si estaba muerta? Ella hubiera deseado que él escapara sin arriesgar su vida en el vano intento de localizarla.

De ninguna manera. Él no se iría sin ella o sin saber con toda certeza si estaba muerta.

—¿Qué hace fuera de la cama? —no era una enfermera sino una ayudante.

—Fui al baño —dijo

—Vuelva a la cama —le dijo ella—. ¿Qué hizo con su suero intravenoso?

—Estoy bien —dijo él.

—Tenemos orinales y...

—Ya fui... ahora tan sólo...

—¡Señor, silencio! Yo puedo oírlo y también todos los del piso. Sus compañeros de cuarto están durmiendo.

—Sólo necesito...

—Señor, ¿voy a tener que llamar para que vengan a sujetarlo por la fuerza? ¡Ahora, cálmese!

—¡Estoy tranquilo! Ahora... —David comprendió súbitamente que los vendajes de sus orejas le hacían hablar más alto.

—Lo siento —dijo—. Yo soy el director Hassid. Tengo que encontrar...

—¡Oh! *Usted es* el director. ¿Es víctima de un rayo?

—Sí, me golpeó uno justo en la coronilla, pero aquí estoy.

—No tiene que...

—Lo siento. No, sólo me desmayé por el calor pero estoy bien.

—Usted fue operado.

—Cirugía menor, ahora...

—Señor, si usted es el director se supone que le avise a alguien cuando usted se despierte.

—¿Por qué? —y, ¿por qué ella había preguntado por los rayos? ¿Anita era una víctima, y de alguna forma, ellos la estaban relacionando con él? No quería que su mente fuera más allá.

—No sé, señor. Sólo hago lo que me orientan. Hay seis enfermeras y dos auxiliares manejando todo este piso, y otros tienen menos personal que éste, así...

—Tengo que saber dónde está mi teléfono. Lo llevo conmigo y no está en mi uniforme. Sé que usted me dirá que, de todos modos, no me acerque al uniforme pero...

—Señor, por el contrario. Le dieron un buen baño cuando lo trajeron aquí, y si es paciente ambulatorio, supongo que deba vestirse.

—¿Le parece? —esto no podía ser cierto. Algo estaba mal. David aseguraba que tendría que escaparse sigilosamente pero, ¿ahora le daban la salida rápida?

—Iré a buscar a mi supervisora pero usted pudiera empezar a vestirse. ¿Lo puede hacer?

—Por supuesto pero...

—Entonces, comience. Yo volveré o de lo contrario, vendrá ella.

David había sobrestimado sus fuerzas. Sacó sus cosas del armario y se sentó en una silla para vestirse, pero pronto perdió el aliento y se mareó más que nunca. Sentía como incendiada toda la cabeza y parecía que la herida supuraba por encima de ambas orejas, pero comprobó que no al tocar el vendaje. No quería imaginar el momento de quitarlo.

Vestido con su uniforme y faltándole solamente las medias y los zapatos, David abrió más la puerta para que entrara luz del vestíbulo. Se miró al espejo y se estremeció. Todavía a comienzos de los veinte años, de piel morena suave, y de pelo y ojos casi negros, lo confundían a menudo con un adolescente. Nunca más. ¿En qué momento había envejecido tanto?

Su cara se veía delgada y ojerosa y, sí, su color era más pálido. Bajó la cabeza y echó un vistazo a la coronilla donde el vendaje mostraba sangre y suero. El vendaje exterior tapaba sus orejas pasando por debajo del mentón, y le recordó a los pacientes de los dentistas de las películas viejas. La cabeza de David parecía empujar contra el apretado vendaje, y cuando con cautela se puso la gorra del uniforme, se dio cuenta de que era más que su imaginación. No tenía la certeza del grosor de los vendajes pero entre eso y la hinchazón de la cabeza, la gorra le quedaba como si fuera varias tallas más pequeña. No tenía objetivo tapar los efectos de los puntos para no llamar la atención. Quizá pudiera hallar una gorra más grande, pero de todos modos, no había forma de esconder el vendaje que le llegaba a la barbilla.

La enfermera jefe tocó la puerta suavemente y entró mientras David se ponía las medias. Ella era una rubia teñida, alta y delgada, como del doble de su edad. Cada ciertos intervalos de tiempo él tenía que enderezarse para respirar y permitir que el dolor menguara.

—Permita que le ayude —le dijo ella, evidentemente escandinava, arrodillándose para ponerle las medias y atarle los zapatos. David estaba tan sobrecogido que casi lloró. ¿Podría ser cristiana? Deseó preguntarle. Cualquiera con un espíritu de servicio como ese, era creyente o candidato a esa condición.

—Señora —dijo recordando que debía hablar suavemente. Ella alzó los ojos mirándolo y él le examinó la frente, esperando ver la marca del creyente. No estaba—. Gracias.

—De nada —dijo ella rápidamente—. Estoy contenta de ayudar y deseo hacerlo más. Si por mí fuera, usted se quedaría con nosotros por lo menos un par de días adicionales, quizá más.

—Yo prefiero irme. Yo...

—Oh, estoy segura de que es así. Nadie quiere quedarse y ¿quién pudiera culparlos? Todo el entusiasmo, la resurrección, lo demás. Pero el soberano convocó a reunión de directores para arriba, en su oficina, a las 22:00 horas. Se le espera.

—¿Yo?

—Cuando se informó a su oficina que usted había sucumbido al calor, que se había lesionado y que fue operado, se nos dijo que de estar vivo y poder andar, debía estar ahí.

—Entiendo.

—Me alegra que alguien entienda. Usted, señor, debiera ser un paciente. Yo no andaría moviéndome por todos lados tan pronto...

—Me dijeron que la cirugía fue menor, superficial.

—La cirugía menor es una operación como cualquier otra. Estoy segura de que lo habrá escuchado. Usted sabe que una enfermera lo operó, y por buena que fuera, estaba apremiada por el deber...

—¿Sabe quién fue? Estoy muy seguro de que era nativa...

—Hana Palemoon —dijo ella.

—Me pregunto si ella tendrá mi teléfono. Estaba en mi...

—Lo dudo, director. Usted hallará intactas su billetera, sus llaves y su identificación. Sabemos muy bien que no confiscamos cosas de alguien a su nivel.

—Aprecio eso pero...

—Nadie tomó su teléfono, señor. ¿Puede que se le haya perdido cuando usted se cayó, o tal vez lo dejó en su vehículo?

David ladeó la cabeza. Era posible pero improbable. No estaba hablando por teléfono cuando se cayó, al menos según se acordaba, así que el aparato debiera haber estado en el bolsillo.

—¿Dónde pudiera encontrar a la enfermera Pale...?

—Director, ya le dije. Ella no tiene su teléfono y yo no voy a decirle dónde está. Estamos trabajando veinticuatro horas seguidas y tenemos libres las siguientes veinticuatro; ella está libre hoy. Si es como yo, duerme las primeras doce horas de esas veinticuatro, y se le debe permitir hacerlo.

David asintió, pero estaba impaciente por llegar a su computadora y buscarla en el directorio del personal.

—Señora, tengo que hallar a una empleada que me preocupa. Se llama Anita Cristóbal. Jefe de carga del Fénix, pero hoy estaba asignada a control de multitudes en el sector 53.

—Eso no es bueno.

—Así supe. ¿Rayos ahí?

—Tremendos. Varios muertos y heridos. Yo puedo ver si está en nuestro sistema. Usted puede revisar la morgue.

David se encogió.

—Le agradeceré si revisa el sistema.

—Señor, lo haré. Entonces, mejor vaya a sus habitaciones y descanse hasta su reunión. Usted sabe tan bien como yo que no está en condiciones de sentarse a una mesa, por emocionante que sea reunirse con alguien que estuvo muerto esta mañana y vivo esta noche. Sígame —ella lo guió a la oficina de enfermeras donde revisó la computadora—. Ningún Cristóbal —dijo—, pero nuestras entradas están increíblemente atrasadas.

—Ella debía tener una credencial de empleada —dijo David.

—Y debía haber sido cubierta por una insignia.

—Entonces, ¿la morgue? —dijo él, intentando nuevamente encubrir su emoción.

—Véale el lado bueno —dijo ella—. Quizá ella no fue víctima, después de todo.

Eso sería casi peor, decidió David. ¿Por qué no podía comunicarse con ella y por qué ella tampoco lo había intentado? Bueno, quizá Anita sí lo hizo. Tenía que hallar su teléfono antes de la reunión.

———

—Nada —dijo Raimundo—. David no ha entrado a su computadora durante horas y no obtengo respuesta en su teléfono. Ahora ni siquiera me ha dejado un mensaje; es como si lo hubiera apagado.

—Raro —dijo Albie—. Así que Pueblo ni siquiera sabe que vamos.

—Y no vamos si no sabemos dónde está.

—Lo averiguamos.

—Albie, eres hombre de recursos pero...

—Me gusta lo imposible pero tú eres el jefe. Necesito tu permiso.

—¿Cuál es tu plan?

—Averiguar si funciona tu aspecto e identidad nuevos.

—Vaya, muchacho.

—Vamos, hombre. Confianza.

—Albie, el plan.

—Yo seré el oficial de rango. Echaré la culpa de la demora de la computadora a toda la excitación o incompetencia de Nueva Babilonia. ¿Quién puede alegar contra eso? Tú vienes conmigo. Si piden identificación, la tienes. Aunque ya no eres nada más que un colaborador civil. Eres un recluta en entrenamiento.

—Ah, ¿y qué más?

—No sólo exijo un automóvil sino que les sacaré la ubicación del refugio.

—Tengo que verlo.

—Me encanta darme importancia.

Raimundo cerró con un golpecito la computadora de Albie.

—Vamos, háblame de ello.

———

Keni Bruce trataba de halar a Macho hacia la barrera como si supiera que su papá podía traspasarla, pero él estaba aferrado a la cama. Se sentía como si hubiera sobrevivido la caída de un avión. O no, era como si su espina dorsal estuviera compactada, le dolía cada músculo, hueso, articulación y tendón. Se sentó intentando reunir la fuerza para levantarse, estirarse e ir donde su esposa y los demás.

Keni, evidentemente resignado a la paciencia, se trepó al regazo de su padre y le puso una mano a cada lado de la cara. Miró a Camilo directo a los ojos y dijo: —¿Mamá?

—Veremos a mamá dentro de un minuto —dijo Camilo. Keni delineaba con sus dedos regordetes, las profundas cicatrices de la cara de Camilo—. Eh, amigo, no te molestan, ¿no?

—Pa-pá —dijo Keni—. Mamá

Macho se puso de pie de inmediato, levantando a Keni consigo. El niño estiró las piernas y se instaló en la cadera de Camilo, rodeándolo con sus brazos, y su cabeza en el pecho de este.

—Desearía llevarte conmigo donde vaya —dijo Camilo, cojeando, con las piernas rígidas.

—Mamá, pa-pá.

—Sí. Vamos, amiguito.

Camilo se preparó para la acostumbrada embarazosa bienvenida que aguardaba al último que se levantara, pero los de la casa de refugio, al verlo, le hicieron caso omiso. Apoyada contra una pared Lea dormitaba sentada, acurrucada en una bata, con el cabello rojo envuelto en una toalla. Jaime contemplaba fijamente el mantel de la mesa frente a él, con la cabeza en las manos y un absorbente en su taza de café. Zión estaba de pie al lado de la ventana, fuera de la vista desde el exterior, por si acaso, con la cabeza inclinada, orando en silencio.

Cloé se paseaba, con el teléfono en la oreja, y lágrimas fluyendo a torrentes. Miró directamente a los ojos de Camilo como para que él supiera que ella notaba su presencia y, cuando Keni intentó soltarse de él para ir donde su mami, Camilo le susurró: —Quédate con papá un momento, ¿sí?

Cloé decía: —Zeke, entiendo querido, lo sé, lo sé. Dios sabe... todo saldrá bien. Iremos a buscarte, no te preocupes... Zeke, Dios sabe... Será después que oscurezca pero tú te mantienes firme, ¿oíste?

Finalmente colgó y todos la miraron.

—El Zeke grande está liquidado —dijo ella.

—¿Zeke padre? —preguntó Zión. Zeke hijo era mucho más grande que su padre pero, aun así, se les conocía como Zeke el grande y el pequeño Zeke.

Ella asintió.

—Matones de la CG lo agarraron esta mañana, lo esposaron, lo acusaron de subversión y se lo llevaron.

—¿Cómo no vieron a Zeke hijo? —preguntó Camilo, dejando que Keni se bajara.

—¡Zeke! —dijo Keni, riéndose.

Cloé se encogió de hombros.

—Su subterráneo estaba mejor escondido que el nuestro y no creo que el pequeño Zeke haya sacado la nariz afuera.

—¡Zeke! —repitió Keni.

—¿El pequeño Zeke viene para acá? —dijo Lea.

—¿Dónde más pudiera ir? Dice que la CG tiene cercado el lugar, y detienen a las personas que paran a cargar combustible.

—¿Cómo supo?

—Tiene armado una especie de monitor que usaba para saber lo que hacía su papá. Así supo que habían arrestado a Zeke el grande. Él sabe que su papá no lo delatará pero también, que no se puede quedar ahí. Está empacando.

—Sí —dijo Camilo—, lo que le falta es que la CG encuentre todos sus archivos e implementos para elaborar documentos.

—Será bueno tenerlo aquí —dijo Zión—. Estará a salvo y puede hacer mucho por tantas personas... Macho, ¿cómo te sientes?

—Aparentemente mejor que Jaime.

El viejo levantó la cabeza intentando sonreír.

—Me pondré bien —balbuceó por entremedio de su apretada mandíbula. Sin bromear. Ansioso de estudiar y aprender.

Zión se alejó de la ventana.

—Y yo con un alumno que no puede hablar. Tiene que oír y leer. Serás un experto en nuestro pueblo antes de darte cuenta. El pueblo escogido de Dios. ¡Qué emocionante es enseñar acerca de esto! Utilizaré el mismo material de mi lección cibernética, donde denuncio a Carpatia por ser el Anticristo.

—¿Estás por terminarla, no? —preguntó Camilo.

—Absolutamente —dijo el rabino—. Tú sabes que mostró las garras, como les gusta decir a ustedes, los norteamericanos. Ya no cabe duda sobre él ni la debe haber. Estoy convencido de que León es su falso profeta y, también, diré eso. Los que tengan oídos no serán engañados. No pasará mucho tiempo antes que la bestia poseída por Satanás descargue su furor contra los judíos.

Jaime levantó una mano. Camilo apenas pudo entender la trabajosa pregunta sofocada.

—¿Y qué tenemos que hacer? No somos rivales para él.

—Amigo mío, ya lo verá —dijo Zión—. Hoy aprenderá no solamente la historia de los judíos sino también su futuro. Dios protegerá a Su pueblo, ahora y por siempre.

—Ya me gusta ser creyente —se las compuso para decir Jaime.

—Camilo —dijo Cloé acercándose para abrazarlo—, tenemos que planear el rescate de Zeke.

—Justo lo que necesito hoy, otra misión.

—¿Dormiste, no?

—Como muerto.

—No digas eso.

—Bueno...

—Eres tú o yo, compañero —dijo Cloé—. Si necesitas otro día de recup...

—Estaré listo —dijo Camilo.

—Yo puedo ayudar —dijo Lea—. Estoy en buena forma.

—Entonces, quizá ustedes dos —dijo Cloé—. Yo tengo que pasar noticias a la cooperativa, mantener a todos trabajando juntos.

—Vamos a necesitar un piloto —dijo Camilo—. Bajamos el helicóptero CG precisamente en medio de la vigilancia, los amonestamos por pasar por alto a un sospechoso, arrestamos a Zeke hijo, y lo traemos para acá. ¿Qué? ¿Por qué me miran así?

—Amor, hoy no disponemos de helicóptero, ni siquiera tarde —dijo Cloé—. Probablemente no lo tengamos hasta mañana por la noche y no nos arriesgaremos a hacer esperar tanto tiempo a Zeke.

—Bueno, entonces, ¿dónde están el helicóptero y tu papá? ¿Y Albie?

CUATRO

David se apresuró a llegar a su oficina y telefonear a Anita. No hubo respuesta. Entonces llamó a Transportes. El hombre que le había traído el carro estaba franco pero el que le contestó dijo: —No señor, ningún teléfono. Aquí no quedó nada. Localizamos el carro pero no a usted y mi jefe se enojó mucho hasta que lo encontró en Servicios Médicos. ¿Se encuentra bien?

—Estupendamente.

—¿Necesita el carro?

—No.

—Alguna otra cosa que yo pudiera hacer...

Pero David había colgado. Abrió su computadora y vio los destellos de los mensajes urgentes indicados por los códigos de letras y números que, como sabía, eran de sus camaradas del Comando Tribulación. Cuando pudiera iba a leerlos, pero por ahora, tenía que recuperar su teléfono, antes de la reunión infernal, y averiguar dónde estaba Anita.

Su reloj señalaba las 21:35. Buscó en la base de datos de la CG, bajo la letra P, en Personal, Médicos, Enfermería, Mujeres. Ahí estaba, "Palemoon, Hana L., cuarto y anexo 4223". Un saludo soñoliento contestó al quinto timbre.

—¿Enfermera Palemoon?

—Sí, ¿quién es?

—Lamento llamar tan tarde y despertarla pero...

—¿Hassid?

—Sí, perdóneme pero...

—Yo tengo su teléfono.

—¡Oh, gracias a D... al cielo! ¿Está encendido?

—No, señor, yo lo apagué. Ahora, ¿va a venir a buscarlo para que yo pueda seguir durmiendo?

—¿Puedo? Si no le importa mucho, yo...

—De todos modos tengo algo que mostrarle.

¿Qué era eso? ¿Sería una trampa? ¿Por qué ella insistía en que él fuera a buscarlo? Y para empezar, ¿por qué lo había tomado? Para estar seguro volvió a la computadora y activó el sistema de espionaje que grabaría la conversación de ellos, en el corredor exterior del cuarto de la enfermera.

Al salir de ese programa, vio nuevamente los destellos que indicaban sus mensajes urgentes. Parecía que Raimundo y Albie habían intentado comunicarse con él desesperadamente. No tenía tiempo para ocuparse de ellos pero, ¿y si sabían de Anita? Tenía que ver los mensajes.

Los pedidos lo dejaron estupefacto. Ya era demasiado tarde para ayudar a Albie y Raimundo en Colorado pero, de todos modos, sus dedos volaron sobre el teclado. Le dolía la cabeza, la herida supuraba y parpadeaba furiosamente. Ingresó los números para burlar los códigos de seguridad de los Pacificadores. Con su nombre falso de comandante de unidad de alto nivel de la CG, situado en Nueva Babilonia, asignó a Marcos Elbaz a la Pista Aérea Monumento Conmemorativo a Carpatia, ubicada en Colorado Springs. También lo autorizó temporalmente a apropiarse de un vehículo y encargarse de la custodia de una fugitiva de la Institución Belga de Rehabilitación Femenina, actualmente encarcelada en un búnker al extremo norte de Pueblo. Unos cuantos toques de teclas más, y obtuvo las coordenadas exactas de esa instalación, así como el nombre del delegado director a cargo: Pinkerton Esteban. Afortunadamente este era de rango menor, que el Delegado Comandante Elbaz.

David se ocuparía más tarde del nombre, rango y número de serie para Raimundo, esperando que, mientras tanto, ambos pudieran engañar a la CG. Eran las 21:50 horas, Hana Palemoon esperaba y él no podía atrasarse para la gran reunión. Sano y en buena forma hubiera sido todo un reto llegar a aquel cuarto, recuperar su teléfono y llegar a tiempo a la oficina de Carpatia, pero no podía imaginárselo herido como estaba.

Podía telefonear a Fortunato a último minuto y explicarle que se atrasaría un poco por venir desde el lecho del hospital, pero tampoco quería perder nada de esa reunión. Al cerrar la puerta y encaminarse rápidamente al ascensor, se tambaleó y tuvo que apoyarse en la pared. *Recupera el aliento*, se dijo, después de todo *llegar tarde es mejor que no llegar*.

———

—Dame la máquina de afeitar —dijo Albie—. Va a ser muy difícil salir bien de esto si estoy fuera de reglamento.

—Estarás en tierra en menos de un minuto —dijo Raimundo.

—Tengo copiloto ¿o no?

Raimundo sacó de la bolsa la afeitadora eléctrica de Albie y se encargó del aterrizaje, mientras éste se afeitaba y apretaba el nudo de su corbata. Albie contestó cuando la torre confirmó el aterrizaje, luego se quitó los auriculares y se puso la gorra del uniforme. Cuando desembarcaron, Raimundo se quedó impresionado al ver cómo el diminuto hombre del Oriente Medio parecía más alto, más autoritario.

—Comandante Elbaz, puedo indicarle la zona de cargar combustible para que llene los tanques antes del despegue.

—¿Usted no puede hacerlo por mí mientras ejecuto mi cometido?

—Lo siento, señor, pero estamos esca...

—Lo sé. Prosiga.

Raimundo se quedó un paso atrás de Albie mientras iban para las oficinas, esperando que cuando David lo alistara como Pacificador CG, le diera un rango más alto. ¿Cómo podía supervisar a un hombre que presuntamente le superaba en jerarquía?

El oficial del escritorio saludó y dijo: —Le manifesté a mi jefe que usted no está en la computadora, así que tiene que arreglárselas para el transporte terrestre. Si me da el número de su orden de combustible puedo autorizarlo para eso cuando...

—¿Perdóneme? —dijo Albie.

—Usted mismo tendrá que cargar el combustible porque...

—Yo sé todo eso. Necesito un vehículo para cumplir una misión importante y tiene que ser ahora. ¿Usted espera que alquile un automóvil?

—Señor, le estoy diciendo lo que dijo mi jefe. Yo...

—Tráigalo aquí.

—Él es... ella, señor...

—No me importa si es un gorila. Tráigalo o tráigala para aquí.

El jefe de la pista aérea apareció antes que el recepcionista la llamara. Saludó pero no sonrió.

—Judy Hamilton a su servicio, comandante.

—Me temo que no lo suficiente a mi servicio.

—Señor, sólo puedo hacer lo que está a mi alcance, pero acepto sugerencias.

—¿Tiene un vehículo?

—Ninguno disponible, señor.

—Lo necesito por medio día, máxima seguridad.

—Ninguno, señor.

—Usted, ¿personalmente?

—¿Yo, señor?

Albie suspiró ruidosamente por la nariz.

—Hamilton, ¿usted entiende inglés? ¿Usted -personalmente-tiene-un-vehículo?

—Señor, no me han dado transporte de la CG.

—No le pregunté eso. ¿Cómo viene al trabajo?

—Manejo.

—Entonces debe tener un vehículo.

—Sí, el mío, señor.

—Ju-dy, eso sería lo que significa *personal*. Yo tomaré prestado su automóvil personal por esta tarde, y la Comunidad Global le quedará agradecida. En efecto, quedaremos agradecidos a razón de un Nick por kilómetro.

Ella arqueó una ceja. —El manual dice la mitad de eso, señor.

—Lo sé perfectamente —dijo Albie—, yo lo autorizaré debido a su cooperación.

—¿Sin deméritos por estupidez, señor?

—Solamente por insubordinación, Hamilton, la cual es una forma con la que defino el sarcasmo.

—Así que me pagará un Nick por kilómetro por usar mi automóvil.

—Usted entiende rápidamente.

—No.

—¿No?

—No, usted no usará mi automóvil.

—Perdóneme, Hamilton.

—Tengo una reunión en Monumento dentro de dos horas, y C-25 lleva abierto solamente una semana y no con todas las pistas. Necesito irme ahora.

—¿Y usted cree que su reunión tiene prioridad a la de un delegado comandante?

—Hoy sí, señor, debido a su actitud.

—¿Usted me niega el uso de su automóvil?

—Usted entiende rápidamente.

Albie la miró de reojo, enrojeciéndose.

—Hamilton, la pasaré a informes. Será disciplinada.

—Pero no esta tarde, con seguridad. Y usted también será disciplinado.

—¿Yo? —dijo Albie.

—Ha transcurrido ya algún tiempo desde la resurrección del soberano, y usted no saludó con la frase nueva, ni a mí ni a mi recepcionista.

—He estado ocupado y volando durante horas.

—¿Usted no sabe que nos saludamos los unos a los otros con "Él resucitó" y respondemos con "Resucitó indudablemente"?

—Naturalmente pero, señora, también tengo que saber la ubicación exacta de la instalación en el extremo norte de Pueblo donde...

—Señor, ¿usted no tiene órdenes completas?

—Desdichadamente no.

—Cabo, revise nuevamente la computadora. Déjeme ver qué tenemos del Delegado Comandante Elbaz y si podemos agregar vociferar y amedrentar, a su perfil.

—Hamilton, yo...

Ella lo hizo callar con la mano.

—Vaya —dijo el recepcionista—, esto no estaba antes. Directo de la jerarquía de Nueva Babilonia. Mire.

Hamilton miró atentamente la pantalla y palideció. Raimundo exhaló. La mujer se aclaró la garganta.

—Todo está en orden, Comandante. Yo... quisiera proponerle una tregua.

—Escucho.

—También tiene autorizado vehículo y le encontraremos uno. Sin embargo, me alegraré de usar el *jeep* si todavía quiere utilizar mi automóvil.

—¿Usted me lo permitiría?

—No sólo eso, sino que tampoco reportaré su falta de protocolo si queda entre nosotros su opinión de mi insubordinación.

———

Camilo y Cloé dejaron el bebé al cuidado de Lea mientras Zión y Jaime estudiaban. La pareja se fue al sótano de la torre, donde Camilo había estacionado la camioneta Land Rover entre muchos vehículos más.

—Podemos agradecer que este lugar tuviera una clientela de lujo —dijo Cloé—. Mira qué esplendor.

Camilo tuvo que sonreír por la diferencia entre la mugrosa y estropeada camioneta, aunque no tan vieja. Le dio una palmadita que hizo eco por todo el estacionamiento.

La vieja Bessie nos acompañó en un sinnúmero de dificultades, ¿no?

Cloé movió la cabeza.

—*¿Ella?* Ustedes, los hombres, siempre con su inclinación de atribuir características femeninas a los automóviles.

Camilo se recostó contra un pilar, y le hizo señas a Cloé para que se acercara. La abrazó.

—Piénsalo —le dijo—, yo no podría ofrecer un elogio mayor al automóvil ni a las mujeres.

—Sigue enterrándote. Dentro de un minuto necesitarás una pala grande.

—No si meditas en ello.

Ella se echó para atrás e inclinó la cabeza, apuntando a su sien.

—Mmm, veamos si el viejo Carlos y yo podemos averiguar esto. Dar a mi cerebro un nombre masculino es el cumplido más elevado que puedo hacer a mi cerebro y a los hombres.

—Vamos —dijo Camilo—, piensa en lo que ese automóvil ha atravesado con nosotros. Nos pasó por el tráfico cuando estalló la guerra. Te mantuvo viva cuando lo colgaste de un árbol, nada menos. Rodó a una zanja conmigo y salimos de nuevo, para no hablar de subir, pasar por encima y a través de todo obstáculo.

—Tienes razón —dijo ella—. Nadie pudiera haber hecho eso.

—Tú y Carlitos averiguaron todo por sí mismos.

—Así es. Y ¿quieres saber qué más? Creo que un Humvee (vehículo militar, anfibio, que se puede desplazar por los campos sin necesidad de carreteras) es la forma de andar en esta ocasión.

—¿Tenemos uno?

—Dos. Allá, a la vuelta de la esquina, cerca de los automóviles de lujo.

Ella lo llevó a un rincón más oscuro de la estructura subterránea.

—Todos los sitios están numerados, y coinciden con el llavero que está en la cabina del empleado. Difícilmente que haya un automóvil con menos de medio tanque de gasolina, y la mayoría están llenos.

—La gente debe haber estado preparada.

—Evidentemente algunos oyeron los rumores de guerra.

Camilo tamborileó la cabeza de ella.

—Gracias, Carlitos —revisó la selección de vehículos, docenas de automóviles, principalmente nuevos, y dejó escapar un silbido bajito—. Cuando Dios bendice, bendice —pero Cloé se había quedado callada—. ¿Qué estás pensando? —preguntó él.

Ella frunció los labios y metió las manos en los bolsillos de su chaqueta. —En lo bien que la hubiéramos pasado de ser amantes en cualquier otra época de la historia.

Él asintió. —No hubiéramos sido creyentes.

—Alguien hubiese llegado a nosotros. Míranos. Esta es la diversión mayor que he tenido en mucho tiempo. Es como estar en un salón de exhibición de automóviles, donde los estuvieran regalando, y nos llegó el turno de elegir. Tenemos un bebé hermoso, niñera gratis y todo lo que tenemos que hacer es decidir qué modelo y color queremos.

Ella se apoyó contra un Hummer (vehículo igual que el Humvee pero para civiles, anfibio también) blanco y Camilo se le acercó. Ella movió la cabeza.

—Estamos más envejecidos de lo que corresponde a nuestros años, heridos, con cicatrices y atemorizados. No pasará mucho tiempo para que vivamos nuestros días, tan sólo ideando formas de sobrevivir. Todo el tiempo me preocupo por ti. Ya es bastante adverso vivir ahora, pero yo no podría continuar sin ti.

—Sí, podrías.

—No querría. ¿Tú sin mí? Quizá no deba preguntar.

—No, Clo, yo sé lo que quieres decir. Tenemos una causa, una misión y todo parece claro como el cristal pero tampoco yo querría seguir adelante sin ti. Pero *lo haría*. Tendría que hacerlo. Por Keni, por Dios. Por el resto del Comando. Por el reino, como dice Zión. Eres lo mejor que me ha sucedido aunque no fueras toda mi vida. Pero lo eres. Cuidémonos el uno al otro, mantengámonos mutuamente vivos. Sólo nos quedan tres años y medio más, pero quiero llegar. ¿Tú no?

—Por supuesto.

Ella se dio vuelta y lo abrazó con fuerza por un largo minuto. Se besaron apasionadamente.

Cuando David por fin se dirigió con cautela al cuarto piso de la torre residencial para empleados, encontró que la puerta de la habitación 4223 estaba apenas entreabierta, atisbándose un exiguo haz de luz. Estaba por golpear cuando una mano oscura que salía del final de una bata acolchada, le pasó su teléfono.

—Gracias señora —dijo—. Tengo prisa.

—¿*Señora*? —dijo la enfermera Palemoon—, yo no puedo ser *mucho* mayor que tú, muchacho. ¿Qué edad *tienes*?`

—¿Por qué?

Ella abrió la puerta apoyándose cansadamente contra el dintel. Su pelo estaba enrollado en enormes rulos y sus ojos se veían somnolientos detrás de unas mejillas inflamadas. A David le sorprendió su baja estatura.

—Ni siquiera tengo treinta —dijo ella—, así que termina con lo de señora, ¿de acuerdo?

—Está bien. Escucha, estoy atrasado para una reunión. Quería agradecerte y...

—Dije que quería mostrarte algo.

—Y lo hiciste. ¿Qué es? y ¿por qué tomaste mi teléfono?

—Bueno, eso es lo que quería mostrarte.

David no quería ser maleducado, pero ¿qué juego era este? Ella siguió de pie ahí, de brazos cruzados, contemplándolo con las cejas arqueadas.

—Está bien —dijo él—. ¿Qué es?

Ella no se movió. *Ay, hombre,* pensó él. *No estará intentando coquetearme, ¡por favor!*

Deslizó el teléfono en su bolsillo y gesticuló con ambas manos alzadas. —¡Oh! —dijo ella—. Estás en la oscuridad.

Seguro que sí.

Ella se enderezó y encendió un interruptor que estaba por dentro. La lucecita colocada encima de la puerta iluminó a ambos. Ella imitó el gesto de él de contener la respiración. *¡Tienes que estar bromeando!* Evidente como la nariz en su cara, era la marca de su frente.

—Examínala —dijo ella—. Yo no te culparía. Sé que la tuya es real. La froté con alcohol.

David miró en ambas direcciones del corredor, le pidió que lo perdonara, se lamió el pulgar y lo apretó contra la frente de ella, que se inclinaba hacia él. Miró nuevamente en derredor y se inclinó un poco para abrazarla brevemente.

—Hermana —susurró—. ¡Me alegro de verte! No sabía que tuviéramos *a alguien* en Médicos.

—No sé de nadie más —dijo ella—, pero en cuanto vi tu marca y supe tu rango, pensé en tu teléfono.

—Eres brillante —dijo él.

—De nada. Yo te llamaré.

—Estoy segura que sí.

—Y gracias, enfermera P...

—Hana —dijo ella—, por favor, David.

En camino al ascensor David examinó el teléfono. Había varios mensajes, ninguno de Anita. Él iría a la morgue solamente como último recurso. Marcó el número de la oficina del Comandante Supremo. Le contestó Sandra, la asistente que Carpatia y Fortunato compartían.

—Me alegro escuchar que estás vivo y bien —dijo ella—. Te están esperando. Les diré que llegarás en unos minutos.

———

Como David había puesto la autorización de Albie en el sistema, Raimundo supuso que también le tenía lista la ubicación del búnker de Pueblo. Por ello caminó ligero hacia el avión de combate para tomar la computadora de Albie.

—Esta era una autopista interestatal —dijo mientras iba por la C-25 manejando el indescriptible minifurgón de Judy Hamilton—, hasta que todo recibió nombres nuevos por San Nick.

Albie estaba entrando a datos.

—Aquí está —dijo Albie—. Las vías alternas y las salidas están construyéndose aún, así que estate atento a una izquierda brusca para entrar a Pueblo. Desde ahí te iré guiando. *Humf* Pinkerton Esteban. Hay una ayudita para ti. El hombre que queremos ver allá.

—¿Supiste de él?

Albie movió la cabeza. —Pregúntame mañana.

Pocos minutos después pasaron el edificio estilo cabaña muy adentrado en un camino lateral. Raimundo dijo: —Una pregunta. ¿Por qué no venir para acá con un *jeep* CG ... completa la imagen?

—Sorpresa. Le dijiste claramente a la señorita Durán, sin ambigüedades, que no venías, sabiendo que te estaban escuchando. Ellos no esperan a nadie. Deja que se pregunten quiénes se acercan. Yo me apareceré de uniforme, superando en rango a todos; ellos no reconocen al civil. Se preocuparán más por impresionarnos que por armar un cuento. De todos modos, no quiero transportar a esta mujer en un *jeep* abierto, ¿y tú?

Raimundo movió la cabeza. —¿Realmente crees que los sorprenderemos?

—Sólo brevemente. El guardia de la puerta les informará que llegan galones.

Raimundo giró en U y se dirigió a la entrada. El guardia de la puerta le pidió decir a qué venía.

—Sólo traigo al delegado comandante aquí presente.

El guardia se inclinó para dar una mirada a Albie, luego saludó. —¿Una reunión con quién, señor?

—Esteban, y estoy atrasado, si no le importa.

—Por favor, firme aquí.

Raimundo firmó "Marvin Berry" y les hicieron señas para que continuaran.

Ya en la oficina principal, una mujer en el escritorio escuchaba una voz rara por el intercomunicador. Era de tono elevado y nasal, Raimundo no podía saber si era de hombre o mujer.

—¿Un delegado comandante viene a verme? —dijo la voz.

—Sí, señor Esteban. Verifiqué el nombre con la base de datos de la CG y el único Marvin Berry empleado por nosotros no está en los Pacificadores. Es un pescador anciano de Canadá.

—Algo me huele mal —dijo la voz.

Así que es un hombre, pero ¿qué le pasa?, caviló Raimundo.

—Un momento, señor —dijo la mujer, parándose cuando se fijó en el delegado comandante detrás de Raimundo—. ¿Su nombre es Berry?

—Berry es mi chofer —gritó Albie—, mire Elbaz en su computadora. Nadie de mi familia sabe pescar.

—Señor Esteban, misterio resuelto —anunció la mujer por el intercomunicador—. El guardia de la puerta hizo que el chofer firmara.

—¡Inepto! —la rara voz de Esteban cantó por el intercomunicador—. Mándelo a pasar!

—¿Al guardia?

—¡Al delegado comandante!

Ella señaló la primera puerta a la izquierda, al fondo de un pasillo corto pero cuando Raimundo se movió para proseguir, ella dijo: —Por favor, solamente el delegado comandante.

—Él viene conmigo —dijo Albie—. Yo lo aclararé con el jefe.

—Oh, no sé.

—Yo sí —aseguró Albie parándose en la puerta y golpeó.

—Entre —se oyó la voz incorpórea.

—¿Entre? —Albie repitió en un susurro—. Él va a sentirse incómodo al comprobar que no le abrió la puerta a un oficial superior.

Albie abrió la puerta, entró, y vaciló, haciendo que Raimundo se topara con él.

—Lo lamento —dijo Raimundo entre dientes. El no podía ver a Esteban, pero escuchó el zumbido de un motor eléctrico.

—Perdone la falta de protocolo —dijo la voz mientras la silla de ruedas de Esteban se volvía visible. Raimundo quedó estupefacto. El hombre tenía una pierna, la otra era un muñón justo por encima de la rodilla; la mano derecha tenía pequeños muñones en lugar de dedos, y la izquierda había sufrido graves quemaduras aunque estaba entera. —Yo me pondría de pie pero, repito, no puedo.

—Entendido —dijo Albie, estrechando, vacilante, el pedazo de mano del hombre.

Raimundo hizo lo mismo. Esteban les indicó sentarse, señalando a dos sillas que llenaban la pequeña oficina. ¿Qué

tenía en la cara? El cuello de Esteban estaba enrojecido y sur-
cado de cicatrices permanentes, asimismo sus mejillas y orejas. Claramente usaba peluca. Exceptuando los labios, la
mitad de la cara —mentón, nariz, órbitas de los ojos y el centro de su frente— parecían una sola pieza, del color de un audífono plástico.

—Elbaz, a usted no lo conozco —dijo Esteban, casi
como hombre sin lengua o sin nariz—. Berry, usted me parece conocido. ¿Es de la CG?

—No, señor.

—Yo vine a hacer algo —dijo Albie—. No tengo una copia impresa de mis órdenes pero...

—Excúseme, delegado comandante, pero ya le hablaré.
¿Tiene un momento?

—Bueno, seguro, pero...

—Sólo deme un minuto. Quiero decir, yo sé que usted
tiene rango superior al mío y todo eso, pero sea paciente conmigo, a menos que tenga una prisa insólita. Su historia está
comprobada. Yo le daré toda la ayuda que pueda en lo que necesite. Ahora, Berry, ¿*alguna vez* fue CG?

Raimundo vaciló, desconcertado por el cuerpo mutilado
y la extraña voz.

—No, eh, no, señor. Pacificador no he sido.

—Pero algo.

—No quise decir eso.

—Pero lo dijo. Estuvo relacionado con la CG de alguna
manera, ¿no? Usted me es familiar. Yo lo he visto, he oído de
su persona o apuesto que conozco a algún amigo suyo.

Albie le dio una mirada a Raimundo y éste dejó de hablar.
Independientemente de la pregunta, Raimundo contemplaba
sencillamente al hombre, escudriñando en su cerebro. ¿Dónde pudiera haberse encontrado con un Pinkerton Esteban y
cómo olvidarlo?

—En aquel entonces yo era un hombre entero, señor
Berry si este es su apellido verdadero.

La incomodidad de Raimundo aumentaba cada segundo transcurrido. ¿Les habían tendido una celada? ¿Saldrían de allí alguna vez? Y ¿qué pasaría con Patty? Albie parecía estar tenso y no más cómodo que él.

Esteban ladeó la cabeza para dar una sostenida mirada más a Raimundo, luego se volvió a Albie.

—Veamos entonces, delegado comandante Elbaz. ¿Qué cosa tiene que hacer conmigo?

—Me encargaron la custodia de su prisionera, señor.

—Y ¿quién le dijo que yo tenía una prisionera?

—Los jefes supremos, señor. Dijeron que la sujeto no coopera, que un plan o misión falló y que teníamos que devolverla al Tapón.

—¿Tapón? ¿Qué es eso?

—Esteban, usted lo sabe si es quien dice ser.

—¿No tiene sentido que medio hombre tenga un puesto de mando en la CG?

—No dije eso.

—Pero no es lógico, ¿no?

—No puedo decir que lo sea.

—Nunca vio otro como yo en las filas, ¿cierto, Elbaz?

—No, señor, nunca.

—Bueno, soy legítimo, le guste o no, y usted tendrá que entenderse conmigo.

—Con todo gusto, señor, y cuando verifique mi información, verá que todo está en orden y...

—Delegado comandante, ¿yo dije que aquí tenía una prisionera?

—No, señor, pero yo sé que la tiene.

—Usted sabe que yo la tengo.

—Sí, señor.

—Señor, el Tapón es una institución de rehabilitación femenina, ¿Realmente considera que yo pueda tener una mujer encarcelada aquí?

Albie asintió.

—¿Esto le parece centro de detención?

—Asumen formas diferentes en épocas diferentes.

—Sin duda que sí. Señor, ¿qué razón tiene para no haberme saludado con el nuevo protocolo?

—Señor Esteban, me cuesta recordarlo.

—¿Sin duda? Señor, ¿se da cuenta de que usted tiene una mancha en la frente?

Albie se estremeció. Raimundo sintió un escalofrío. ¿Un Pacificador CG pudo ver la marca de Albie? Las cosas fueron cayendo en el lugar debido con tanta rapidez, que Raimundo apenas pudo seguir el hilo. ¿Cuánto se había comprometido? ¡Albie sabía todo!

—¿Sí? —dijo Albie inocentemente y se pasó la mano por la frente.

—Así, eso es mejor —dijo Esteban.

Albie movió lentamente su mano hasta apoyarla al costado de su brazo. Si tan sólo Raimundo tuviera una.

—Caballeros —enunció cuidadosamente Esteban superando su horroroso sonido—, si tienen la amabilidad de seguirme, quisiera que empezáramos en una nueva sala. Esta vez lo haremos con el protocolo apropiado, ¿qué les parece?

Pasó rodando por el lado de Raimundo y Albie, alcanzó la puerta, la abrió, y salió rápido antes que se cerrara encima de él. Albie se paró y la tomó, Raimundo lo siguió por el pasillo. Albie desató la correa que mantenía al arma nueve milímetros en su funda. Raimundo se preguntó si tendría tiempo para huir saliendo por la puerta principal antes que Albie se percatara de que se había ido. Vaciló, esperando que el chirrido de la silla lo cubriera, si decidía eso.

Pero Albie se volteó y le hizo señas para que avanzara delante de él, detrás de la silla que rodaba rápidamente. De poder escapar, Patty sería cosa del pasado. No tenía otra opción sino quedarse y seguir el juego.

CINCO

Camilo se instaló en el Hummer blanco, confirmó que tenía el tanque lleno, examinó los neumáticos, buscó las llaves, revisó el motor, y lo echó a andar.

—¿Cómo la llamaremos? —preguntó Cloé.

—Esta es grande, musculosa antigua —dijo él—. Tiene el nombre Cloé escrito en todas partes.

Faltaban horas para que oscureciera, y estarían comunicándose frecuentemente con Zeke, para averiguar qué él sabía acerca de la posición de la emboscada policial de la CG. Ellos buscaban rebeldes que fueran a cargar combustible en la estación de servicio de su papá, sin imaginar que Zeke hijo estuviera ahí, pero ¿podría llevárselo Macho sin ser vistos?

Keni estaba durmiendo una siesta, y Lea leía cuando ellos regresaron.

—Zión dijo que tú podías ir con él y Jaime —dijo ella—. Y Cloé iba a involucrarme en eso de la cooperativa.

—Tengo que comenzar a comunicarme con todos —dijo Cloé, instalando su computadora mientras Lea acercaba una silla. Camilo subió un piso al escondite de Zión.

¡Qué lugar se había preparado! En una oficina apenas suficiente para un escritorio en forma de U, Zión tenía el equivalente a una cabina de pilotaje; todo lo necesario le quedaba al alcance de su mano. Estaba listo, con su computadora delante y encima de esta, en una repisa, sus comentarios y la Biblia. Camilo se impresionó con los pocos libros que había traído, pero el doctor Zión Ben Judá le explicó que había ingresado por escáner la mayoría del material necesario a su enorme disco duro.

Jaime se sentó en un cómodo sillón, aunque no daba esa impresión. Había sido herido más gravemente que Camilo cuando se estrelló el avión, pero estaba ahí derramando lágrimas de gozo evidente, al entrar Zión apurado para enseñarle.

—Jaime, gran parte de esto lo ha oído desde su juventud —dijo el rabino—, pero ahora que Dios le abrió los ojos y usted sabe que Jesús es el Mesías, se sorprenderá al ver cómo se ensambla todo cobrando sentido.

Jaime se meció en el sillón, lloró y asintió.

—Entiendo —dijo repetidamente—. Entiendo.

Camilo estaba transportado, escuchaba hablar con efusividad de gran parte de lo que había aprendido en los últimos tres años de los mensajes cibernéticos diarios de Zión. A veces, el mismo rabino se sobrecogía y tenía que detenerse, exclamando jubiloso:

—Jaime, usted no sabe cuánto oramos por usted, una y otra vez, rogando que Dios le abriera los ojos. ¿Necesita un descanso, hermano mío?

Jaime movió la cabeza pero levantó la mano para hacerse entender, a pesar de la mandíbula cosida.

—¡Dios me está abriendo los ojos a tantas cosas! —pudo decir—. Camilo, acércate. Debo preguntarte algo.

Camilo miró a Zión, este asintió, y acercó más su asiento al de Jaime.

—Siempre me pregunté por qué no fuiste a la primera reunión de Nicolás con su nuevo equipo gobernante en las Naciones Unidas, ¿recuerdas?

—Naturalmente.

—Perdóname por escupirte, Camilo, pero por ahora no puedo hablar de otra forma.

—Ni lo vuelvas a pensar.

—¡No pude comprenderlo! El privilegio de una vida, la oportunidad que no podía perder ningún periodista que se respete. Te invitaron. ¡Yo te invité! Dijiste que irías pero no lo hiciste. Fue el tema de conversación de Nueva York. Te degradaron por ello. ¿Por qué? ¿Por qué no fuiste?

—Jaime, estuve allí.

—¡Nadie te vio allí! Nicolás se decepcionó, se enojó. Todos preguntaban por ti. Tu jefe, ¿cómo era su nombre?

—Esteban Plank.

—¡El señor Plank no podía creerlo! ¡Patty Durán estaba allí! Tú fuiste el que se la presentó a Carpatia y, sin embargo, no te presentaste cuando ella te esperaba.

—Jaime, yo estuve allí.

—Camilo, yo también me encontraba allí. Tu puesto en la mesa estaba vacío.

Camilo iba a repetir que estuvo allí pero, súbitamente, comprendió lo que ocurría y el porqué Jaime traía este tema a colación, después de tanto tiempo.

—Jaime, ¿te están abriendo los ojos de verdad, no es cierto?

El viejo puso una mano temblorosa en la rodilla de Camilo.

—Yo no lo pude entender. No tenía sentido. Jonatan Stonagal abochornó a Nicolás yendo detrás de ti. Nicolás lo humilló tanto que se suicidó y, en el proceso, él mató a Josué Todd-Cothran.

Camilo quiso decir que lo había presenciado y que no sucedió de esa forma, pero esperó.

—Nada de eso tenía sentido —gimoteó Rosenzweig—. Nada. Pero los ojos no mienten. Stonagal agarró el revólver del guardia de seguridad, se mató de un balazo y, también, a su colega.

—No, Jaime —susurró Camilo—. Los ojos no mienten pero el Anticristo sí.

Rosenzweig empezó a estremecerse hasta que todo su cuerpo convulsionó. Apretó las manos contra su cara dolorida para detener el temblor de sus labios.

—Camilo, ¿por qué no estabas allí?

—¿Por qué no habría estado en aquel lugar, señor? ¿Qué podía impedírmelo?

—¡No me lo imagino!

—Tampoco yo.

—Entonces, ¿por qué? ¿Por qué?

Camilo no contestó. Cesó en sus intentos de persuadir al viejo. —Me asignaron estar allí; mi jefe esperaba que yo fuera.

—¡Sí, sí!

—Iba a ser el más importante de todos los artículos de portada, de la revista de mayor circulación en la historia. Era la cumbre de mi carrera. ¿Crees que desecharía eso?

Rosenzweig movió la cabeza, lágrimas corrían por su rostro, y sus manos temblaban. —No lo harías.

—Por supuesto que no. ¿Quién haría una cosa así?

—Quizá habías llegado a creer que Nicolás era el Anticristo y no querías exponerte a él.

—Para ese entonces, sí, o creía que sí. No hubiera entrado ahí sin la protección de Dios.

—Y ¿no la tenías?

—Claro que sí.

—Entonces, ¿por qué no ir? Hubieras sido el único, que tenía consigo la mano de Dios.

Camilo solamente asintió. Los ojos de Rosenzweig se aclararon y pareció que contemplaba algo a miles de kilómetros de distancia. Sus pupilas se movían para todos lados. —¡Estuviste allí!

—Sí, estuve.

—Camilo, estuviste allí, ¿no es cierto?

—Estuve, señor.

—¡Y lo viste todo!

—¡Todo!

—Pero, no lo que vimos los demás.

—Observé lo que ocurrió realmente. Vi la verdad.

Las manos de Jaime aletearon más allá de su cabeza y a través de dientes apretados, describió lo que había visto una vez y que, ahora, se repetía.

—¡Nicolás! ¡Nicolás asesinó a esos hombres! Él hizo que Stonagal se arrodillara delante de él, le metió el cañón del arma en la oreja ¡y los mató a los dos con un solo tiro!

—Eso es lo que pasó.

—Pero Nicolás nos dijo lo que habíamos visto, recalcó lo que recordaríamos y ¡nuestra percepción se convirtió en nuestra realidad!

Jaime se dio vuelta arrodillándose, apoyando su frágil cabeza en las manos, los codos sobre el asiento de la silla.

—Oh Dios, oh Dios —oraba— abre mis ojos. Ayúdame a ver la verdad siempre, Tu verdad. No permitas que yo sea dirigido por un loco, engañado por un mentiroso. Gracias, Jehová Dios.

Se puso de pie lentamente y abrazó a Camilo, luego, se volvió para dar la cara a Zión.

—Verdaderamente Nicolás es el Anticristo —dijo—, debe ser detenido. Quiero hacer lo preciso.

Zión sonrió compasivamente: —¿Puedo recordarle que usted ya trató?

—Por cierto que lo hice, pero no por las razones que me harían intentarlo hoy.

—Si piensa que conoce las profundidades de la depravación del hombre —dijo Zión—, espere hasta que recibamos lo que él pretende con el pueblo escogido de Dios.

Jaime se sentó y alcanzó un cuaderno de notas.

—Toca ese tema, Zión, por favor.

—Amigo mío, en el momento debido. Sólo quedan por ver, unos pocos miles de años más.

A pesar de su dolor, David estaba descansado. Pudiera haber aprovechado más, pero había dormido el sueño de los drogados y al menos, sentía refrescada su mente. Desdichadamente, eso le dificultaba separar su terror por Anita, de su recelo por el poseído Carpatia. Había estado en presencia del mal muchas veces, pero nunca en la compañía del mismo Satanás. Susurró una oración por Anita, agradeció por la enfermera Palemoon, por Zión que le había enseñado que Satanás, aunque infinitamente más poderoso que todo ser humano, no es rival para el Señor Dios.

—Él no es omnisciente —había enseñado Zión—. No es omnipresente. Mentiroso, persuasivo, controlador, engañador, posesivo, opresor, sí, pero mayor es Aquel que está en ti, que el que está en el mundo.

—Te están esperando —le dijo Sandra—. Evidentemente el potentado resucitado no quiere que pierdas ni un detalle.

—Bueno, bien entonces.

—Y con tu llegada, yo me voy. Y eso es bueno también. Ha sido un día largo.

—Para ambos.

—¿Te sientes totalmente bien? Supe que tuviste una caída fea.

—Mejor.

—Buenas noches, director Hassid. Y, oh, sí. "Él resucitó".

David la miró fijamente y le impactó la fealdad de su frente, comparada con la de la bella hermana morena que acababa de conocer.

—"Resucitó sin duda" —dijo, dando a entender no más que eso.

Tocó la puerta, entró y se quedó estupefacto cuando no sólo Carpatia y Fortunato se pusieron de pie, sino también los demás gerentes.

—Mi amado David —empezó Carpatia—, qué bueno que estés recuperado para reunirte con nosotros.

—Gracias —dijo David mientras Jim Hickman, el director de inteligencia, le acercaba una silla.

—Sí —dijo Hickman—. ¡Qué bueno! —sonrió radiante, mirando de reojo a Carpatia, para ver si le había complacido. El potentado frunció los labios y entrecerró los ojos, haciendo caso omiso de Hickman. A David, eso le pareció intencional. Hickman era elegido de Fortunato, y Carpatia apenas ocultaba su opinión del hombre, un bufón.

Dos docenas de personas, más Nicolás y León, integraban el equipo. Se ubicaban alrededor de una enorme mesa de caoba, en la oficina de Carpatia. Era la primera vez que David compartía una reunión de esa magnitud. Percibió una oscura sensación de alerta mientras se sentaba y se estremeció al ver una Biblia muy ajada, puesta sobre la mesa, frente a Nicolás. Todos se sentaron cuando David lo hizo, excepto Carpatia, quien quedó de pie. El hombre parecía revitalizado, su respiración era rápida, grandes bocanadas de aire silbaban entre sus dientes. Era como si él fuera un jugador de fútbol encerrado en los vestuarios, antes del saque inicial de un partido de campeonato.

—Caballeros y señoras —empezó—, ¡ahora tenemos un contrato nuevo con la vida! —risas inundaron la sala. Cuando éstas se desvanecieron, Nicolás continuaba riendo—. Créanme, *nada* como despertarse de la muerte.

Todos asintieron y sonrieron. David estaba consciente de la mirada del jefe de seguridad Walter Moon, así que inclinó cortésmente la cabeza.

—Oh, yo estuve muerto, amigos, no sea que alguno lo dude —ellos menearon sus cabezas—. Señor Fortunato, debemos publicar fotografías de la autopsia, el informe del forense, la resucitación misma. Siempre habrá escépticos, pero todos los que estaban allí conocen la verdad.

—Lo sabemos —dijeron varios.

David sintió el mal emanando tan arrolladoramente de Carpatia que se sentó rígido y preocupado de llegar a desmayarse. De pronto Nicolás lo encaró: —Director Hassid, usted estaba allí.

—Estuve, señor.

—¿Veía bien?

—Perfectamente, señor.

—Usted me vio levantarme de la muerte.

—Nunca lo negaré.

Carpatia rió cálidamente. Fue a su escritorio y permaneció de pie detrás del enorme sillón de cuero rojo, bien acolchonado. Lo acarició, luego lo masajeó con fuerza.

—Es como si estuviera viendo esto por primera vez —dijo a veinticuatro pares de ojos que lo admiraban—. León, ¿qué hay directamente encima de mi oficina?

—¡Vaya!, nada señor. Estamos en el último piso, el dieciocho.

—¿Ningún cuarto de servicios, o zona de mantenimiento de los ascensores?

—Nada, señor.

—León, quiero más espacio. ¿Estás anotando?

—Sí, señor.

—¿Qué tienes anotado hasta ahora?

—Fotos de la autopsia, informe del forense, la resucitación.

—Agrega la ampliación de mi oficina. La quiero con el doble de altura, con un techo transparente que me exponga a los cielos.

—Excelencia, considérelo hecho.

—¿Para cuándo? —preguntó Carpatia—. ¿Quién sabe eso?

Fortunato apuntó al director de construcción, que hizo señas tentativas con la mano.

—Sí, señor —apremió Nicolás—, y ¿puedo suponer que esto tendrá la primera prioridad?

—Apueste su vida —dijo el hombre y Carpatia casi se desplomó de la risa.

—Director, permita que le diga algo. Sé que usted debe desplazarme por unos cuantos días, por el desorden que implicará arrasar y levantar luego este techo. Pero quiero que esté listo lo más rápido que sea humanamente posible, y ¿sabe por qué?

—Señor, me hago una idea.

—¿De veras?

El hombre asintió.

—¡Sí, escuchémosla!

—Porque no creo que usted siga siendo humano, y lo podría hacer más rápido que mi equipo en su mejor momento.

—Solamente Dios otorga esa sabiduría, director.

—Potentado, creo que estoy en su presencia.

Nicolás sonrió. —También creo que lo está —se volvió haciendo señas a todos—. Cuando estuve muerto tres días, mi espíritu era tan fuerte y poderoso que supe, supe, supe que llegaría mi hora. Cuando la muerte hubo disfrutado la victoria sobre mí por el tiempo suficiente, ejercí mi voluntad para vivir de nuevo. Amigos, yo me resucité. Yo me levanté de nuevo a la vida.

Un murmullo llenó la sala; los presentes aprobaban en voz alta y juntaban sus manos como si estuvieran orándole o adorándole.

Nicolás tomó la Biblia con cariño, según le pareció a David. —Puede que se pregunten qué hace esto aquí —dijo. La abrió y así la dejó caer sobre la mesa—. Este es el libreto de los que se oponen a mí. Este es el libro santo de los que no me reconocen y no lo harán, a pesar de lo que vieron con sus propios ojos —dio un puñetazo sobre el libro—. Esto contiene las mentiras sobre el pueblo escogido de Dios y el engaño supremo de que hay uno por encima de mí.

Su equipo, excepto uno, murmuró mostrando desaprobación.

Carpatia se paró del puesto de cabecera; cruzó los brazos, sus piernas bien abiertas. —Usaremos su mismo plan maestro para ponerlos de rodillas. Los judíos que adoran a su Mesías venidero en su propia Tierra Santa, en su amada ciudad donde se dignaron asesinarme, me verán regresar allí triunfante. Tendrán una oportunidad de arrepentirse y ver la luz.

»Y los judíos que creen que el Mesías ya vino y se fue, que Jesús es su Salvador, al cual yo no veo en ninguna parte, ¿y ustedes?, también remontan su legado a Jerusalén. Si quieren ver al verdadero Dios vivo, que se dirijan hacia allá, pues en aquel lugar estaré pronto. Si el templo sagrado es la residencia del Dios altísimo, entonces el dios altísimo residirá allí, elevado en el trono.

»En la ciudad donde me asesinaron, ellos me verán, elevado y exaltado.

Muchos directores levantaron los puños de victoria y exhortación.

—Ahora, algunos planes. Como no he dejado duda en la mente de toda persona pensante acerca de mi identidad, no me parece necesario un intermediario entre mi equipo y yo. Aunque mi querido camarada, el comandante en jefe León Fortunato, me ha asistido hábilmente desde la primera vez que asumí el poder, ahora lo necesito en otro papel crucial, el cual ya aceptó con entusiasmo. Lo que fuera intentado noblemente una vez, habiendo fallado en definitiva, ahora será consumado en éxito y victoria.

»La Fe Mundial Única Enigma Babilonia falló porque, a pesar de su elevada meta de unificar las religiones del mundo, no adoraba a otro dios que a sí misma. Estaba consagrada a la unidad pero esa nunca se obtuvo. Su dios era nebuloso e impersonal. Pero con León Fortunato como el Altísimo Reverendo Padre del Carpatianismo, los fieles del mundo tienen, por fin, un dios personal cuya fuerza, poder y gloria se demostraron en la ¡resucitación *de él mismo* de entre los muertos!

Muchos aplaudieron. Carpatia indicó a León que se levantara y hablara, mientras él retrocedía pero continuaba de pie.

—Me siento profundamente humilde con este cometido asignado —dijo León, acercándose a Nicolás, cayendo de rodillas y besando las manos del potentado. Se levantó y volvió a la cabecera de la mesa—. Permitan que aclare, no se trata de que Su Excelencia necesite ayuda de ningún mero mortal, o que el nombre de la nueva religión fuese idea mía. No fue un golpe de lucidez. ¿De qué otra forma pudiéramos llamar a la fe cuyo objeto de nuestra adoración es Su Excelencia?

»El derramamiento de emociones de la ciudadanía en este día, estimuló la idea de que debiéramos reproducir la imagen de Su Excelencia, la gran estatua, erigiéndola en las ciudades principales de todo el mundo. Ya se han enviado los diseños y se ha requerido que cada ciudad, haga construir la imagen. Tendrán solamente la cuarta parte del tamaño original que, como ustedes saben, era cuatro veces el tamaño real. No se precisa un científico para averiguar que, entonces, las réplicas serán exactamente de tamaño natural.

»Mientras nuestro amado potentado yacía muerto, me impregnó con poder de bajar fuego del cielo, para matar a los que se le opusieran. Me bendijo con autoridad para hacer hablar a la estatua, a fin de escuchar su propio corazón. Esto confirmó en mí, el deseo de servirle como mi dios por el resto de mis días, y lo haré mientras Nicolás Carpatia me dé vida.

—Gracias, mi amado siervo —expresó Nicolás mientras León se sentaba—. Ahora, benditos camaradas, he escrito asignaciones para todos y cada uno. Se prepararon justo antes de mi defunción y ahora, tendrán para ustedes más sentido que nunca. Primero, uno de mis amigos más antiguos y queridos, una mujer más cercana a mí que un familiar, les explicará algo. Señora Ivins, si gusta acercarse.

Viv Ivins, remilgada y respetuosa, con su pelo canoso recogido en un moño alto, llegó a la cabecera de la mesa y abrazó a Nicolás. Mientras distribuía carpetas con el nombre de cada director impreso, Nicolás dijo: —Muchos de ustedes saben que la señora Ivins ayudó en mi crianza. Indudablemente por muchos años creí que era mi tía, tan cercanos éramos. Ella ha estado trabajando en un proyecto para instituir ciertos controles en la ciudadanía, lamentablemente necesarios. La mayoría está consagrada a mí; sabemos eso. Muchos que no lo estaban o tenían dudas, ahora nos apoyan totalmente, y estarán de acuerdo en que lo hacen por buenas razones.

»Pero existen esas fracciones que no son leales, primordialmente las dos que ya he mencionado. Quizá ahora hayan entendido el error de sus conductas y, en adelante, mostrarán lealtad. De ser así, no tendrán problemas con las medidas de seguridad que, me parece, deben iniciarse. Les pido a los leales de la Comunidad Global, en específico a los fieles a mí y a la fe unificada, que lleven voluntariamente una marca de lealtad.

Walter Moon se puso de pie. —Señor, le imploro que me permita ser el primero en ponerme su marca.

—Hermano, no nos adelantemos —dijo Nicolás—. Puede que se le cumpla su deseo y, aunque me conmueve su sentimiento, ¿cómo sabe que no lo marcaré con un hierro como a las cabezas de ganado?

Moon abrió las manos, apoyadas en la mesa, e inclinó la cabeza. —Como usted, mi señor, es mi testigo, yo lo soportaría y la llevaría con infinito orgullo.

—Vaya, vaya —dijo Nicolás—, si el sentir del director Moon es compartido por el populacho, no necesitaremos medidas para hacerlo cumplir, ¿no?

David dio una mirada a su paquete y hojeó las páginas de información hasta que su mirada se detuvo en una palabra impactante. —"¿Guillotinas?" —dijo en voz alta antes de poder controlarse.

—Ahora *estamos* adelantándonos a nosotros mismos —dijo Nicolás—. No hace falta decir que esas serán el último recurso y ruego que nunca sean necesarias.

—Yo ofrecería alegremente mi cabeza —dijo Moon con entusiasmo—, si fuera tan necio como para negar a mi señor.

Nicolás se volvió a David. —Usted es el responsable de adquisiciones técnicas, ¿correcto?

David asintió.

—No me imagino que tengamos un abastecimiento adecuado de los mecanismos de respuesta inmediata para el reacio. Debemos estudiar la necesidad esperada y estar preparados. Como dije, mi sueño más atesorado es que nadie rechace la marca de lealtad. Señorita Ivins, por favor.

—La primera página de sus carpetas —comenzó ella con un tono de voz preciso y modulado que tenía indicios de su dialecto rumano nativo—, mucho antes de llegar a las guillotinas... —hizo una pausa para permitir las risas, en las que David no participó—, es una lista de las diez regiones del mundo y el número correspondiente. Es el producto de una ecuación matemática que identifica a esas regiones y sus relaciones con Su Excelencia el Potentado. La marca de lealtad, que explicaré detalladamente, empezará con esos números, identificando así la región de residencia de cada ciudadano. Las cifras siguientes, incrustadas en un microprocesador biológico electrónico que se inserta bajo la piel, completarán la identificación, al punto de que cada uno será exclusivo.

Súbitamente, como en trance, León se levantó y comenzó a hablar.

—Todo hombre, mujer y niño, independientemente de su situación en la vida, recibirá esta marca en su mano derecha o en la frente. Los que se despreocupen de recibir la marca cuando esté disponible, no podrán comprar ni vender hasta que la reciban. Los que rechacen abiertamente la marca serán ejecutados, y todo leal ciudadano marcado será facultado con el derecho y la responsabilidad de denunciar a aquellos. La marca consistirá en el nombre de Su Excelencia o el número prescrito.

Dicho eso, León se dejó caer pesadamente en el asiento. Viv Ivins sonrió benevolente y dijo:

—Vaya, gracias, Reverendo —lo que hizo que todos se rieran, hasta León. David temía que su corazón apretado y sus manos temblorosas lo delataran. ¿Qué pasaría si esa misma noche se le ocurriera a alguno la brillante idea de aplicar la marca al círculo íntimo? Él podría estar en el cielo antes que Anita supiera que había muerto.

—Ya hemos decidido qué tecnología usar —continuó Viv—. El microprocesador biológico con los números ingresados, puede insertarse tan indoloramente como una vacuna, en cuestión de segundos. Los ciudadanos pueden escoger una u otra parte, quedando visible una delgada cicatriz de un centímetro, e inmediatamente a su izquierda, seis puntos en tinta negra —imposible eliminar bajo penalidad legal— el número que designa la región de residencia del individuo. Ese número puede incluirse en el microprocesador si la persona prefiere que una de las variantes del nombre del potentado aparezca en su carne.

—¿Variaciones? —preguntó uno.

—Sí. Suponemos que la gran mayoría preferirá los números moderados al lado de la pequeña cicatriz. Pero también pueden escoger las iniciales pequeñas NJC —no mayores que los números—. Se puede usar el nombre o el apellido, incluyendo una versión de *Nicolás* que, prácticamente, cubriría el lado izquierdo de la frente.

—Para los más leales —dijo Nicolás con la mueca de una sonrisa—. Alguno como, digamos, por ejemplo, el director Hickman.

Hickman se ruborizó pero dijo en voz alta:

—¡Viv, anótame!

—La placa insertada tiene doble ventaja —continuó ella—. Primero, deja la prueba visible de la lealtad al potentado, y segundo, sirve como método de pago y recibo de las compraventas. Detectores a nivel del ojo permitirán que clientes y comerciantes sencillamente pasen por ahí y obtengan una cuenta para pagar o un recibo.

Varios silbidos de admiración se oyeron. La cabeza de David latió. Levantó la mano.

—Director Hassid —dijo Viv.

—¿Qué tiene pensado en materia de plazos?

—¿Le preocupa que su cabeza no sea invadida más, precisamente ahora? —dijo ella sonriente.

—También me pusieron un suero intravenoso en la mano.

—No se afane —dijo ella. Aunque el potentado y el comandante en jefe aprecian el valor de los empleados que sirven como ejemplos para el mundo, usted tendrá treinta días, a partir de mañana, para cumplir su obligación.

—¡Lo haré esta noche! —dijo alguno—, ¡y ni siquiera soy Hickman!

Un mes, pensó David, *Un mes para salir de Dodge.* ¿Qué sería de él, Anita, Max y Abdula? ¿Y Hana Palemoon?

Viv dijo que en los próximos días se cercioraría de que cada director supiera cuál era su parte en la difusión de imágenes de Carpatia y la aplicación de la marca de lealtad. Mientras tanto, dijo: —Su Excelencia tiene un comentario final.

—Gracias, Viv —dijo Nicolás—. Permítanme que les cuente sólo la historia de una familia que conocí hoy, y ustedes saben que conozco a miles. ¡Tenemos tal núcleo de ciudadanía leal! Esta era una hermosa y leal familia asiática de apellido Wong.

David luchó por mantener la compostura.

—La hija de ellos ya trabaja para nosotros en El Tapón de Bruselas. Los padres son acomodados y grandes pilares de la Comunidad Global. El padre estaba muy orgulloso de su familia y de su historial de lealtad. A mí me impresionó mucho Chang, el hijo, de diecisiete años de edad. He ahí un joven que, según su padre, me ama a mí y a todo el mundo como lo vemos hoy. No quiere más que trabajar para mí, aquí en palacio, y aunque le queda aún otro año de escuela secundaria, prefiere traer sus talentos a nosotros.

»¡Y qué talentos! Yo dispondré que termine aquí la escuela porque ¡él es un genio! Puede programar cualquier computadora, analizar y arreglar todo problema del sistema operativo o de procedimientos. Y esto no lo supe sólo por medio de un padre orgulloso. Me mostró documentos, notas, cartas de recomendación. Esta clase de joven es nuestro futuro, y este nunca se ha divisado más brillante.

Ese muchacho, pensó David, *morirá antes de aceptar la marca.*

SEIS

Mientras Raimundo seguía la silla de ruedas por el pasillo, apenas capaz de respirar, su mente giraba vertiginosamente con sus errores. Si fuera posible salir de esto de alguna forma, sería el dirigente más firme que el Comando Tribulación pudiera imaginar.

Ellos llegaron a una oficina aun más pequeña que la primera. Pinkerton Esteban abrió, hizo girar hábilmente su silla, de manera que pudiera con ella mantener abierta la puerta para permitir la entrada de Raimundo y Albie. Le señaló a Raimundo una silla de acero gris, cerca de la pared, frente a un escritorio de igual material y color. Albie se sentó a la izquierda de Raimundo.

Esteban cerró la puerta con llave y con sonidos nasales expresó que la habitación era segura y no tenía micrófonos; luego se dirigió al otro lado del escritorio, quitando del camino una silla regular. Acomodó su silla de ruedas en relación con el mueble, se inclinó hacia delante y apoyó los codos doblando su mano y la mitad de la otra bajo el mentón.

Una parte de Raimundo toleraba a duras penas mirar al hombre; la otra, no podía despegarle los ojos.

—Entonces, ahora —empezó lentamente Esteban—, delegado comandante Elbaz, si ese es su nombre real, usted puede volver a enfundar su arma y sacar la mano de ella. Ambos estamos en el mismo equipo y no tiene nada que temer. En cuanto a usted, señor Berry, aunque no vista uniforme, y probablemente use un alias, tampoco debe amedrentarse. Ustedes en un momento serán agradablemente sorprendidos, al saber que los tres estamos en el mismo equipo.

Raimundo quiso decir "lo dudo" pero temió que aunque intentara, no podría articular sonido.

—Caballeros, ¿empezamos de nuevo? —dijo Esteban.

Si tan sólo..., pensó Raimundo.

—Señor Elbaz, como oficial de rango superior creo que le corresponde comenzar nuestra sesión con el protocolo apropiado.

—Él resucitó —dijo Albie, pésimamente en opinión de Raimundo.

—¿Quién resucitó sin duda? —respondió Esteban y Raimundo atribuyó la mala pronunciación a la enfermedad del hombre, cualquiera que esta fuese. Albie se limitaba a contemplar a Esteban. Raimundo se fijó en que Albie no había atado la correa de la funda del arma aunque había sacado su mano del revólver. Se preguntó si podía agarrar el arma, matar a los dos e irse con Patty.

—Comandante Elbaz, usted tiene quehaceres aquí y yo le dejaré ocuparse de eso luego de satisfacer la curiosidad de ambos. Comprendo que es difícil mirarme, que han estado preguntándose qué me pasó, y que por más fuerte que he trabajado mi manera de hablar, cuesta mucho entenderme. ¿Alguno de ustedes ha visto antes a alguien al que le falte la mayor parte de su cara?

Ambos negaron con la cabeza y Esteban puso su pulgar bueno debajo del mentón.

—Cuando me saque la prótesis no me podrán entender en absoluto, así que no intentaré hablar.

¡Plaf!

Raimundo se encogió cuando Esteban arrancó la cubierta plástica de abajo de su barbilla.

¡Plaf! ¡Plaf!

Al continuar quedó claro que la prótesis era una sola pieza que reemplazaba la mayor parte de su barbilla, nariz, órbitas de los ojos y frente. Se mantenía en su lugar con sujetadores metálicos incrustados, en lo que quedaba de los huesos originales de la cara. Esteban la sostuvo en su lugar con los muñones de su mano y dijo:

—Prepárense; no los haré mirar por mucho tiempo.

Albie levantó la mano.

—Señor Esteban, esto no es necesario. Sí, tenemos cosas que hacer aquí, y no veo la necesidad de...

Se detuvo cuando Esteban retiró la máscara de su cara, revelando una cavidad monstruosa. Sólo lo que quedaba de sus labios daba indicios de algo humano. Raimundo tuvo que esforzarse para no taparse los ojos. El hombre no tenía nariz y sus globos oculares estaban expuestos por completo. A través de agujeros de su frente Raimundo creyó que podía ver el cerebro.

Raimundo volvió a respirar cuando Esteban se aseguró la prótesis.

—Caballeros, perdónenme —dijo—, pero tal como supuse, ninguno vio realmente lo que yo quería que vieran.

—¿Y qué era eso? —preguntó Albie, claramente impactado.

—Algo que explica lo que yo veo en sus caras.

—Estoy perdido —dijo Raimundo.

—Oh, pero no lo está —dijo Esteban con una sonrisa torcida—. Usted estaba perdido pero ahora fue hallado. ¿Quiere que me saque la prótesis otra vez y...?

—No —dijeron Albie y Raimundo al unísono. Y Albie agregó—. Sólo diga lo que tiene que decir.

Pinkerton volvió a doblar las manos bajo su mentón y sus ojos parecieron perforar a Albie.

—Cómo contesté cuando usted dijo "Él resucitó"?

Parecía que Albie había recuperado su voz y su compostura.

—Se oyó como si dijera: "¿Quién resucitó sin duda?"

—Eso es lo que dije. ¿Cuál es su respuesta?

Albie se puso de pie y aclaró su garganta: —Creo que el protocolo dicta que yo diga "Él resucitó" y que usted responda "Él resucitó sin duda".

—Bastante bien pero mi pregunta persiste: "¿Quién resucitó sin duda?"

Así que, concluyó Raimundo, *de algún modo está tras de mí.* Y, no obstante, siguió callado, sabiendo que había llegado la hora de la verdad y esperando ver qué resultaría de ello.

—Comandante, deme el gusto una vez más.

Albie suspiró y lanzó una mirada a Raimundo. La marca falsa de Albie lucía real por cierto.

—"Él resucitó" —masculló Albie.

—¿Quién resucitó sin duda? —dijo Esteban, forzando otra sonrisa con sus labios destruidos.

—¡Ay, por San Pedro! —dijo Albie—. Me cansé de este juego.

—¡Cristo! —susurró Esteban emocionado—. ¡Vamos, hermanos! La respuesta a la pregunta es "¡Cristo!" ¡Cristo resucitó sin duda! ¡Veo las marcas del creyente en sus frentes! ¡Ustedes no vieron la mía por el horror del resto de mi cara. ¡Ahora, miren!

Se soltó la prótesis, esta vez desde arriba y sencillamente la tiró hacia atrás. Raimundo y Albie se inclinaron, y ahí estaba la marca, clara en medio del desastre. Mientras Esteban se colocaba la prótesis, Raimundo se volvió y tomó la cabeza de Albie con sus dos manos. Le sostuvo la nuca con la mano izquierda y le frotó con fuerza la frente con la derecha.

—¿Satisfecho? —dijo Albie sonriente.

Raimundo se sintió como de gelatina. Se desplomó en la silla, jadeando e incapaz de moverse.

—Así pues, de todos modos, ¿quiénes son ustedes? —dijo Esteban.

Raimundo se inclinó: —Yo soy...

—Oh, yo sé quién es usted. Lo supe casi inmediatamente, aunque me gusta el nuevo aspecto pero, ¿quién es este personaje?

Albie se presentó.

Esteban se inclinó y le estrechó la mano. Le hizo un movimiento de cabeza a Raimundo.

—Tengo completamente confundido al señor Steele, ¿no?

—Eso es decir poco —dijo Raimundo.

—Raimundo, usted y yo trabajamos para Carpatia al mismo tiempo y, antes, su yerno trabajó para mí.

—¿Esteban Plank?

—En carne y hueso, o lo que queda de ello. Triturado, desmenuzado, quemado y dejado por muerto debido al terremoto de la ira del Cordero. Durante semanas había estado informándome leyendo los artículos de Camilo, comprobando aspectos referentes a Carpatia. Decidí que si el Macho y otros creyentes tuvieran razón acerca del terremoto global, yo me rendiría al sonido del primer temblor. Estaba diciendo la oración mientras el edificio se derrumbaba.

Raimundo movió la cabeza. —Pero ¿por qué la estratagema?, ¿por qué trabajar nuevamente para la CG?

—Sucedió cuando me encontraba en el hospital. Nadie, incluso yo, sabía mi identidad. Cuando recuperé la memoria, fabriqué un nombre y una historia. Eso fue hace veintiún meses y tuve tiempo durante todo un año de terapia y rehabilitación, para pensar dónde ubicarme. Quería derribar a Carpatia desde adentro.

—Pero, ¿por qué no se lo dijiste a alguien? Todos pensaron que habías muerto.

—Los mejores secretos se guardan entre dos personas, siempre y cuando una de ellas esté muerta. Uno de los actos más desvergonzados que Carpatia ejecutó, fue su proceder para con Patty Durán. Me enrolé en la Fuerza de los Pacificadores y me mantuve vigilándola hasta que la detecté aquí.

Oré que llegara este día. Seguiré órdenes, obedeceré reglas, haré mi trabajo y ustedes la rescatarán.

———

David estaba sobrecogido de terror. Luego de presenciar la actuación surrealista de Carpatia, Fortunato y Viv Ivins, él estaba en la fila para irse, junto con los demás y Nicolás permanecía en la puerta, aceptando abrazos, apretones de mano, besos y reverencias de cada director. El desvergonzado Hickman cayó de rodillas y enroscó sus brazos alrededor de las piernas de Carpatia, llorando muy alto. El potentado hizo rodar sus ojos y le arrojó una mirada a Fortunato que hubiera hecho salir verrugas a una lápida.

David oraba desesperadamente cuando estaba en el sexto lugar de la fila. ¿Qué iba a hacer? En su carne quería fingir lo que fuera necesario para que no lo descubrieran y arriesgar al resto del Comando. Pero no podía, no quería, doblar la rodilla al Anticristo. Era imposible que pasara inadvertida su violación de la etiqueta. Era evidente que él sería el único director que no adularía al líder resucitado.

"¡Dios, ayúdame!", oró en silencio. ¿Sería este el fin? ¿Debía limitarse a huir y esperar lo mejor? o ¿darle la mano a Carpatia y decir algo frío como: "¿Me alegro que se sienta mejor después de eso de morirse? ¿Bienvenido otra vez?"

Sin tomar en cuenta el notorio disgusto causado por Hickman, Carpatia destilaba gracia y humildad, mientras su equipo le adulaba.

—Gracias. Aprecio su compañía y apoyo. Hay grandes días por delante. Sí. Sí.

Ocupando ahora el segundo lugar de la fila, David tenía náuseas. Literalmente. Su frágil cuero cabelludo vibraba contra los vendajes con cada latido de su corazón. Intentó orar, ser receptivo a lo que Dios demandaba de él, pero cuando el director que estaba por delante, se alejó finalmente luego de un largo abrazo con el potentado, David se quedó ahí, de pie, en blanco.

Carpatia abrió los brazos y dijo: —David, mi amado David.

David permaneció inmóvil y sintió sobre él las miradas de todos los presentes. Carpatia estaba intrigado, y parecía gesticularle. David dijo: —Poten... Poten...

—y se fue de cabeza hacia delante. Lo último que recordaba antes de desplomarse y golpear el mármol con la cabeza, fue que había vomitado encima de Carpatia.

———

—¿Cómo te va Zeke? —preguntó Camilo.

Se imaginó al flácido falsificador vestido totalmente de negro, escondido en el subterráneo de la estación de servicio de su papá, con un solo surtidor de combustible, en el devastado DesPlaines, Illinois.

—Estoy bien —llegó la respuesta en un susurro—. He estado leyendo para no aburrirme y tengo toda clase de comida aquí; aunque está oscuro.

—¿Has estado vigilando a la CG?

—Sí, cada vez que oigo un vehículo, me acerco al monitor y miro qué hacen. Algunos, son verdaderos clientes nuestros. Ven la bomba y se detienen. Entonces, el vehículo CG sale del otro lado del camino y se estaciona justo al frente de ellos.

—¿Un *jeep*?

—No, es un pequeño compacto oscuro y de cuatro puertas.

—Bien.

—Señor Williams, ¿por qué es bueno eso?

—Porque cuando yo vaya a buscarte, iré con un Hummer blanco y aplastaré el compacto como un escarabajo.

—No es un Volkswagen señor, es...

—Zeke, esa fue una manera de hablar.

—Oh, entiendo.

—¿Así que ellos no se acercan por delante *y* por detrás del automóvil?

—No, solamente hay un vehículo CG ahí. Yo miré.

—¿Sí?

—Sí. Sé que no debí pero estaba muy aburrido, así que me deslicé escaleras arriba, permanecí quieto en la oscuridad, y pude mirar al otro lado del camino. Usted sabe que, en realidad, este camino nunca se reconstruyó. Le tiraron un poco de asfalto hace poco más de un año pero no hicieron una base de verdad, así que éste se metió en los hoyos y, ahora sólo hay pedazos de pavimento. No tenemos mucho tráfico.

—¿Crees que la CG sepa que estás ahí?

—No, y estoy realmente seguro de que ignoran la existencia de un subterráneo. No existía. Papá y yo lo cavamos.

—¿Dónde están los escombros?

—Afuera, atrás, por la puerta trasera del patio de servicio.

—Mmmm, nunca me fijé. ¿Cuán cerca del subterráneo está la escalera secreta?

—Quizá unos tres metros. Está un poco escondida en el rincón.

—Así que si yo manejo a la parte de atrás de la estación, veré una puerta justo al medio de la construcción, a la cual tú puedes llegar subiendo con cautela la escalera y moviéndote unos tres metros a lo largo de la pared trasera.

—Sí.

—Quiere decir que si supieras exactamente cuándo llego, pudieras deslizarte por atrás sin que los vigilantes CG te vean.

—Aunque probablemente lo vean a usted.

—Yo me ocuparé de eso. No queremos que sepan siquiera que estuviste en el subterráneo. Puedes salir y subir arrastrándote por la parte trasera, yo tendré una frazada para que te escondas.

—Yo tendré muchas cosas mías.

—Bueno. Si me ven y me paran, yo me las arreglaré para salir de eso, pero voy a hacerlo de forma que ellos no se enteren que estoy ahí.

Un silbido le dijo a Camilo que tenía otra llamada. Era Raimundo.

—Zeke, te llamaré de nuevo. Puede demorar un rato, así que prepárate para estar listo —apretó el botón—. Habla, Camilo.

—Camilo, no vas a creer con quién acabo de orar.

—¿Patty?

—No, no adivinarás nunca.

———

David despertó en el hospital de palacio en las horas del amanecer; alguien le acariciaba la mano.

—No hables —susurró ella. Era la enfermera Palemoon. Eres una celebridad.

—¿Lo soy?

—Silencio. En todo el palacio se comenta que vomitaste entero a Carpatia.

David estaba con suero intravenoso nuevamente. Se sentía mejor.

—¿Cambiaste mi vendaje?

—Sí, ahora quédate callado.

—Pensé que tenías el día libre.

—En efecto, pero me hicieron venir porque yo fui quien te suturó y, como sabes, a ningún médico lo sacan de la cama.

—Hana, tengo que irme de aquí.

—No, debiste quedarte con nosotros unos cuantos días, de todas formas, ahora tienes la oportunidad.

—No puedo, y tú tampoco —le susurró rápidamente lo que supo en la reunión—. Tenemos que irnos de aquí antes de treinta días a partir de hoy o prepararnos para las consecuencias.

—David, estoy preparada. ¿Tú no?

—Tú sabes qué quiero decir. Tengo que encontrar a mi novia, a mis pilotos y, si sabes de otros creyentes...

—¿Novia? ¿Estás comprometido?

—La jefe de carga del Fénix, Anita Cristóbal.

—David, no sé qué decirte. Si ella estuviera aquí, ya aparecería en el sistema.

—¿Quieres volver a revisarlo? E intenta conseguir que Max McCullum y Abdula Smith vengan a verme.

———

—Albie, este es todo un alias —dijo Plank—. ¿Quieres que informe que el delegado comandante Elbaz llegó aquí con las credenciales correspondientes y que yo cumplí al pie de la letra?

—Estoy tan visible en la base de datos de la CG que nadie siquiera lo cuestionará —dijo Albie—, probablemente ellos se pregunten, por qué aún no me han conocido.

—Y bastante pronto —dijo Raimundo—. Me enrolarán y aseguraremos que Albie se reporte a mí. Sólo me preocupa comprometer a nuestro muchacho allá dentro, el que arma todas estas cosas para nosotros.

—¿Cómo lo atribuirán a él o siquiera al palacio? —preguntó Albie.

—No sé. Quizá él lo haya impedido pero tendremos que informarle lo que está pasando.

Plank los hizo salir, conduciéndolos por el pasillo, atravesaron la recepción y se dirigieron hacia la zona de la celda.

—Hace un minuto escuché un ruido ahí —dijo la señora Garner desde el escritorio.

—¿Problemas?

—Unos golpes, eso es todo.

Plank guió a los hombres a la puerta de Patty y golpeó pero sin obtener respuesta.

—Señora —llamó—, aquí hay personal de la CG para transportarla de vuelta al Tapón —le hizo un guiñó a Raimundo y Albie—. Señora, ¿puedo entrar?

Plank buscó su llavero, sacó la llave de la puerta y la abrió un par de centímetros hasta que encontró resistencia.

Albie y Raimundo dieron un paso para ayudarlo pero Plank dijo: —Yo lo consigo.

Hizo retroceder su silla, la impulsó hacia delante estrellándola en la puerta y pasando más allá de la cama que había sido puesta contra ésta, desde adentro.

—¡Oh, no! —dijo, y Raimundo pasó por su lado, empujando la puerta con el hombro para forzar su entrada.

La habitación estaba a oscuras pero cuando accionó el interruptor de la luz, se sobresaltó con unas chispas que cayeron desde el cielo raso donde había estado la lámpara. La luz del pasillo mostraba ahora que la misma estaba en el suelo, atada a la punta de una sábana. La otra punta estaba bien amarrada al cuello de Patty y ella yacía ahí, retorciéndose.

—Intentó ahorcarse con una lámpara frágil —dijo Plank mientras Albie saltaba y se deslizaba de rodillas hasta ella. Él y Raimundo tironearon y rasgaron la sábana hasta que se soltó. Raimundo suavemente la volvió sobre su espalda y ella se desplomó como muerta. Cuando sus ojos se acostumbraron a la oscuridad, él vio que los de ella estaban abiertos con las pupilas dilatadas.

—¡Se movió! —susurró Albie, agarrando su cinturón y levantándola del suelo por las caderas. Raimundo le tapó la nariz, le abrió la boca a la fuerza y la cubrió con la suya. El tórax pequeño de ella subía y bajaba mientras él la hacía inhalar, y Albie aplicaba presión para ayudarla a exhalar.

—Cierra la puerta —dijo Albie a Plank.

—¿No necesitan la luz?

—¡Ciérrala! —susurró desesperadamente—. Vamos a salvar a esta niña pero nadie va a saberlo, excepto nosotros.

Plank manejó su silla para empujar la cama quitándola del paso, luego cerró la puerta.

—Ella tiene pulso —dijo Albie—. ¿Ray, estás bien? ¿Quieres que te reemplace?

Raimundo movió la cabeza y siguió hasta que Patty comenzó a toser. Finalmente ella tragó grandes bocanadas de aire y las exhaló. Raimundo se sentó en el suelo, pesadamente, con la espalda contra la pared. Patty lloraba y maldecía: —¡Ni siquiera puedo matarme! —silbaba entre dientes—. ¿Por qué no me dejaron morir? ¡Yo no puedo regresar al Tapón!

Ella se derrumbó llorando y se estremecía en el piso, apoyada sobre sus rodillas y codos.

—No reconoce a nadie —dijo Albie.

Patty alzó los ojos, entrecerrándolos. Raimundo se inclinó y encendió una lámpara pequeña.

—No, no —dijo ella, atisbando a Albie y mirando a Raimundo—. Reconozco al comandante Pinkerton pero, ¿quiénes son ustedes, tarados?

Albie señaló a Raimundo. —Él te salvó la vida. Yo sólo soy su tarado amigo.

Patty estaba sentada en el suelo, con las rodillas levantadas, las manos agarrotadas en torno a ellas. Y volvió a decir palabrotas.

—Patty, no vas al Tapón —dijo Raimundo finalmente y quedó claro que ella reconoció su voz.

—¿Qué? —dijo ella, con asombro en su voz.

—Sí, soy yo —dijo Raimundo—. No hay secretos en este cuarto.

—¿Viniste? —chilló ella, tambaleándose hacia él e intentando abrazarlo.

Él la mantuvo alejada. Ella miró a Plank.

—Pero...

—Todos estamos en esto, juntos —dijo Raimundo con cansancio.

—Casi me maté —dijo Patty.

—En realidad —dijo Albie—, te mataste.

—¿Qué?

—Estás muerta.

—¿Qué estás diciendo?

—¿Quieres salir de aquí? ¿Quieres librarte de la CG? Sales de aquí muerta.

—¿Qué estás diciendo?

—Pediste socorro a tu viejo amigo. Él rehusó. Te desilusionaste. Cuando perdiste las esperanzas y te convenciste de que ibas al Tapón, perdiste todas las esperanzas, escribiste una nota y te colgaste. Nosotros vinimos a buscarte, te encontramos demasiado tarde, y ¿qué podíamos hacer? Informar el suicidio y disponer del cadáver.

—Efectivamente *escribí* una nota —dijo ella—. ¿Ves? —ella señaló a un papelito que se había caído de la cama.

Raimundo la recogió y la leyó bajo la lámpara, "¡¡¡Gracias por nada, viejos AMIGOS!!!" había escrito. "Juré no volver nunca al Tapón y lo siento en realidad. No se puede ganar todo".

—Fírmala —dijo Raimundo.

Patty se masajeó el cuello y trató de aclararse la garganta. Buscó su bolígrafo y firmó la nota.

—¿Cuánto tiempo puedes retener la respiración? —preguntó Albie.

—No lo bastante para matarme, evidentemente.

—Vamos a llevarte de aquí tapada con una sábana, y también vas a tener que parecer muerta cuando te carguemos en el avión. ¿Puedes hacer eso?

—Haré lo que tenga que hacer —ella miró a Plank—. ¿Usted también está metido en esto?

—Mientras menos sepas, mejor —dijo él, arrojando una mirada a Albie y, luego, a Raimundo—. Ella no necesita saberlo nunca, por lo que a mí respecta —ellos asintieron.

Plank les indicó dejar la sábana tal como estaba, con una punta todavía amarrada a la lámpara.

—Usa la otra sábana de la cama para cubrirla, y hazlo ahora.

Raimundo quitó la sábana y Patty quedó sobre el colchón desnudo. La hizo flotar por encima y dejó que cayera sobre ella. Plank abrió la puerta.

—¡Señora Garner! —gritó—, ¡tenemos una tragedia aquí!

—Oh, mi...

—¡No, no venga! Quédese donde está. La presa se ahorcó y la CG dispondrá de sus restos.

—¡Ay, comandante! Yo... ¿eso fue lo que oí?

—Posiblemente.

—¿Podría yo haber hecho algo? ¿Debí haberlo hecho?

—No hay nada que usted pudiera haber hecho, señora. Dejemos que estos hombres hagan su trabajo. Traiga la camilla del cuarto de utilería.

—Señor, ¿no tengo que mirar, no?

—Yo me encargaré. Tan sólo tráigame eso. Más tarde le dictaré un informe.

Raimundo notó que la señora Garner, a pesar de su rostro pálido y de sus protestas, observó el "cadáver" hasta que fue cargado en el minifurgón. Se sorprendió de la habilidad de Patty para permanecer inmóvil bajo la sábana.

Plank acordó anticiparse llamando a la anteriormente llamada Pista Aérea Monumento Carpatia. Solicitó que le abrieran paso al delegado comandante Elbaz y a su chofer y que le acercaran el automóvil de Judy Hamilton hasta su avión de combate para cargar y trasladar un cadáver. No, ellos no precisarían ayuda y apreciarían el menor alboroto posible al respecto.

A unos pocos kilómetros de la pista aérea, Patty se volvió a deslizar debajo de la sábana, y aunque ojos curiosos atisbaron por la ventanilla, Raimundo y Albie la llevaron a bordo sin despertar sospechas.

SIETE

Con las luces apagadas, Camilo sacó el Hummer del garaje subterráneo de la Torre Fuerte después del anochecer. Se había pasado la tarde ideando una conexión especial de las luces de freno y las traseras. Una vez que estuviera manejando en el tráfico regular fuera de Chicago, no quería arriesgarse a que lo pararan por el mal funcionamiento de las luces traseras, pero tampoco quería que éstas se encendieran al frenar en casa de Zeke.

El mismo Zeke era un experto en esto y orientó a Camilo a través del teléfono. Sería estupendo cuando Zeke estuviera bien seguro en la nueva casa de refugio, disponible para ayudar, precisamente en esta clase de detalles. Las luces de freno estaban ahora desconectadas, así que para encenderlas o apagarlas, Camilo iba a tener que activarlas manualmente al frenar. Un delgado cable salía desde la parte posterior, pasaba por el asiento trasero y llegaba al lado del chofer. Si tan sólo se acordara de usarlo.

Nadie sabía con cuánta frecuencia, si es que ocurría, la CG invertía tiempo, equipo y mano de obra para sobrevolar la ciudad en cuarentena, la cual estaba densamente radioactiva, según su propia base de datos. No era sensato que alguien se acercara al lugar. Si las mediciones fueran verdaderas, algo que David Hassid y el Comando Tribulación sabían que no eran tales, nadie podría vivir allí por mucho tiempo.

Aún así, el plan de Raimundo era entrar y salir desde la Torre con su helicóptero en la oscuridad de la noche. Camilo o cualquier otro que entrara o saliera, haría lo mismo desde el garaje. Era complicado salir porque no había luces encendidas en la ciudad, por fuera del edificio "Torre Fuerte". A menos que brillara la luna, era casi imposible ver algo en la oscuridad de los que fueron kilómetros de calles de la ciudad.

Camilo salió lentamente, con el gigantesco Hummer propulsándose fácilmente sobre el terreno escarpado. Quería acostumbrarse al vehículo, el más grande que había manejado. Era sorprendentemente cómodo, muy potente y para su deleite, silencioso. Había temido que sonara como un tanque.

Conducir por Chicago en la oscuridad no era la mejor forma de familiarizarse con el vehículo. Necesitaba manejar por las carreteras confiando que nadie le prestara atención. Media hora después llegó a los límites de la ciudad y tomó por el camino desierto que lo llevaría a los suburbios sin ser detectado. Encendió las luces y puso al alcance de su mano izquierda el interruptor manual de las luces de freno.

Cerca del Parque Ridge había una sección reconstruida que tenía realmente unos cuantos kilómetros de pavimento nuevo y un par de semáforos que funcionaban. El resto de la zona norte de Illinois parecía haber regresado a los primeros días del automóvil. Los vehículos formaban sus propias pistas a través de los escombros, y a veces, la lluvia hacía esas rutas intransitables.

Camilo divisó un par de carros patrulleros de la CG pero el tráfico era escaso. Cuando se sintió seguro, probó la potencia del Hummer y practicó varias vueltas a diversas velocidades. Mientras más rápido fuera y más cerrada fuera la vuelta, su cuerpo era apretado con más violencia contra el cinturón de seguridad. Pero parecía que nada haría que el Hummer se volcara. Camilo halló una zona desierta donde tuvo la seguridad de que nadie lo vería y ensayó un par de vueltas a toda velocidad, aun en una pendiente. El Hummer parecía pedir más. Con el chasis tan ancho, su peso y su potencia, contaba con una maniobrabilidad irremplazable. Camilo se sentía como la estrella de un comercial.

Aceleró el vehículo llegando casi a ciento treinta kilómetros por hora, pisó a fondo los frenos y giró el volante. El sistema de frenos de disco le impidió patinar y ni siquiera dio indicios de volcarse. No podía esperar para competir con el juguete que estuviera usando la CG en su acoso en DesPlaines.

Camilo tuvo que tranquilizarse. La idea era recoger a Zeke sin ser detectado. Consideró detenerse en la estación como un cliente normal y tirarse encima de la CG cuando vinieran a investigar. Pero ellos tenían teléfonos, radios y una red de comunicaciones que lo apresaría. Si podía hallar una vía para acercarse a la estación por el fondo, con las luces apagadas, tal vez nunca lo vieran, incluso hasta después de haber partido con su presa.

Su teléfono sonó. Era Zeke. —¿Está cerca? —preguntó el joven.

—No lejos. ¿Qué pasa?

—Vamos a tener que incendiar este lugar.

—¿Por qué?

—Cuando crean haber atrapado a todos los rebeldes que solían cargar combustible aquí, van a incendiarlo de todos modos, ¿correcto?

—Quizá —dijo Camilo—. Entonces, ¿por qué no permitirlo?

—Puede que registren primero.

—¿Y encuentren qué?

—El subterráneo por supuesto. Ni siquiera puedo pensar cómo sacar de aquí aquello que pudiera delatar a mi papá.

—¿Qué más pueden hacerle?

—Todo lo que tienen contra él es la venta de combustible sin la aprobación de la CG. Ellos lo multarán o lo dejarán preso por uno o dos meses. Si encuentran que él y yo estábamos manejando una falsificadora rebelde desde aquí, él se convierte en enemigo del estado.

—Bien pensado —Zeke siempre sorprendía a Camilo con su sabiduría callejera pues no la aparentaba. ¿Quién hubiera adivinado que el ex drogadicto, estafador y artista del tatuaje sería el mejor falsificador de identificaciones?

—Y acuérdese, señor Williams, también alimentamos a gente desde aquí. Mercaderías, lo que usted quiera. Usted sabe, pues compró muchas. Bueno, esto es lo que he pensado. Yo adapto un cronómetro con un dispositivo explosivo. Usted sabe que, de todos modos, no es el gas el que arde.

—¿Cómo? —Macho se sintió estúpido. Había sido un periodista trotamundos y ¿acaso un analfabeto virtual, trataba de decirle que los fuegos de la gasolina no son lo que parecen?

—Sí, lo que arde no es el combustible. Cuando trabajaba arriba ayudando a papá con la estación, mientras era legal y todo eso, acostumbraba a tirar mis cigarrillos en un balde de gasolina que manteníamos en la zona de servicio.

—No, no puede ser.

—Lo juro.

—¿Encendías cigarrillos?

—Juro por... quiero decir, honestamente. Así era como los apagábamos. Silban como si uno los tirara en un balde de agua.

—Estoy confundido.

—En ese balde teníamos gasolina para limpiarnos las manos. Un desgrasador, como usted sabe. Así como cuando uno acaba de trabajar en un eje y tiene que llenar el tanque, o escribir una factura de una tarjeta de crédito o algo por el estilo.

—Quiero decir que estoy confundido referente a cómo podías tirar un cigarrillo en un balde con gasolina.

—Mucha gente no sabe eso o no lo cree.

—¿Cómo impedían salir volando al otro mundo?

—Bueno, si el balde de gasolina era fresco, uno tenía que esperar un poco. Si uno veía algo de los vapores que brillaba por encima del líquido, como cuando acababan de vaciar el balde o cuando se llenaba el tanque, bueno, uno no quiere que haya cerca ninguna clase de llama viva.

—¿Pero en cuanto se asentaba y... los vapores brillantes se iban?

—Entonces tirábamos dentro del balde las colillas de cigarrillos.

—Así que son los vapores.

—Sí, ellos son los que arden.

—Entiendo. Entonces, ¿qué piensas?

—Mire, señor Williams, funciona como en un motor. El motor de inyección dispara un rocío fino de combustible gasificado a los cilindros y las bujías tiran chispas y lo queman, pero no queman el rocío.

—El rocío suelta vapores y, en esencia, eso es lo que explota en el cilindro —dijo Camilo.

—Ahora lo captó.

—Bien. Estoy en camino, así que habla del asunto.

—Bien, moví dos enormes cajas y las puse cerca de la pila de basura que hay atrás, y tengo un saco grande de lona. Todos mis archivos, mi equipo, todo está ahí. Hasta tuve espacio para algo de comer.

—Zeke, tenemos mucha comida.

—Nunca se tiene demasiada comida. De todos modos, las cosas están afuera esperando. Me imagino que si no lo ven venir, yo puedo esperarlo y cargar mis cosas bien rápido antes de saltar dentro.

—Suena como un plan. Volvamos al incendio.

—Sí, aquí tengo partes de automóvil. Preparé una mecha desde la tubería que lleva al tanque de almacenamiento, ubicado a lo largo de la pared que excavamos aquí, y le acoplé un inyector de combustible. Cuando me vaya, giro el grifo, el combustible pasa por el inyector y empieza a rociar gasolina.

—Y bien pronto el subterráneo está lleno de gases.

—Vapores.

—Correcto.

—Y tú, qué, ¿tiras un fósforo escalera abajo cuando vas saliendo para el automóvil?

Zeke se rió.

—Shh.

—Sí, no pueden oírme. Pero no, tirar una llama para abajo me haría volar todo el camino hasta Chicago. Le ahorraría el viaje, ¿no?

—Entonces, ¿cómo lo enciendes?

—Puse una bujía a un cronómetro. Por si acaso, me di cinco minutos. En el momento exacto, ¡bum!

—¡Bum!

—¡Bingo!

—Zeke, aunque estuviera de acuerdo, nunca tendrías tiempo para armar todo eso. No estoy ni a diez minutos de ahí.

—Me imaginé que usted estaría de acuerdo.

—¿Y, entonces...?

—Ya todo está listo.

—No bromees.

—No. Si usted está a diez minutos de aquí, pondré el cronómetro a los quince y cuando salga, abro el grifo.

—Uy, muchacho, ¡tienes recursos!

—Sé cómo hacer las cosas.

—Seguro que sí, pero hazme un favor.

—Dígame.

—Pon el reloj en cinco pero no lo actives sino hasta después que hayas abierto el grifo al salir. ¿Trato hecho?

—Trato hecho.

—Oh, y una cosa más. Asegúrate de que yo esté allí antes de abrir ese grifo.

—Oh, sí, correcto. Eso es importante.

—¡Bum!, Zeke.

—¡Bingo!

—Te llamo cuando llegue.

———

La enfermera Palemoon dijo: —David, su nombre no está en nuestro sistema —él trató de incorporarse y ella lo calmó—. Eso no tiene que indicar lo peor.

—¿Cómo puedes decir eso? El sol está saliendo de nuevo y no he sabido de ella. ¡Si pudiera se comunicaría conmigo!

—David, tienes que tranquilizarte. Esta sala está vacía pero no es segura. Tus amigos están en camino pero no puedes confiar en nadie más.

—Y tú me lo dices. Hana, tienes que sacarme de aquí. No puedo permanecer unos días más. Tengo mucho que hacer antes de irme de Nueva Babilonia.

—Yo te puedo dar medicamentos y vendajes adicionales, asegurarme de que estés equipado pero te sentirás adolorido.

—No me preocupa eso. ¿Quieres...? —se le cerró la garganta y no pudo decirlo—. Eh, ¿quieres...?

—¿Quieres que vaya a la morgue? —dijo ella con tal compasión que él casi se quebrantó.

Él asintió.

—Volveré de inmediato. Si tus amigos llegan mientras yo no esté, recuérdales que hay oídos en todas partes.

———

Raimundo y Albie, con su carga humana desde Colorado, aterrizaron en una pequeña pista aérea cerca de Bozeman,

Montana, en vez de intentar volver a Kankakee sin haber dormido.

Albie engañó al pequeño contingente CG de la pista, haciéndoles creer que trasladaban a un criminal. Les permitieron usar un *jeep* para ir al pueblo.

Bozeman había quedado con escasas comodidades. Una de ellas era un motel casi desierto, donde alquilaron dos cuartos.

—No creo que tengamos que preocuparnos de encerrarte bajo llave —le dijo Raimundo a Patty.

—Comparado con el Tapón —dijo ella—, la nueva casa de refugio me parecerá el cielo.

—Vas a pasar los apuros de tu vida —dijo él—. Nosotros somos más y tú serás nuestro blanco principal.

—Quizás al fin los escuche —dijo ella.

—No digas eso a la ligera.

—Nunca más diré nada a la ligera.

Patty tenía millones de preguntas sobre Pinkerton Esteban, pero Raimundo y Albie le dijeron solamente: "él es uno de los nuestros". Luego quiso oír la historia de Albie y él le contó que llegó a ser creyente después de ser musulmán toda una vida.

—¿Entonces, tú sabes lo que quiero decir cuando menciono a Zión Ben Judá? —dijo él.

—¿Que si sé? —dijo ella—. Lo conozco personalmente. Háblame de un hombre que ama al que no se puede amar...

—¿Jovencita, habla de usted misma?

Ella resopló y asintió: —¿Quién más?

—Déjeme decirle algo. Yo era uno de los que no se pueden amar. No servía como marido o padre. Ahora toda mi familia está muerta. Yo era un delincuente y los únicos que se interesaban por mí, pagaban muy bien por conseguir lo que necesitaban para actos ilegales. Empecé a justificar mi existencia cuando se empleó mi mercado negro para oponerse al nuevo y vil gobernante del mundo. Pero yo no lo hubiera llamado Anticristo, ni siquiera conocía la palabra. Estaba en el mismo negocio cuando, el mundo, sencillamente, era caótico, no tan vil. Mi dios era el dinero en efectivo y yo sabía cómo conseguirlo.

»Si Max y Raimundo necesitaban mis servicios, yo me consolaba un poco por el hecho de parecer buenas personas. Ya no sólo ayudaba a otros delincuentes, los observaba, los escuchaba. Ellos eran unos forajidos a criterio de la Comunidad Global, pero para mí, eran una banda de honor.

»Cuando comenzaron a cumplirse todas las predicciones que Max y Raimundo me habían dicho, no pude admitirles que estaba intrigado. Aun más, asustado. Si todo era verdad, entonces yo estaba fuera. No era creyente. Empecé a revisar los mensajes del doctor Zión Ben Judá en la Internet sin contárselo a mis amigos. Todavía estaba lleno de orgullo. Lo que me golpeó más fuerte fue que el doctor explicó muy claramente que Dios era el amante de los pecadores. Ay, yo sabía que era pecador. Me costaba mucho aceptar que alguien me amara.

»Ingresé una Biblia a mi computadora y me pasaba de ahí al doctor Zión Ben Judá. Pude entender de dónde obtenía él su información pero ¡sus conceptos! Aquellos tenían que venir de Dios solamente. Lo que yo aprendía contradecía todo lo enseñado u oído. Mi primera oración fue tan infantil que nunca la hubiera dicho en presencia de otra alma viviente.

»Le dije a Dios que reconocía que era un pecador y que quería creer que Él me amaba y me perdonaría. También, que la religión occidental —porque eso es lo que me parecía— era tan rara para mí que no sabía si alguna vez la entendería. Pero le dije al Señor: "Si en realidad eres el verdadero Dios vivo, por favor, házmelo sencillo". Le expresé que lamentaba lo que había sido mi vida y que Él era mi única esperanza. Eso fue todo. No experimenté nada, quizá me sentí un poco tonto pero esa noche dormí como no lo hacía en años.

»Oh, no me entienda mal. *No* estaba seguro de haber llegado a Dios, de que Él fuera, efectivamente, Aquel que el doctor y los demás creían. Pero sabía que había hecho todo lo posible. Había sido honesto conmigo mismo y con Él, y si era Aquel que yo esperaba que fuera, Él me había oído. Eso fue lo mejor que podía esperar.

Albie se sentó nuevamente y respiró profundo.

—¿Eso es? —dijo Patty—. ¿Eso es todo?

Él sonrió. —Pensé detenerme y ver si la había aburrido tanto que ya estaba dormida.

—Ustedes dos son los que estuvieron levantados toda la noche. Dime qué pasó.

—Bueno, a la mañana siguiente me desperté con una sensación de expectativa y no supe qué hacer con eso. Antes de desayunar, sentí tremenda hambre y sed de la Biblia, no hay otras palabras para expresarlo. Creía con todo mi ser que era la Palabra de Dios, y tenía que leerla. Fui a la computadora, y leí, leí, leí y leí. No puedo decirte cuánto me llenó. ¡La entendía! ¡Quería más! No lograba obtener lo suficiente. Sólo después del mediodía, cuando me sentía débil físicamente, me di cuenta de que todavía no había comido.

»Le agradecí a Dios una y otra vez por su Palabra, por su verdad, por contestar mi oración y revelarse a mí. Ocasionalmente dejé de leer y busqué algo fresco de parte del doctor Zión Ben Judá. Nada nuevo, así que proseguí a un sitio que guiaba al lector en lo que el rabino llama la oración del pecador. La dije, pero comprendí que era lo mismo que ya había orado. Yo era creyente, un hijo de Dios, un pecador perdonado y amado.

Patty parecía incapaz de hablar pero Raimundo ya la había visto así antes. Muchos le habían narrado sus testimonios de cómo llegaron a la fe. Ella conocía la verdad y el camino. Sencillamente nunca había aceptado la vida.

—Hay una razón por la quería contarte eso —dijo Albie—. No sólo por persuadirte, cosa que quiero. Entre nosotros, los que hallamos la verdad, anhelamos que todos los demás la tengan. El móvil principal fue lo que dijiste de ti misma. Manifestaste que el doctor Zión Ben Judá ama a los que no se pueden amar. Naturalmente es así. Esta es una cualidad como la de Cristo, una característica de Jesús. Pero entonces te reconociste como una de las que no se puede amar, y yo me identifiqué contigo.

»Señorita Durán, más que eso, si me permite usar una frase del doctor. A menudo él dirá que tal o cual verdad "delata la mentira" de ciertas proclamas falsas. ¿Has oído decir eso y sabes lo que significa?

Ella asintió.

—Bueno, querida mujer, es aplicable a tu persona. Acabo de conocerte y, no obstante, Dios me ha dado amor por ti. Raimundo, su familia y amigos te mencionan con frecuencia, así como el amor que te profesan. Eso contradice tu criterio de no merecer ser amada.

—Ellos no debieran amarme —dijo ella, un poco más alto que un suspiro.

—Por supuesto que no debieran. Te conoces a ti misma, tu egoísmo, tu pecado. Dios tampoco debiera amarnos a nosotros pero lo hace. Y solamente debido a Él, es que podemos amarnos los unos a los otros. No hay explicación humana para eso.

Raimundo estaba sentado, orando en silencio, con desesperación, por Patty. ¿Sería posible que ella fuera uno de los que llevaban tanto tiempo rechazando a Cristo, que Dios la había entregado a su propia terquedad? ¿Sería incapaz de ver la verdad, de cambiar su modo de pensar? Si eso fuera cierto, ¿por qué Dios recargaba a Raimundo y a sus amigos con tal preocupación por ella?

Súbitamente ella se levantó acercándose a Raimundo. Se inclinó y le besó la coronilla. Se dio vuelta e hizo lo mismo con Albie, tomándole la cara con las manos.

—No se preocupen por mí esta noche —dijo—, aquí estaré en la mañana.

—No tienes razón para no estar —dijo Albie—. En realidad, no estás bajo nuestra custodia. De hecho, estás muerta.

—De todos modos —dijo Raimundo estirándose—, ¿adónde huirías? ¿Adónde estarías más segura que donde te llevaremos?

—Gracias por salvarme la vida —dijo ella mientras se encaminaba a su cuarto.

Cuando cerró la puerta, Raimundo dijo: —Espero que esto no haya sido en vano.

La escucharon andar por la habitación, y la puerta de ésta, abrirse y cerrarse.

—No lo fue —dijo Albie.

Raimundo estaba sumamente agotado pero al desvestirse para acostarse, creyó oír algo por encima del ruido de la ducha que se daba Albie. Eran voces provenientes de la habitación contigua. Se acercó más a la pared. No eran voces, sólo una voz. Llanto. Sollozos. Gemidos. Patty, quebrantada, evidentemente con la cara enterrada en una almohada o frazada.

Una media hora más tarde se entregaba al sueño, en una cama situada frente a la de Albie, y aún se filtraban los lamentos de Patty por la pared. Raimundo oyó que Albie se movía, arreglaba la almohada y luego se volvía a acomodar.

—Dios —susurró el hombrecito—, salva a esa mujer.

Camilo siguió recto al pasar la pequeña estación de servicio, fingiendo que no se había percatado del vehículo CG de vigilancia, detenido en medio de una pequeña arboleda al otro lado del camino. Ni siquiera disminuyó la velocidad como para no llamar la atención. Si tenía que suponer, pensó que había sólo dos guardias CG en el automóvil.

Telefoneó a Zeke. —¿Más actividad?

—No. ¿Es usted el que acaba de pasar? Lindo vehículo.

—Voy a dar la vuelta y ver si puedo entrar desde el fondo con las luces apagadas. Puede tomarme diez minutos. Te llamaré cuando esté en posición.

Camilo manejó hasta que ni siquiera podía ver el perfil de la estación en su espejo retrovisor, suponiendo que también estaba fuera del alcance visual de la CG. Apagó las luces y giró a la derecha lentamente, tanteando el camino en ese terreno áspero. Se encontraba casi a cuatro kilómetros de la estación y quería estar seguro de que no encontraría una cerca o alcantarilla ocultas, que pudieran romper el Hummer.

En un punto, luego de doblar dos veces más a la derecha y dirigirse en dirección a la parte posterior de la estación de servicio, sintió que el vehículo se hundía. Confió no haber caído en un hoyo demasiado hondo que le impidiera salir. Cuando el parachoques delantero golpeó contra algo sólido, frenó y encendió brevemente las luces. Las apagó con rapidez esperando que la CG no divisara nada a la distancia. Camilo vio que debía retroceder y esquivar un montón de tierra y tablones de metro y medio de altura aproximadamente.

Quiso encender las luces y ver si algo más obstruía su ruta a la parte posterior de la estación, pero no se atrevió. Cuando pudo distinguir la forma del lugar, desaceleró a pocos kilómetros por hora, y avanzó lentamente y con dificultad por la tierra dispareja, confiando no levantar mucho polvo. Era una noche estrellada y si la CG notaba algo que se levantara hacia el cielo, ciertamente vendrían a inspeccionar.

Camilo telefoneó a Zeke.

—Le escucho —dijo Zeke.

—¿Tú *me oyes*? ¿Desde adentro? Eso no puede ser bueno.

—Eso era lo que yo pensaba. ¿Listo para recogerme?

—Mejor que vengas rápido. ¿Traes algo?

—Sí, una bolsa más. Supuse que sería mejor no dejar nada aquí.

—Bien pensado. Ven.

—Tengo que abrir el grifo y activar el reloj.

—¿Por cuánto tiempo?

—Cinco minutos.

—¿Algo en el monitor?

—Están ahí, estacionados.

—Bueno. Vamos.

Camilo sabía que podía regresar por donde había venido y aunque el viaje sería bien escabroso, calculaba que podía correr a unos sesenta y cinco kilómetros por hora. Pero, por si acaso la CG escuchara el Hummer tan bien como Zeke, se bajó de un salto y empezó a cargar las cosas en el vehículo para ahorrar tiempo.

La luz interior no se encendió al abrir la puerta para bajarse, así que la mantuvo abierta. Hizo lo mismo con la puerta trasera del lado opuesto y se deslizó en torno a ella para empezar a cargar. La primera caja era demasiado pesada, e hizo todo lo posible por no gritar en el intento. Oyó que Zeke bajaba la escalera.

Camilo arrastró la caja al asiento trasero. Sentía adolorida cada fibra muscular por la terrible prueba que había experimentado recientemente. Cuando volvió a dar la vuelta por el Hummer para agarrar la otra caja, suponiendo que Zeke podía cargar, al mismo tiempo, el saco que traía y el que estaba en el suelo, casi se tropezó con el joven, sobresaltándolo.

Zeke gruñó. Camilo trató de hacerlo callar pero él dejó caer su bolsa y entró tambaleándose, dando un portazo. Camilo lo oyó bajar la escalera. Estaban haciendo demasiado ruido.

Camilo abrió violentamente la puerta de la estación y llamó desesperado y tan silenciosamente como pudo: —Zeke, ¡soy yo! ¡Vamos, hombre! ¡Ahora!

—¡Ay, Macho! —exclamó Zeke—. ¡Pensé que eran ellos! El reloj está andando, el combustible está rociándose. Y ¡ellos vienen! ¡Camilo, los puedo ver en el monitor!

Camilo fue y abrió la puerta trasera más cercana a la estación. Recogió la bolsa que había estado a la espera y la que Zeke había dejado caer y las tiró al asiento trasero. Dejó la puerta abierta y saltó al volante, cerrando fuerte su puerta y echando a andar el Hummer. Zeke salió rodando y se deslizó en el asiento trasero, golpeando una de las bolsas que cayó fuera, por donde Camilo había dejado abierta la puerta.

Camilo hundió el acelerador, pero Zeke gritó: —¡No podemos dejar esa bolsa! ¡Tiene muchas cosas que necesitamos!

La puerta había empezado a cerrarse cuando Camilo arrancó pero al frenar, se abrió para el otro lado y rechinó contra las bisagras.

—¡Agárrala! —gritó, y Zeke se tiró pasando por encima de las cosas, cayendo al suelo y arrastrando con su pie otra bolsa. Y ahí llegaba la unidad móvil de la CG, dando la vuelta a la estación, frente a Camilo.

—¡Vamos! ¡Vamos! —exclamó Zeke, aferrándose al asiento trasero con las pesadas bolsas metidas debajo de los brazos.

La puerta seguía abierta pero Camilo tenía que moverse. Aceleró el motor y chocó al vehículo CG, empujándolo contra la estación mientras la puerta trasera se cerraba. Los guardias habían sacado las armas y estaban tocando las agarraderas de la puerta. Camilo sabía que no podía ir más rápido que las balas, así que puso marcha atrás, lo aceleró y el monstruoso vehículo trepó el montón de escombros cerca de la puerta.

Camilo se paró en la cumbre. Se encontraban a unos cuatro metros por encima de sus perseguidores. Puso el cambio en directo y, cuando la CG vio que el vehículo empezaba a moverse, bajaron sus armas y se salieron del camino. El Hummer cayó casi verticalmente, chocando la capota del pequeño vehículo y reventándole los dos neumáticos delanteros. El motor echó agua y vapor a borbotones, y Camilo supo que había inutilizado el vehículo de la CG.

En vez de buscar a los guardias, retrocedió simplemente dos metros, giró con brusquedad el volante a la derecha y salió acelerando en la oscuridad. Zeke había logrado cerrar la puerta, pero ni él ni Camilo tuvieron tiempo para ponerse el cinturón de seguridad. Ambos hombres fueron zarandeados como muñecas de trapo cuando el Hummer se abalanzó a alta velocidad por el camino llano, golpeándose la cabeza contra el techo y los hombros contra las puertas.

Camilo patinó y se detuvo.

—¿Qué? —preguntó Zeke.

—¡Abróchate el cinturón de seguridad!

Ambos lo hicieron, y de nuevo salió volando. Poco después de cinco minutos, cuando Camilo encontró una ruta que lo llevaría de regreso a Chicago, a sus espaldas veía el cielo pasar de la noche al día en una enorme bola de fuego anaranjada. Pocos segundos más tarde, el sonido y la onda del impacto estremecieron nuevamente al vehículo. Camilo, estimulado por la adrenalina, supo cuán cerca de morir habían estado.

Zeke, riéndose como niño, miraba hacia atrás a un horizonte en llamas.

—Bueno —dijo con una risa estridente—, ¡tanto trabajo para eso!

OCHO

Max y Abdula, sentados en la sala del hospital donde estaba David, susurraban malhumorados: —¿Treinta días? —Max lo repetía una y otra vez—. Cuesta creerlo.

—No hay forma de quedarse por estos lados —decía Abdula—. No se trata de que lo vaya a extrañar. Bueno, en cierto modo, lo añoraré.

—Sé que yo sí —dijo David, concentrando su atención cada vez que oía pasos en el corredor—. Podemos hacer tanto estando adentro, lo que nunca podríamos realizar desde afuera.

Max dejó escapar un suspiro que lo hizo parecer viejo y cansado.

—David, esto te puede parecer como rendirle pleitesía al jefe, pero bien sabes que yo no lo haría contigo si aun si fueras el potentado. Ambos sabemos que puedes hacer cualquier cosa tecnológicamente. Mejórate y haz lo necesario para mantener control en este lugar desde cualquier parte del mundo. Eso es factible, ¿no?

—Teóricamente —dijo David—. Pero no será fácil.

—De alguna manera debes tener este lugar espiado y calculado con precisión. ¿Por qué no puedes entrar a las computadoras de aquí así como hiciste en aquel edificio de Chicago, donde probablemente todos terminemos juntos?

David se encogió de hombros.

—Es posible. No me imagino entusiasmándome para hacerlo. No sin Anita —David captó la mirada que se dieron Max y Abdula—. ¿Qué pasa? —dijo—, ¿saben algo que no me han dicho?

Max movió la cabeza. —Estamos tan preocupados como tú. No tiene sentido. Si ella pudiera, de seguro te comunicaría su paradero —hizo una pausa y un destello se vio en sus ojos—, a menos que ella se haya encerrado en ese cuarto de utillaje otra vez.

David se rió a pesar de sí mismo. Anita era una de las empleadas más disciplinadas y correctas que él hubiera tenido, y de hacer una broma ajena a su personalidad, le iba a pesar toda la vida.

Hana Palemoon golpeó la puerta entreabierta de tal modo que indicó a David más de lo que él deseaba saber. Un sollozo subió a su garganta. Max se puso de pie y David le hizo señas afirmativas.

—Entre —dijo Max.

David intentó pasar por alto la cajita de cartón corrugado que había en las manos de Hana y exploró con desesperación su cara, buscando una huella de optimismo. Ella se acercó lentamente y puso la caja cerca de los pies de David.

—Lo lamento tanto —dijo ella y David se desplomó por dentro.

Su dolor y fatiga se desvanecieron abrumados por la pena y la pérdida demasiado grandes para soportar. Él gimió y puso sus puños bajo su mentón, dio la espalda a sus amigos, dobló las rodillas y se envolvió en sí mismo.

—¿Rayos? —la pregunta se abrió camino por su garganta contraída.

—Sí —susurró Hana—. No debe haber tenido dolor ni sufrimiento.

Agradezco eso, pensó David, *al menos, no para ella.*

—David —dijo roncamente Max—, Smitty y yo estaremos afuera...

—Lo apreciaría si se quedasen —pudo decir David y oyó que se sentaban nuevamente.

—Tengo unos cuantos objetos personales de ella —dijo Hana. David trató de incorporarse, sintiendo el maldito mareo —. Sólo su cartera, teléfono, joyas y los zapatos.

David se sentó por fin y puso la caja entre sus rodillas. Su respiración captó el olor a quemado. El teléfono se había derretido en ciertas partes. Un zapato tenía hoyos calcinados en el talón y la punta.

—Tengo que verla —dijo.

—Yo no lo recomendaría —dijo Hana.

—David, no —instó Max.

—¡Tengo que verla! Ella no se fue y nunca se irá a menos que yo lo sepa con toda seguridad. Esto son cosas de ella pero, Hana, ¿la viste?

La enfermera asintió.

—Pero tú no la conoces. ¿La viste antes?

Ella negó con la cabeza.

—No que yo sepa pero, David, no sé cómo decir esto. Si la mujer de la morgue fuera mi mejor amiga, yo no la reconocería.

Los sollozos volvieron y David empujó la caja hacia los pies de la cama, moviendo la cabeza, con los dedos apoyados levemente contra las sienes, adoloridas y calientes al tacto.

—¿Ustedes saben que ella fue mi primer amor?

Nadie respondió.

—Yo había tenido citas antes pero... —se apretó los labios con la mano—, el amor de mi vida.

Max se paró y pidió a Abdula que cerrara la puerta. Él estiró el mosquitero que rodeaba la cama de modo que los cuatro quedaron envueltos en una débil luz blanca. Max puso suavemente una mano sobre el hombro de David. Abdula le tomó la rodilla, Hana el pie tapado por la sábana.

—Dios —susurró Max—, hace mucho que dejamos de preguntar por qué pasan las cosas. Sabemos que vivimos con el tiempo prestado y que te pertenecemos. No entendemos esto. No nos gusta. Y nos cuesta mucho aceptarlo. Te agradecemos que Anita no sufriera —y aquí su voz se le quebró haciéndose apenas audible—. La envidiamos porque ella está contigo pero ya la echamos de menos, y le fue arrancado un pedazo a David que nunca será reemplazado. Aún confiamos y creemos en Ti y queremos servirte por todo el tiempo que Tú nos dejes. Solamente te pedimos que estés con David, ahora como nunca antes, y le ayudes a sanar, a seguir adelante, a hacer Tu obra.

Max no pudo continuar. Abdula dijo: —Oramos en el nombre de Jesús.

—Gracias —dijo David y se dio vuelta de nuevo—. Por favor, no se vayan todavía.

Mientras él yacía ahí y sus amigos aún alrededor de la cama por dentro del mosquitero, David se percató de que no habría un funeral formal para Anita, y de haberlo, por ser ella una empleada, él tendría que comportarse como un superior sombrío, pero no como un amante en duelo. Cuando se viera forzado a alejarse de este lugar, no quería que relacionaran el hecho con ella y despertara sospechas en todos los que ella conoció o con quienes pasó un tiempo.

Oyó que se abría de nuevo el mosquitero. Hana puso la caja debajo de la cabecera de la cama, y Max y Abdula volvieron a sus sillas.

—Necesitas dormir —dijo Hana—. ¿Quieres que traiga algo?

Él movió la cabeza.

—Lo siento, Hana, pero realmente tengo que verla. ¿Puedes soltarme y ayudarme a ir allá abajo?

Ella estaba por negarse, pero una idea parecía brillar en sus ojos. —¿Estás seguro? —dijo ella.

—Absolutamente.

—No será fácil.

—¿Y esto lo es?

—Conseguiré una silla de ruedas y llevaré el suero intravenoso con nosotros.

Zeke vestía con su estilo acostumbrado cuando fue presentado por Camilo al Comando Tribulación y al doctor Zión Ben Judá, en la nueva casa de refugio. —Cuando el jefe vuelva, te haremos miembro oficial —dijo Camilo—. Mientras tanto búscate un lugar privado y toma lo que necesites para instalarte, acomódate como en tu casa y siéntete integrante de la familia.

—Completamente —dijo Zión, abrazando al gordo joven. Vestido con botas negras de motociclista, de punta cuadrada y suela gruesa, pantalón de vaquero negro, camiseta y chaleco de igual color, Zeke contrastaba marcadamente con el rabino que llevaba un suéter, pantalones de corduroy y zapatos de marca—. Bienvenido y que Dios te bendiga.

Zeke estaba nervioso, tímido, y mientras daba la mano a todos y les devolvía levemente los abrazos, mantenía fija la mirada en el suelo y mascullaba las respuestas. Sin embargo, con bastante prontitud se puso a explorar, desempacar, trasladar una cama, instalar sus cosas. Una hora después volvió al lugar central de reunión cerca de los ascensores.

—Este lugar es realmente elegante —dijo.

—Literalmente —dijo Lea, claramente divertida por el hombre que una vez cambiara todo su aspecto y le diera una nueva identidad.

Zeke la miró fijamente y Camilo tuvo la impresión de que Zeke no sabía lo que quería decir ella, pero temía admitirlo.

Como para encubrir su vergüenza y cambiar de tema, Zeke buscó en ambos bolsillos traseros y uno del chaleco gruesos rollos de billetes de veinte Nicks, que dejó caer ruidosamente sobre la mesa. —Pretendo pagar lo que consuma —dijo—. Pongan esto en la olla común.

—Mejor que esperes hasta que sea oficial —dijo Camilo—. Raimundo estará aquí mañana por la noche y...

—Oh, está bien. Considérenlo como donación aunque sea rechazado por votación o lo que sea.

—No creo que eso ocurra —dijo Cloé, haciendo eructar al dormido Keni que estaba sobre su hombro.

—¡Ay, hombre! —exclamó Zeke suavemente al ver al bebé. Se acercó despacio y estiró con cuidado una mano a la espalda de Keni—. ¿Puedo?

—Sí —dijo Cloé—. ¿Tienes las manos limpias?

Zeke se paró y puso las manos delante de los ojos. —Tienen que estar así para la clase de trabajo que hago. Usted sabe que no puedo echar a perder las nuevas identificaciones. Se ven sucias porque trabajo en motores y cosas así, pero sólo están tiznadas.

Se arrodilló ante Cloé poniendo con suavidad su carnosa mano sobre la espalda de Keni. Sus dedos abarcaban prácticamente toda su espaldita. Zeke rozó con delicadeza el pelo del niño que era como plumas.

—Siéntate y puedes tomarlo —dijo Cloé, mientras los demás observaban. Camilo se divertía especialmente por Jaime que tenía los ojos llorosos.

—¿Quieres un turno? —susurró Camilo.

—Ha pasado tanto tiempo —susurró Jaime, intentando darse a entender—. Sería un privilegio.

Keni permaneció dormido mientras todos se turnaban para cargarlo. Zión fue el último y se lo devolvió rápidamente a Cloé, pues estaba conmovido.

—Mis hijos eran adolescentes cuando ellos... cuando ellos... pero los recuerdos...

—Tenemos que identificar un cadáver —dijo Hana Palemoon empujando la silla de ruedas de David y colocando el aparato del goteo intravenoso en el escritorio ubicado en el interior de la morgue.

—Firme aquí —dijo una anciana aburrida.

—Olvídese —dijo Hana—. El sistema está atrasado en varios días. De todos modos, nadie va a revisar.

La mujer hizo una mueca.

—Menos trabajo para mí —dijo—. Yo sólo estoy de reemplazo.

El corazón de David se aceleró mientras era conducido a través de una y otra hilera de cadáveres, según lo que abarcaba su vista, puestos en camillas, refrigeradores laterales, y envueltos en sábanas de la cabeza a los pies, hombro con hombro en el suelo.

—Ella no es uno de estos, ¿no?

—La sala siguiente, a la vuelta de la esquina.

Hana lo guió al pie de una cama con un cadáver tapado. Él respiró profundo y tembloroso. Ella descubrió un pie y miró el rótulo colocado en el dedo gordo, para asegurarse de que era el cuerpo buscado.

—¿Seguro que quieres hacer esto?

Él asintió, aunque ahora no estaba tan seguro.

Ella le mostró el rótulo. Llevaba el nombre de Anita, su rango y número de serie, todo correcto, más la fecha de nacimiento y la de defunción. El pie estaba hinchado y descolorido, pero sin duda era el de ella. David se estiró para envolverlo con ambas manos y quedó impactado por la fría rigidez.

Era en el otro pie donde se apreciaba el daño ocasionado por el rayo, el mismo que mostraba el zapato. David empezó a tirar la sábana, haciendo caso omiso a Hana. Ella se aclaró la garganta y dijo: —David...

Él se impactó ante las lesiones. El talón estaba ampliamente partido y el dedo gordo mutilado. David tapó el pie y
bajó la cabeza. —¿Estás segura de que ella nunca sintió eso?

—Positivo.

—Fortunato recibió el poder de bajar fuego del cielo sobre los que no adoraban la imagen.

—Lo sé.

—Yo hubiera podido ser alcanzado con toda facilidad.

—Yo también.

—¿Por qué ella?

Hana no contestó. David intentó atravesar por sí mismo
entre las camas para ir al otro lado del cuerpo. El aparato del
suero intravenoso se estiró.

—Permíteme —dijo Hana, y lo empujó lentamente.
Cuando él tomó la sábana, Hana le apretó el hombro y le puso
la mano en el antebrazo—. Mejor que sólo mires su cara
—dijo ella—. Hubo un traumatismo craneal grave.

Él vaciló.

—¿Y bien, David? Por alguna razón nadie cerró sus ojos.
Yo traté pero por el tiempo transcurrido y la rigidez de la
muerte... bueno, un forense tendrá que hacerlo.

Él asintió, casi sin aliento. La cabeza le latía y cuando
pudo controlar la respiración de nuevo, David levantó la sábana y la bajó hasta el cuello, teniendo cuidado de no mirar.
Con otra inhalación profunda sus ojos se dirigieron a los ojos
de ella.

Por un instante no le pareció Anita. Sus ojos estaban fijos
en algo a millones de kilómetros de distancia, su cara hinchada y morada. Las quemaduras de sus orejas y de su cuello indicaban donde habían estado el collar y los pendientes.

Él se sentó contemplándola fijamente, durante tanto
tiempo, que Hana dijo por fin:

—¿Conforme?

David movió la cabeza: —Quiero pararme.

—No debieras.

—Ayúdame.

Ella empujó el aparato de goteo intravenoso alrededor de la silla para acercárselo.

—Usa eso para sujetarte. Si la habitación empieza a girar, siéntate otra vez.

—¿Empieza?

Hana fijó las ruedas y le puso una mano en la espalda, guiándolo mientras él se paraba. David se impulsó con la mano izquierda puesta en el brazo de la silla, y tiró del aparato con la derecha. Finalmente, de pie y débil, con la mano de Hana aún en su espalda, David tomó la mejilla de Anita con su mano libre. A pesar de la fría rigidez, imaginó que ella podía sentir su caricia. Algo más fuerte le hizo inclinarse sobre ella hasta que pudo ver más allá de un mechón que había sido puesto hacia delante. Detrás había un hoyo del tamaño de un dólar de plata que mostraba el cerebro.

David movió la cabeza y se volvió a sentar con cuidado. No quería pensar lo que un rayo atravesando su cuerpo le había hecho a los órganos vitales. Ahora le creía a Hana que Anita nunca supo lo que la golpeó.

Hana empujó la silla de David y lo dejó al pie de la cama. Se sentó con la cabeza entre las manos, incapaz de llorar más. Oyó que Hana acomodaba la sábana y cubría de nuevo con cuidado a Anita, como si ella estuviera viva aún y eso le impresionó por ser un acto dulce y considerado.

Mientras ella lo empujaba saliendo de ahí, él le susurró su agradecimiento.

—Desearía haberla conocido —dijo Hana.

———

La noche anterior Raimundo había informado a Camilo, Cloé y Zión, así que cuando un teléfono lo despertó en el amanecer de Montana, supuso que era uno de ellos. Al estirarse para responder vio que, sin embargo, no era su celular sino el teléfono de la habitación. Él no había dado ese número, así que ¿quién sería el que llamaba? ¿Recepción? ¿Alguien vendría siguiéndolos? ¿Debía identificarse como Raimundo Steele o Marvin Berry?

Ninguno, decidió. —¿Hola?

—¿Ray? —dijo Patty—, soy yo. Estoy despierta, levantada, muerta de hambre y quiero irme. ¿Y tú?

Él gimió y miró la otra cama. Albie dormía profundamente.

—Estás demasiado contenta y con mucha energía para mí —dijo él—. Yo estoy dormido, acostado, no tengo hambre, y no tiene sentido irnos tan temprano para llegar a Kankakee antes que oscurezca. De todos modos, no podemos ir a la casa de refugio hasta después del anochecer.

—¡Oh Raimundo! ¡Vamos! Estoy aburrida, además, muerta, ¿te acuerdas? Necesito una identidad nueva, pero estoy tan libre como nunca en años, ¡gracias a ti¡ ¿Qué tal si desayunamos algo?

—No podemos mostrarnos demasiado ni exhibirnos en público.

—¿Realmente vas a volver a dormir?

—¿Volver? Nunca me desperté.

—En serio.

—No, probablemente no. Alguien en la otra habitación está haciendo ruido.

Ella golpeó la pared. —Y seguiré golpeando hasta conseguir compañía para el desayuno.

—Bueno, mujer muerta. Dame veinte minutos.

—Estaré en tu puerta en quince.

—Entonces, esperarás cinco.

Raimundo se alegró de no haber despertado a Albie al ducharse y vestirse. Atisbó por la ventana y no vio nada ni a nadie. Por el orificio de seguridad de la puerta vio a Patty estirándose al sol, justo más allá de la sombra arrojada por el corredor del segundo piso. Atisbó por entre la cortina. El lugar estaba desierto.

Raimundo salió y Patty casi se le abalanzó.

—¡Déjame ver!, ¡déjame ver! —dijo mirándolo fijo—. ¡Yo puedo ver la tuya! —dijo ella—. ¡Eso significa que tú puedes ver la mía! ¿Puedes?

Sus ojos aún se estaban adaptando al sol pero al sacarlo ella de la sombra de la puerta, eso lo impactó. Sus rodillas se doblaron y casi se cayó.

—¡Oh Patty! —dijo, atrayéndola hacia él. Ella saltó a sus brazos y lo apretó por el cuello tan fuerte que finalmente, él tuvo que alejarla para poder respirar.

—¿La mía se ve como la tuya? —dijo ella.

Él se rió. —¿Cómo pudiera saberlo? No podemos vernos la propia. Pero la tuya luce como todas las otras que he visto. Por esto vale la pena despertar a Albie.

—¿Está decente?

—Seguro, ¿por qué?

—Permíteme.

Raimundo abrió la puerta y Patty irrumpió al entrar.

—¡Albie, despierta, dormilón!

Él ni se movió.

Ella se sentó a su lado en la cama. Él gimió.

—¡Vamos, Albie! ¡El día comienza!

—¿Qué? —dijo él incorporándose—. ¿Qué pasa, algo malo?

—Nada sucederá para mal en adelante —dijo ella, tomándole la cara con sus manos y apuntando sus enrojecidos ojos hacia ella—. ¡Sólo estoy mostrándote mi marca!

NUEVE

Camilo se despertó al amanecer e hizo la ronda, visitando a todos. Sonrió al ver el área de Zeke y agradeció que fuera privado. Zeke había trabajado hasta pasada la medianoche arreglando su área, instalando su computadora y otros equipos. Roncaba sonoramente, pero cuando Camilo se asomó, lo vio en el suelo, al lado de la cama. *Cada cual con lo suyo*.

La puerta de Lea estaba cerrada y con llave. Ella estuvo levantada hasta tarde hablando por teléfono con Ming Toy. Ella había regresado al Tapón, frenética por la estadía de sus padres en Nueva Babilonia hasta que su hermano encontrara trabajo en la CG.

Cloé había estado en la computadora coordinando la cooperativa internacional, después de acostar a Keni. Instó a decenas de miles de miembros a estar alertas a la siguiente misiva de Zión, en la que planeaba discutir la importancia de prepararse para cuando el edicto de la compraventa fuera puesto en vigencia. Él también pediría pilotos y choferes voluntarios que entraran aviones y vehículos pequeños a Israel, para una misión secreta.

Los otros dos miembros especiales del Comando Tribulación estaban despiertos y trabajando. Jaime, inclinado sobre varios libros que Zión le había asignado, algunos de ellos abiertos. Él miró con los ojos relucientes cuando Camilo se asomó a la puerta. Este parecía entender mejor que lo demás su habla dificultosa.

—La señorita Rosa, la pelirroja —dijo Jaime.

—Lea.

—Sí, sabes que ella es una enfermera diplomada.

Camilo asintió.

—Ella me dice que puede sacarme los alambres cuando esté listo. Bueno, estoy más que listo. Un hombre de mi edad no puede perder tanto peso en poco tiempo. ¡Y quiero hablar con claridad!

—¿Cómo está lo demás?

—¿Quieres decir, en mi cuerpo? Yo estoy viejo. Sobreviví la caída de un avión. ¿Debiera quejarme? ¡Camilo, este edificio es un don de Dios! ¡Qué lujo! Si tenemos que vivir en el exilio, aquí es donde debemos hacerlo. Y lo que el joven Zión me ha dado para leer, bueno... yo le digo joven porque él fue mi alumno, ya tú sabes eso. Hay momentos, Camilo, en que las Escrituras son como un espejo horrible para mí, que me muestran una y otra vez mi alma en bancarrota pero, entonces me regocijo en la redención, ¡mi redención! La historia de Dios, de Su pueblo, todo cobra vida delante de mis ojos.

—¿Se acordó de comer?

—No como. Bebo. ¡Ajá! Pero, sí, gracias por preguntar. Ahora estoy bebiendo la verdad de Dios.

—Adelante.

—¡Oh, lo haré! A propósito, Zión te estaba buscando. ¿Te encontró?

—No. Ahora voy para allá.

Camilo subió un piso y encontró al doctor Zión Ben Judá que hacía volar sus dedos en el teclado de la computadora.

No quería distraerlo pero el rabino debió percibir su presencia. Sin alzar los ojos ni disminuir velocidad dijo:

—Camilo, ¿eres tú? ¡Tanto que hacer! Me temo que estaré ocupado todo el día. Por tenebrosos que sean estos días, mi gozo es completo. La profecía cobra vida cada minuto. ¿Viste lo que don Zeke hizo para mí? ¡Muchacho precioso!

Camilo volvió a mirar. Zión no sólo tenía la computadora principal sino, también, dos portátiles en red a cada lado.

—No más ir y venir entre los programas —expresó Zión—. Las Biblias en uno, los comentarios en el otro. Y yo escribo a mi gente en la del medio.

—¿Contento de volver a esto?

—No te puedes imaginar.

—No te atrases por mí.

—¡No, no! Camilo, entra. Te necesito —finalmente, paró y apretó el comando para imprimir. Se empezaron a amontonar las hojas en la bandeja de la impresora. Zión giró en su silla—. ¡Por favor, siéntate! Debes ser mi primer lector de hoy.

—Me sentiré honrado pero...

—Primero, dime. ¿Hay noticias de nuestros hermanos y hermanas del campo de acción?

—Sabemos poco. No hemos sabido de David Hassid desde la resurrección de Carpatia, salvo de segunda mano por medio de Raimundo.

—¿Y qué supieron entonces?

—Sólo que Ray y Albie tenían problemas para comunicarse con él. Necesitaban que les allanara el camino para una estratagema que permitiría rescatar a Patty Durán de las manos de la CG. A último minuto debe haber recibido sus mensajes porque la estratagema funcionó y se cumplió la misión.

Zión asintió, frunciendo los labios. —¡Alabado sea el Señor! —dijo tranquilamente—. Entonces, ¿ella vuelve a nosotros?

—Esta noche. Esperamos a Raimundo, Albie y Patty después que oscurezca.

—Oraré por la seguridad de ellos. Y también por ella, naturalmente. Dios me ha cargado con mucha preocupación por esa mujer.

Camilo movió la cabeza. —A mí también, Zión. Pero si alguna vez hubo una causa perdida...

—¿Causa perdida? ¡Camilo, Camilo! ¡Tú y yo éramos causas perdidas! Todos lo fuimos. ¿Quién fue un candidato menos probable que Jaime? Le instamos hasta el cansancio, pero ¿quién hubiera creído que llegaría el momento en que él entraría al reino? Por cierto que yo no. No te rindas con la señorita Durán.

—¡Oh, no!

—Con Dios todas las cosas son posibles. ¿Has mirado bien a este joven que trajiste a casa anoche?

—¿Zeke? Oh, sí.

—Evidentemente éste no era muchacho de iglesia. ¡Es tan encantador, tan brillante! Tímido, torpe, sin educación. Casi analfabeto pero, ¡qué espíritu dulce y gentil!, ¡qué corazón de siervo! ¡Y, qué mente! Le llevaría los siguientes tres años y medio leerse uno de los muchos libros que Jaime terminará mañana y, no obstante, se inclina al asunto de la tecnología, que yo no aprendería en toda la vida.

Camilo golpeó las palmas de sus manos contra los muslos y empezó a levantarse.

—No dejes que te atrase.

—¡Oh, no, tú no me atrasas! Mi boca me demora. Si hoy no tienes mucho que hacer, yo apreciaré que me ayudes.

Camilo se volvió a sentar y Zión le alcanzó un grupo de hojas de la impresora.

—Tengo tantas páginas que escribir pero necesito una primera impresión. No transmitiré éstas hasta saber que están bien.

—Zión, siempre están bien. Pero me gustará mucho darles la primera mirada.

—¡Entonces, empieza! Trataré de adelantarme a ti, y si empiezo a hablar de nuevo, por favor, corrígeme.

Sí, claro, cualquier día, pensó Camilo. Ordenó las hojas para que estuvieran uniformes y se instaló a leer. Cada cierto tiempo, Zión imprimía las páginas siguientes. Camilo las tomaba y continuaba leyendo ya fuera sentado, de pie o caminando por la habitación. Mientras tanto, agradecía a Dios por la dádiva de Zión Ben Judá y su increíble mente .

A: Los amados santos de la tribulación dispersos por los cuatro rincones de la tierra, creyentes en el único verdadero Jehová Dios y su incomparable Hijo, Jesús el Cristo, nuestro Salvador y Señor.

De: Vuestro siervo. Zión Ben Judá, bendecido por el Señor con la responsabilidad e inexpresable privilegio de enseñarles de la Biblia, la Palabra de Dios, sometido a la autoridad de su Santo Espíritu.

Ref: El amanecer de la Gran Tribulación.

Mis amados hermanos y hermanas en Cristo:
Como sucede con tanta frecuencia cuando les escribo, siento gozo y pena a la vez; deleite pero también sobriedad de espíritu. Perdonen la demora desde la última vez que me comuniqué con ustedes, y agradezco a cada uno en particular el expresar interés por mi bienestar. Mis camaradas y yo estamos sanos y salvos, alabando al Señor por la nueva base de operaciones. Siempre quiero recordar, agradeciendo a Dios también por el milagro de la tecnología, que me permite escribirles a ustedes alrededor del mundo.

Aunque personalmente he visto a pocos, tengo la esperanza de conocerlos a todos un día, ya sea en el reino milenario o en el cielo; siento profundamente que el compartir con regularidad, por este medio, las riquezas profundas de la Escritura, ha creado lazos de familia. Les agradezco sus continuas oraciones para que yo permanezca fiel y veraz a mi llamado y con la salud suficiente para continuar durante el tiempo que el Padre me dé aliento.

Les pido a todos los que se ofrecieron para traducir estas palabras a idiomas que no están incorporados en los programas de conversión, que comiencen inmediatamente. Como no pude escribirles por varios días, les anticipo que este mensaje será más largo que los de costumbre. También, como siempre, en aquellas zonas donde escasean las computadoras o las fuentes de energía eléctrica, y este mensaje se reproduce en forma impresa, pido a los encargados que lo hagan gratuitamente y sin obligación de reconocimiento de créditos, pero que cada palabra se imprima tal como aparece aquí.

Gloria a Dios por dejarnos saber que la cifra de lectores, hace tiempo supera los mil millones. Sabemos que hay más hermanos y hermanas de la fe en el mundo que no tienen computadoras o la habilidad de leer estas palabras. Creemos que estas cifras son verdaderas aunque el presente sistema mundial las negaría y, de hecho, lo hace. Cientos de miles se nos unen diariamente, y oramos que ustedes hablen más y más de nuestra familia.

¡Hemos pasado tantas cosas juntos! Digo esto sin jactancia, glorificando a Dios Todopoderoso: al emprender yo la administración correcta de la Palabra de Verdad, Dios se ha demostrado repetidamente como su autor. Los eruditos se han quedado perplejos por siglos con los misteriosos pasajes proféticos de la Biblia y, por un tiempo, yo fui uno de esos estupefactos. El lenguaje parecía oscuro, el mensaje profundo y evasivo, los significados eran aparentemente alegóricos y simbólicos. Pero cuando empecé un examen exhaustivo y cabal de estos pasajes con amplitud de mente y corazón, fue como si Dios me revelara algo que liberó mi intelecto.

Desde un enfoque estrictamente académico, yo había descubierto que casi treinta por ciento de la Biblia, Antiguo y Nuevo Testamentos juntos, consistía de pasajes proféticos. No podía entender por qué Dios los incluyó si tenía la intención de que no fueran comprensibles para sus hijos.

Aunque las profecías mesiánicas eran muy directas y, sin duda, me llevaron a creer que Jesús es su cumplimiento único, yo rogaba con fervor que Dios me revelara la clave del resto de los pasajes proféticos. Él lo hizo en la forma más entendible. Sencillamente me indujo a examinar los pasajes de forma literal, tal como hacía con otros textos de la Biblia, a menos que el contexto y el texto mismo indicaran algo diferente.

En otras palabras, siempre había entendido literalmente pasajes como "amarás a tu prójimo como a ti mismo" o "todo cuanto queráis que os hagan los hombres, así también haced vosotros con ellos", entonces ¿por qué no asimilar directamente un versículo que decía que Juan, el del Apocalipsis, vio un caballo amarillo? Sí, yo entendía que el caballo representaba algo y, de todos modos, la Biblia dice que Juan lo vio. Comprendí eso al pie de la letra, junto con las demás declaraciones proféticas (a menos que plantearan por ejemplo, "como a" u otras expresiones que aclararan ser simbólicas).

Mis queridos amigos, las Escrituras se me abrieron en una forma como nunca soñé que fuera posible. Así fue como supe que los grandes juicios de los sellos y de las trompetas estaban por ejecutarse e interpretar qué forma adoptarían y hasta la secuencia en que ocurrirían.

Así aprendí que los juicios de las copas están por caer y que serán exponencialmente peores que los anteriores, que fueron algo más que juicios justos sobre un mundo impío e incrédulo. Comprendí también que todo este período de la historia, es una prueba más de la paciente bondad y misericordia de Dios.

Creyentes, dimos vuelta a una esquina. Escépticos —sé que muchos se detienen aquí de vez en cuando para ver en qué andamos los fanáticos— ya pasamos el punto de los buenos modales. Aunque he tenido razón en materia de las Escrituras, hasta ahora guardé cierta discreción referente a los presentes gobernantes de este mundo.

No más. Dado que hasta aquí se ha cumplido cada profecía de la Biblia; que el líder de este mundo ha predicado la paz mientras esgrime una espada; ya que él murió a espada y fue resucitado como predijeron las Escrituras, y dado que su mano derecha ha sido investida con un poder vil similar, ya no puede haber más dudas:

Nicolás Carpatia, el llamado Excelencia y Potentado Supremo de la Comunidad Global es a su vez anticristiano y el mismísimo Anticristo. Y la Biblia dice, al pie de la letra, que el Anticristo resucitado estaría poseído por el propio Satanás. León Fortunato, quien hizo construir una imagen del Anticristo y ahora obliga a que todos la adoren o se enfrenten al peligro, es el falso profeta. Como predijo la Biblia, él tiene poder para hacer que la estatua hable y que caiga fuego del cielo para destruir a los que se nieguen a adorarla.

¿Qué pasará enseguida? Considere este claro pasaje profético de Apocalipsis 13:11-18:

> Y vi otra bestia que subía de la tierra; tenía dos cuernos semejantes a los de un cordero y hablaba como un dragón. Ejerce toda la autoridad de la primera bestia en su presencia, y hace que la tierra y los que moran en ella adoren a la primera bestia, cuya herida mortal fue sanada.
>
> También hace grandes señales, de tal manera que aun hace descender fuego del cielo a la tierra en presencia de los hombres. Además engaña a los que moran en la tierra a causa de las señales que se le concedió hacer en presencia de la bestia, diciendo a los moradores de la tierra que hagan una imagen de la bestia que tenía la herida de la espada y que ha vuelto a vivir.
>
> Se le concedió dar aliento a la imagen de la bestia, para que la imagen de la bestia también hablara e hiciera dar muerte a todos los que no adoren la imagen de la bestia.
>
> Y hace que a todos, pequeños y grandes, ricos y pobres, libres y esclavos, se les dé una marca en la mano derecha o en la frente, y que nadie pueda comprar ni vender, sino el que tenga la marca, el nombre de la bestia o el número de su nombre.
> Aquí hay sabiduría. El que tiene entendimiento, que calcule el número de la bestia, porque el número es el de un hombre, y su número es seiscientos sesenta y seis.

No pasará mucho tiempo antes que todos sean forzados a doblar rodilla ante Carpatia o su imagen, a llevar su nombre o número marcado en la frente o en la mano derecha, o enfrentar las consecuencias.

¿Cuáles consecuencias? Aquellos que no poseamos lo que la Biblia llama la marca de la bestia, no tendremos permiso para comprar o vender legalmente. Seremos decapitados si rechazamos públicamente esa marca. Aunque el mayor deseo de mi vida es vivir para ver la manifestación gloriosa de mi Señor y Salvador Jesús, el Cristo, al final de la gran tribulación (menos de tres años y medio a partir de ahora), ¿qué mayor causa pudiera haber por la cual dar la vida?

Se nos requerirá a muchos, a millones de nosotros, que hagamos precisamente eso. Aunque se reaviven en nosotros antiguos instintos de conservación y nos preocupemos de que en ese momento pudiéramos ser hallados faltos de coraje, lealtad y fidelidad; permítanme que les garantice que el Dios que les pide el sacrificio final, también les dará poder para soportarlo. Nadie puede recibir la marca de la bestia por accidente. Es una decisión absoluta que los condenará por siempre a la eternidad sin Dios.

Aunque muchos serán llamados a vivir en secreto, a apoyarse los unos a los otros por medio de mercados privados, algunos se verán atrapados, señalados, arrastrados a la decapitación en público, cuyo único antídoto es rechazar a Cristo y aceptar la marca de la bestia.

Bendito sea Dios, usted no podrá darle la espalda a Cristo si ya es creyente. Si está indeciso y no quiere seguir la corriente, ¿qué hará cuando tenga que afrontar a la marca o a perder la cabeza? Le insto hoy que crea, que reciba a Cristo, que se envuelva con la protección de lo alto.

Estamos entrando a la época más sangrienta de la historia del mundo. Los que acepten la marca de la bestia sufrirán aflicciones de la mano de Dios. Los que la rechacen serán martirizados por Su causa bendita. Nunca la opción fue tan severa, tan simple. Dios mismo dio un nombre a este período de tres años y medio. Mateo 24:21-22 registra que Jesús dice:

Porque habrá entonces una gran tribulación, tal como no ha acontecido desde el principio del mundo hasta ahora, ni acontecerá jamás. Y si aquellos días no fueran acortados, nadie se salvaría; pero por causa de los escogidos [usted y yo], aquellos días serán acortados.

Este es el período más corto del registro de los tratos de Dios con la humanidad y, no obstante, se le dedica más Escrituras que a cualquier otro, excepto la vida de Cristo. También es tiempo de misericordia, aunque los profetas hebreos se refirieran a esta época, como el tiempo de "la venganza de nuestro Dios" por la matanza de los profetas y santos a través de los siglos. Dios toma medidas extremas para reducir el tiempo de decisión de hombres y mujeres, antes de la venida de Cristo a establecer Su reino terrenal.

Es evidente que este es el tiempo más espantoso de la historia, y a pesar de eso digo que también es un acto misericordioso de Dios, quien brinda a tantas almas como sea posible, la oportunidad de depositar su fe en Cristo. ¡Ay, pueblo, somos el ejército de Dios con una tarea inmensa por hacer en muy poco tiempo! Roguemos que podamos desempeñarla con la voluntad, el fervor y el valor que solamente vienen de Él. Hay incontables almas perdidas que necesitan salvación y nosotros tenemos la verdad.

Puede que cueste mucho reconocer la misericordia de Dios mientras su ira también se intensifica. ¡Ay de aquellos que creen la mentira de que Dios es solamente "amor"! Sí, Él es amor y su dádiva en Jesús, el sacrificio por nuestro pecado, es la prueba mayor de esto. Pero la Biblia también dice que Dios es "Santo, Santo, Santo". Él es recto y Dios de justicia y no está en su naturaleza permitir que el pecado quede sin castigo o sin retribución.

Estamos comprometidos en una gran batalla mundial contra Satanás, por las almas de hombres y mujeres. No piensen que a la ligera avanzo adelante con esta verdad, sin entender el poder del maligno. Pero mi fe y confianza descansan en el Dios que se sienta muy por encima de los cielos, que está sobre todos los otros dioses y entre los cuales no hay ninguno como Él.

La Escritura es clara al decir que podemos probar a ambos: profeta y profecía. No proclamo ser profeta, sino que creo las profecías. Si no son verdaderas y no se cumplen, entonces yo soy un mentiroso y la Biblia es un cuento, y absolutamente todos carecemos de esperanza. Pero si la Biblia es verdad, lo que sigue en el programa es la profanación ceremonial del Templo de Jerusalén por el mismo Anticristo. Esta es una predicción hecha por Daniel, Jesús, Pablo y Juan.

Mis hermanos y hermanas de sangre judía, la cual comparto con orgullo, se avergonzarán al saber que esta profanación comprende el sacrificio de un cerdo en el altar sagrado; también la blasfemia contra Dios, obscenidades, declaraciones despreciativas sobre Dios y el Mesías y la negación de su resurrección.

Si usted es judío y aún no se ha convencido de que Jesús, el Cristo de Nazaret, es el Mesías y ha sido engañado por las mentiras de Nicolás Carpatia, quizá cambie de idea cuando él rompa su pacto con Israel y retire la garantía de su seguridad.

Pero él no tiene favoritos. Además de injuriar a los judíos, hará una matanza de los creyentes en Jesús.

Si esto no sucede, me podrán tildar de hereje o loco y busquen esperanza en otra parte que no sea en las Sagradas Escrituras.

Gracias por su paciencia y por el bendito privilegio de comunicarme con ustedes nuevamente. Permítanme dejarles una palabra de aliento. Mi próximo mensaje expondrá la diferencia entre el Libro de la Vida y el Libro de la Vida del Cordero, y lo que significan para usted y para mí. Hasta entonces, puede tener la seguridad de que si es creyente y ha depositado su esperanza y confianza sólo en la obra de Jesucristo para el perdón de sus pecados y la vida eterna, su nombre está en el Libro de la Vida del Cordero.

Y nunca podrá ser borrado.

Los bendigo en el nombre de Jesús hasta que nos encontremos de nuevo. Que Él los bendiga, guarde, haga resplandecer su rostro sobre ustedes y les dé paz.

Cuando Camilo alzó los ojos de la lectura, con los ojos húmedos, se sorprendió al ver que Zión se había ido sin que él se diera cuenta. A pesar del largo mensaje del rabino, Camilo supo que si el resto del público estaba tan sediento de la verdad como él, lo acogería bien y se aferrarían a cada palabra. ¿Y eso de la diferencia del Libro de la Vida y el Libro de la Vida del Cordero? Él nunca había oído cosa semejante y se impacientaba por aprender más.

Se puso de pie y se estiró, con las hojas aún en la mano. Al salir vio una nota en la puerta. "Camilo, acojo toda sugerencia. Si crees que está aceptable, por favor, presiona "Enter" para ponerlo en el sitio de la Internet".

Eso podía parecer poca cosa, una tarea de rutina, pero fue un honor monumental para Camilo, quien se apresuró a llegar a la computadora de Zión, movió el ratón inalámbrico para quitar el economizador de pantalla y, con gran deleite, oprimió la tecla que transmitiría las palabras de Zión a un público mundial.

Raimundo le ofreció a Albie que se tomara un descanso; él pilotearía el avión de regreso a Palwaukee. Su amigo había hecho la mayor parte del "pilotear y el mentir" como le decían, y ambas tareas podían resultar agotadoras. El engañar al enemigo era como andar en la cuerda floja y Albie estaba metido en fuego vivo, hasta que David Hassid pudiera darle a Raimundo rango, credenciales y uniforme falsificados.

Sería mejor de esta forma, porque Patty habría agotado a Raimundo durante el vuelo si él hubiera estado libre para escucharla. Naturalmente, de todos modos, había oído casi todo pero estaba contento de tener que pilotear, para no tener que mirarla a los ojos e igualar su energía.

No tenía palabras para expresar la alegría que sentía por ella y se impacientaba por ver las caras del resto del Comando Tribulación, más tarde, esa noche. Además, estaba feliz por todo el Comando. Él había perdido más de una vez las esperanzas con Patty y sabía que los otros también.

Albie era un creyente demasiado nuevo para aconsejarla, pero ella le pedía que le hablara una y otra vez del hambre por la Biblia que Dios parecía haber plantado en su corazón.

—No sé todavía si es eso lo que tengo —decía ella—, pero seguro que siento curiosidad. ¿Tienes una Biblia que pueda leer?

La de Raimundo estaba empacada aún en alguna parte de la casa de refugio y Albie dijo que no tenía una, pero luego se acordó.

—¡Tengo una en mi disco duro!

—¡Oh, qué bueno! —dijo ella hasta que él la puso en pantalla y se dio cuenta de que estaba en el idioma nativo de él—. ¡Ahora sí que *sería* todo un milagro si yo la entendiera! —él probó traducirla con un programa de decodificación apropiado, pero no pudo conseguirlo.

—Algo que hacer esta noche —dijo.

—Entre otras cosas. Albie, tú sabes que le debo serias disculpas a mucha gente.

—¿Sí?

—Oh, sí. Apenas sé por dónde empezar. Si tan sólo supieras.

—Hubo una época —dijo él—, en que yo hubiera tenido mucha curiosidad. El capitán Steele puede atestiguar que hay algo en el comerciante del mercado negro que se asemeja al chismoso patológico. Somos callados y no hablamos mucho pero, ¡cuánto nos gusta escuchar! ¿Sabes?, yo prefiero ignorar las ofensas que pudieras haber cometido contra los que te aman tanto.

—Tampoco me interesa hablar de ellas.

—Puedes asegurar que tus nuevos hermanos y hermanas, tampoco. Un hombre sabio me aconsejó una vez, que las disculpas deben ser específicas pero, ahora que soy creyente, no estoy tan seguro de eso. Si tus amigos saben que lo lamentas, que tienes un arrepentimiento profundo, y que realmente lo sientes cuando te disculpas, espero que te perdonen.

—¿Sin hacerme repetir todo para saber que soy consciente de lo que hice?

Albie ladeó la cabeza y demostró estar pensando.

—Eso no suena como la respuesta de una persona que ha nacido de nuevo, como diría el doctor Zión Ben Judá. ¿Sí?

Ella movió la cabeza. —Eso sería como restregártelo en la cara.

El teléfono de Raimundo sonó. El código de área era Colorado. —Sí —dijo.

—Ah, ¿señor Berry? —era la inconfundible voz de Esteban Plank.

—Soy yo.

—¿Conserva mi anonimato con la querida difunta?

—Indudablemente, señor Esteban. Supongo que estamos en comunicación segura.

—Absolutamente.

—Entonces me alegra decirle que ella volvió de los muertos, física y espiritualmente.

Silencio.

—Pinkerton, ¿captó eso?

—Me quedé mudo, y eso es nuevo para mí. ¿Habla en serio?

—Correcto.

—¡Vaya! Mejor siga manteniéndome confidencial pero transmítale mi mejor y mayor bienvenida a la familia.

—Lo haré.

—Yo también le tengo buenas noticias. Informé a la plana mayor del desafortunado incidente en la zona de detención y dijeron que disponga del cadáver y les mande el papeleo. Les pregunté dónde se suponía que yo hiciera eso, me refería al cuerpo, y me dijeron que preferían no darse por enterados. Supongo que en todas partes hay más que suficientes cadáveres por enterrar, así que tuvimos suerte con éste.

—Pink, ¿usted sabe cuál es la ironía, no?

—Dígame.

—Una vez la CG también simuló que ella había muerto.

—Yo me acuerdo de eso. Ella debe ser la mujer con nueve vidas.

—Bueno, tres de todas maneras. Y ahora, ella tiene toda la que necesita.

—Amén y correcto a eso. Mantén el contacto.

Albie se puso a la radio para hablar con la torre, cuando entraron al espacio aéreo de Kankakee. Se identificó como el comandante Elbaz y pidió permiso para cargar un cadáver en su helicóptero para su "apropiada disposición".

—Comandante, no tenemos personal adicional para ayudar con eso.

—Está bien. No estamos totalmente seguros de la causa de muerte o de contagios potenciales.

—¿Vienen usted, el señor Berry y el difunto?

—Correcto, y los papeles tienen que presentarse a Internacional.

—Considérese procesado. Oh, un momento, comandante. Me recordaron que usted recibió un cargamento de Nueva Babilonia.

—¿Un cargamento?

—Está marcado "confidencial" y "secreto máximo". Como la mitad de un contenedor pequeño. Diría que son unos noventa kilos.

—¿Puede entregarse al helicóptero?

—Veremos qué podemos hacer. Si tenemos un hombre desocupado y una carretilla elevadora mecánica, ¿qué diría si se la cargamos?

—Agradecido.

Media hora más tarde, mientras Raimundo y Albie llevaban a Patty, tapada con la sábana, al helicóptero, ella susurró:
—¿Alguien cerca?

—No pero cállate —dijo Raimundo.

—Necesito una identidad nueva. Esta se está poniendo
realmente vieja.

—Cállate o te dejo caer —dijo Albie.

—No lo harías.

Él fingió dejarla caer y ella gritó.

—Ustedes dos van a conseguir que nos descubran —dijo
Raimundo.

Una vez que la cargaron, Raimundo le indicó mantenerse
fuera de vista hasta que estuvieran en el aire. Se encargó nuevamente de los controles porque él conocía el camino y Albie
no había realizado antes un aterrizaje dentro de un rascacielos bombardeado.

Antes que Raimundo se elevara, Albie se dio vuelta, se
estiró por encima de la oculta Patty y empezó a desatar el
contenedor y las cajas hasta que encontró una gruesa de ato-
mizadores de pintura negra. El ruido de los sujetadores y el
embalaje plásticos que se soltaban, hicieron que Patty pre-
guntara: —¿Qué estás haciendo?

—Solamente dejando libre la portezuela del piso para
que Raimundo pueda expulsarte si no te comportas.

———

Había pasado todo un día en Nueva Babilonia y David se sentía lo bastante bien como para irse del hospital. Hana vino a
cambiarle el vendaje. —¿Cómo estamos? —preguntó, mirándolo a los ojos.

—Todas las enfermeras usan el pronombre plural *nosotros*, ¿no?

—Nos entrenan así.

—Físicamente me siento ciento por ciento mejor.

—Todavía tienes que tomarlo con calma.

—Hana, tengo que trabajar.

—También tienes una tonelada de cosas por hacer, y rápido. Cálmate.

—De todos modos no deseo hacer nada.

—Hazlo por Anita.

—*Touché* (es verdad).

Con el vendaje nuevo en su lugar, ella le puso con suavidad las manos sobre sus orejas tapadas.

—David, no intentaba ser cruel. Lo dije a propósito. Sé que tu corazón está roto pero si esperas que ese dolor desaparezca antes de hacer lo debido, será hora de irse de aquí.

Él asintió tristemente.

—Estarás bien —dijo ella—. Ahora eso te parece trivial, pero tengo esa certeza con sólo conocerte un poco.

Él no estaba tan seguro pero ella intentaba ayudar.

—He estado pensando —agregó ella.

Ah, ah. —Me alegra que alguien lo haga.

—Yo sabía que quería ser enfermera, cuando era ayudante de veterinario en la escuela secundaria.

Él arqueó las cejas.

—Espero algún chiste sobre mí como paciente.

—Nada de chistes. Sólo que una de las cosas que la oficina ofrecía, era la inserción de microprocesadores en las mascotas, de tal modo que siempre pudieran encontrarse e identificarse.

—¿Sí?

—¿No dijiste que eso es lo que hará la CG con todos?

Él asintió.

—Y yo soy una especie de perito en eso, para que sepas.

—Hana, supongo que aún estoy muy sedado. Explícamelo claramente.

—¿No van a tener que entrenar personal para hacerlo y enviar expertos a todas partes para supervisar?

—Probablemente, seguro, ¿y qué? ¿Parece un trabajo de lujo, una forma de ver el mundo? ¿Quieres una carta de recomendación? —dijo él, encogiéndose de hombros.

Ella suspiró. —Si no estuvieras adolorido, te pegaría. Reconóceme algo de mérito. ¿Piensas que quiero enseñar cómo poner la marca de la bestia, o que quiero observar mientras lo hacen? Estoy buscando una forma en que todos podamos irnos de aquí, sin que sea evidente el motivo. ¿Quieres estar entre los diez más buscados de Carpatia?

—No.

—No, así que te pones al habla con Viv Ivins y le ofreces los servicios de tus pilotos y hasta de una enfermera que tú conoces que tiene algo de experiencia en eso. Haz que nos envíen a alguna parte para que la bola se eche a rodar, lo que sea. Tú eres el creativo. Aquí, yo sólo disparo tiros al aire.

—No, sigue hablando. Lo siento. Ahora te escucho.

—Nos metes a todos en el mismo avión, quizá uno caro, porque mientras mayor sea la mentira, más gente quiere creérsela. Se estrella en alguna parte, por ejemplo, en el mar, donde sería mucho más complicado confirmar que todos estamos muertos. Nos integramos al resto de tus amigos y no estaremos constantemente cuidándonos las espaldas de la CG.

—Me gusta.

—¿No lo dices por decirlo?

—No lo haría. Es un golpe genial.

—Bueno, es una idea.

—Una idea grandiosa. Déjame compartirla con Max y Abdula. Ellos son buenos para detectar fallas en las estratagemas y...

—Ya yo lo hice. También les gustó.

—¿Quedó algo para mí o tú puedes mantener sanos y cosidos a todos los de palacio, y también hacer mi trabajo?

Ella se mordió el labio. —Sólo intentaba cooperar.

—Y lo hiciste.

—Pero ambos sabemos que yo no puedo hacer tu trabajo. Nadie puede. Así que realmente creo que tienes que canalizar tu pena en la productividad y hacerlo por Anita. Es la única forma de conferir sentido a esto. Max me dice que el Comando Tribulación te ve como el segundo en importancia, sólo después del doctor Zión Ben Judá.

—Oh, vamos.

—¡David!, piénsalo. Mira lo que has hecho aquí. No tiene que acabarse cuando todos nos vayamos, puedes continuar en acción desde cualquier parte.

———

Cuando sonó el teléfono de Camilo, este supuso que sería Raimundo diciéndole que él, Albie y Patty estaban cerca. Pero era Max McCullum.

—¡Hola, Max! —dijo, levantando una mano para hacer callar a los demás. Camilo tuvo que sentarse cuando oyó la noticia—. ¡Oh, no! No. Eso es espantoso.... Ay, hombre..., ¿cómo está él? Dile que estamos con él, ¿quieres? —el rostro de Camilo se contorsionó y no pudo controlar sus lágrimas—. Gracias por decírnoslo, Max.

Cloé se precipitó a él.

—¿Qué es Camilo? ¿Qué pasó?

DIEZ

Raimundo, perdóname —dijo Patty, poniéndole una mano en cada hombro mientras éste dirigía el helicóptero sobre Chicago hacia la Torre de refugio. Albie dormitaba.

Raimundo se sacó un audífono para poder escucharla y ella dejó que sus manos se deslizaran a la parte de arriba de su asiento. —Me preocupa cómo me recibirán.

—¿Estás de bromas? Puedo pensar en tres que se regocijarán muchísimo.

—He sido terrible con ellos.

—Eso fue antes.

—Pero debo disculparme. Ni siquiera sé por dónde empezar contigo. Plantar toda esa basura sobre Amanda. Hacer que todos duden de ella.

—Patty, pero eso lo confesaste.

—No recuerdo haber pedido perdón por eso. Eso parece tan débil comparado con lo que hice.

—Te diría que no fue un tiempo terrible para mí —dijo él—, pero dejémoslo atrás.

—¿Puedes hacer eso?

—No por mí mismo.

149

—Cloé perdió realmente la paciencia conmigo.

—Patty, conmigo también y me lo merecía.

—¿Ella te perdonó?

—Por supuesto. El amor perdona todo.

Patty permaneció en silencio pero Raimundo sintió la presión de sus manos en el respaldo del asiento.

—El amor perdona todo —repetía como si lo estuviera pensando cuidadosamente.

—Eso es de la Biblia, tú sabes, Primera de Corintios 13.

—No sabía —dijo ella—, pero espero aprender rápido.

—¿Quieres otro? Te estoy diciendo esto de memoria pero en el Nuevo Testamento hay un versículo, más de uno me parece, que cita a Jesús. Básicamente dice que si perdonamos al prójimo, Dios nos perdonará pero si no lo hacemos, tampoco Dios lo hará.

Patty se rió. —Eso nos pone en la estocada, ¿no? Como que no tenemos opción.

—Casi, casi.

—¿Piensas que debería buscar ese versículo y aprendérmelo de memoria para citárselos cuando llegue allá? ¿Decirles que mejor me perdonen si saben lo que es bueno para ellos?

Raimundo se volvió arqueándole una ceja.

—Estoy bromeando —dijo ella—, pero... ¿crees que todos conocen ese versículo?

—Apuesta que Zión sí. Probablemente en una docena de idiomas.

Ella se quedó en silencio por un rato. Raimundo apuntó a la Torre de refugio en la distancia y tocó levemente la rodilla de Albie con sus nudillos.

—Amigo, querrás estar despierto para ver esto.

—Estoy nerviosa —dijo Patty—. Me sentía muy entusiasmada pero ahora, no sé.

—Dales algo de mérito —dijo Raimundo—. Verás —apretó el botón de su teléfono para llamar a Camilo y se lo pasó a Patty. —Dile a Macho que el próximo sonido que oiga, seremos nosotros.

———

Camilo le había contado a Cloé la noticia de Anita; luego reunió a todos los de la casa de refugio para comunicárselos. Nadie la había conocido, naturalmente, pero Zión, Camilo, Cloé y Lea habían tenido suficiente comunicación con David y ya les parecía familiar. Jaime y Zeke fueron informados rápidamente; entonces, todos oraron por David, Max y Abdula. Zeke preguntó si les importaría orar también por su padre.

—No sé exactamente dónde lo llevaron, pero conozco a mi papá y él no va a cooperar.

—David dice que probarán la marca primero con los presos —dijo Camilo.

—Papá se muere antes.

—Ese podría ser el precio.

—Diez a uno que se lleva a un par de ellos consigo —dijo Zeke.

El teléfono de Camilo sonó, y él agradeció cuando Cloé fue a contestarlo.

—¿Patty? —dijo ella—. ¿Dónde están ustedes?... ¿Tan cerca? Entonces los veo dentro de poco... Sí, oímos que papá y Albie encontraron un..., un amigo allá dentro. Debieras estar agradecida por el tiempo, los gastos y los esfuerzos invertidos en eso, bueno, no sé si te das cuenta de lo peligroso que fue. El tiempo de papá, el de Albie, y un avión, quiero decir, no es como que hayas hecho algo para merecerlo. No pretendo ser cruel, sólo digo... no empieces con la lloradera conmigo, Patty. Nos conocemos hace mucho tiempo. Por todo lo que sabemos, la vieja casa de refugio es ahora cenizas gracias a... sí, podemos hablar de eso cuando llegues aquí... Por supuesto que todavía te tengo cariño, pero puede que no nos encuentres tan blandos como mi papá. Aquí hay un equilibrio delicado y muchas más personas que antes. Hasta en un lugar

tan grande como éste, no resulta fácil vivir juntos, especialmente con aquellos que tienen un historial de anteponer *sus*
necesidades a las de todos los de... Bueno, está bien. Te veremos dentro de un minuto.

———

Patty cerró el teléfono de un golpe y lo tiró en la mano de Raimundo.

—Veo que no era Camilo —dijo.

—¡Ella me odia! —dijo Patty—. Esta es una mala idea.
Debieras haberme dejado allá, permitir que ellos me devol-
vieran al Tapón y que yo corriera mi suerte. Pudiera no haber
durado pero, al menos, estaría en el cielo.

—¿También debiéramos haber dejado que te mataras?
Entonces, ¿dónde estarías?

—Cloé no parece que me va a perdonar. Ah, no la culpo.
Me lo merezco.

Raimundo sintió que Patty se volvía a sentar y murmuraba algo.

—No te puedo oír —dijo él, maniobrando hacia el edificio.

—Dije que, probablemente, ella sólo expresó lo que yo
hubiera dicho, de haber estado en su lugar.

———

Hana Palemoon había vendado la herida de David en forma
diferente, aplicando un vendaje más apretado que se adhirió a
la parte afeitada de su cabeza sin tocar el pelo. Ella le explicó
que esto ayudaba a que los puntos mantuvieran unido su cuero cabelludo para una cicatrización rápida, y que ya no necesitaba más las capas de gasa que le cubrían las orejas y
pasaban por debajo de su barbilla. Él se sentía casi normal
excepto por el dolor residual, ahora menor, y por la picazón
que debía pasar por alto. Lo más que podía hacer era

presionar suavemente alrededor de los bordes del vendaje, pero debía tener cuidado pues no le quitarían los puntos hasta por lo menos en dos días más.

Aún así, su gorra volvía a quedarle bien. Se detuvo en sus habitaciones para ponerse un uniforme limpio, miró el espejo y se percató de lo incongruente que se veía. Sus rasgos juveniles de israelita y su oscura faz, iban bien con el uniforme hecho a su medida y adecuado al atuendo del personal de jefatura la CG. Sin embargo, al contemplar su semblante, se preguntó si alguno de los nazis, de los que había visto en los libros de historia, odiaría la esvástica de sus bien confeccionados y vistosos uniformes, tanto como él detestaba la insignia de la Comunidad Global. ¡Cuánto le agradaría abandonar toda esa apariencia! Y sería dentro de poco tiempo.

Se detuvo con la mano en la agarradera interior de la puerta. Aunque estaba mejor, aún sentía la fatiga de la persona cuyo cuerpo trata de sanar. En parte él quería estirarse en la cama y no moverse por doce horas, simplemente yacer ahí en su pena y abrazar el vacío desolador. David halló cierto consuelo en la insistencia de Hana, de que Anita no sufrió ni siquiera por una fracción de segundo. Pero, ¿por qué ese poder que le destruyó el sistema nervioso y recalcinó sus órganos vitales, no destruiría también ese anhelo que él tenía, y que ella nunca podría satisfacer ahora? Ningún rayo, por fuerte que fuera, podría extinguir un amor tan puro.

David inclinó la cabeza y oró pidiendo fortaleza. Si tuviera al menos dos meses, se habría dado el lujo de tomar uno o dos días más, para menguar su dolor. Incluso el tiempo con que contaba, no era realmente suficiente para todo lo que debía hacer. *Por Anita*, se dijo dirigiéndose a su oficina. Y recordaría ello constantemente, mientras necesitara mantenerse activo.

Relegar a Anita a una parte sagrada y protegida de su mente no le fue útil al encontrarse con Viv Ivins en el corredor de su oficina.

—Tengo que verlo —dijo ella con su voz clara y delicada de acento rumano—. ¿Mi oficina o la suya?

Él estaba muy contento de que ella no comenzara con el obligatorio "Él resucitó", aunque él, Max, Abdula y Hana habían decidido contestar "Él resucitó sin duda", sabiendo privadamente que se referían a Cristo. Quizá Viv suprimió el formulismo porque, técnicamente, ella estaba fuera de la jerarquía. Ni siquiera vestía uniforme aunque sus trajes grises, de color carbón, negros, azul oscuro y azul claro eran suficiente uniforme. Ella usaba zapatos discretos y su pelo blanco estaba peinado en un moño que parecía un casco.

Dar a David la opción de reunirse con ella en su propia oficina era inusual, pues aunque la señora Ivins no tenía un título oficial, todos sabían que era como la hija del jefe o, en este caso, la tía. Ella no era pariente de sangre, por lo que se sabía, pero el mismo Carpatia había explicado que ella era tan cercana a él, como nadie en el mundo. Había sido una amiga querida de la familia y, casi desde el comienzo, ayudó a sus difuntos padres en la crianza de su único hijo.

No daba órdenes, abiertamente, a nadie sobre quien tuviera influencia sin títulos. Había sencillamente un conocimiento tácito entre ella y los demás. Conseguía lo que quería. Lo que ella decía, se hacía. Su palabra era tan buena como la de Carpatia, y así, no tenía que imponerse. Ella empleaba su poder implícito de la misma forma en que todos lo aceptaban.

—Por favor —dijo David—, entre —él disfrutó el chiste de tener sentado en su oficina a alguien tan cercano a Carpatia, ni a tres metros de la computadora que él usaba, para subvertir los esfuerzos del potentado.

Su ayudante lo saludó con una mirada preocupada. David dijo un simple "Buenos días" pero ella le cortó la inspiración con un "¿Está bien?"

—Mejor, Tiffany, gracias —dijo él.

Cuando ella se fijó en la visita, saltó poniéndose de pie.

—Señora Ivins —dijo.

Viv se limitó a saludar con la cabeza. David sostuvo la puerta y cuando estuvo dentro y cerró, ella se quedó esperando que él le acercara una silla. Se la imaginó diciendo: "¿Tiene el brazo fracturado?" Había mucho poder feminista en la expectativa de su caballerosidad, aun sin actuar así.

—Le oí decir que se siente mejor —dijo ella abriendo una carpeta que tenía en su regazo y sacando un lápiz de atrás de la oreja—. Así que no hablaré de eso. ¿Confío que sea capaz de superar el desafortunado incidente con Su Excelencia?

—¿Se refiere a vomitar sobre el líder del mundo? —dijo él, suscitando la mueca de una sonrisa en ella—. Intentaré no insistir en ello, salvo decir que tales noticias viajan rápido y dudo que haya un empleado en Nueva Babilonia que no lo sepa.

—La alta gerencia lo entiende —dijo ella.

Él quería preguntar si entendían que vomitar al gran jefe fue realmente la respuesta a una oración desesperada, para ser rescatado de fingir adorarlo.

Viv hizo una marquita de verificación al lado del primer punto de su lista. David se preguntó qué podía haber escrito ahí como punto de discusión. ¿Vomitar?

—Entonces, ahora —dijo ella—, unos pocos puntos más. Primero, su nuevo superior inmediato será Jaime Hickman.

—¿Mi departamento se reporta a Inteligencia?

—No, Jaime fue ascendido a Comandante en Jefe para reemplazar al Reverendo Fortunato.

David encontró cómico que haber tenido *Inteligencia* en el título anterior de Hickman, era parecido a que Fortunato tuviera ahora *Reverendo* en el suyo.

—Seguramente esto fue opción de León... del Comandante Fortunato, no del Potentado.

David detectó la sombra de una sonrisa pero Viv no mordió la carnada.

—¿Entonces, Jaime se traslada a la vieja oficina de León? —dijo él.

—Señor Hassid, no se me adelante. Y le insto a que use títulos o, por lo menos, *señor,* cuando se refiera a personal de tales niveles. Se espera que usted trate al señor Hickman como Comandante Supremo y al señor Fortunato como Reverendo o Altísimo Reverendo.

¿Tengo voz y voto?, se preguntó David. Él preferiría vomitar a *León* a tratarlo de Altísimo o lo que fuera. Se mordió la lengua para no preguntar a Viv, o sea, a la señora Ivins, como si la arrastrada de Hickman le hubiera conseguido ese ascenso. O, quizá, esa actuación fue por agradecimiento a una movida que ya había sido hecha.

—Y no —continuó Viv—, el nuevo Comandante Supremo no se trasladará a la vieja oficina del Reverendo Fortunato. El señor Hickman compartirá espacio con la asistente de Su Excelencia.

—*Realmente* —dijo David—. Parece que Sandra está un poco apretada tal como está.

—¿Cómo debo decir esto? Aunque el señor Hickman tendrá el mismo título que tenía el señor Fortunato, el trabajo pudiera no implicar exactamente el mismo rango de influencia.

—¿Significa?

Viv pareció frustrada, como si rara vez le pidieran que fuera más precisa.

—Señor Hassid, debiera ser evidente para todos que un líder, cuya deidad fue confirmada públicamente, no necesita el mismo nivel de asistencia que pudo tener en el pasado. El señor Fortunato fue, esencialmente, el funcionario operativo principal del ejecutivo principal de Su Excelencia. El papel del señor Hickman será más el de facilitador.

¿Como el de sargento de armas o el portero?, quiso decir David.

—Y, por supuesto, usted conoce los nuevos deberes del Reverendo Fortunato.

Más que tú. Pero Falso Profeta *no luce bien en la tarjeta de presentación.*

—Refrésqueme la memoria.

—Él será la cabeza espiritual de la Comunidad Global, dirigiendo el homenaje al objeto de nuestra adoración.

David asintió. Para cubrir cualquier mirada inconsciente que pudiera delatarlo, dijo: —Y, ¿qué, es decir..., qué va a ser de la vieja oficina de León, perdón, del Reverendo Fortunato?

—Será parte de las nuevas instalaciones del Potentado.

—¡Oh! Supe que él quería ampliarse hacia arriba pero, ¿también hacia fuera?

—Sí, será magnífico. Una de las ventajas, hasta ahora, de su cuerpo resucitado es que está evidentemente inmunizado a la necesidad de dormir. Ocupado las veinticuatro horas del día, necesita variedad en su ambiente de trabajo.

—Ah, ah —*lo que nos faltaba. Satanás sin pausa.*

—Director Hassid, la nueva oficina del Potentado será espectacular. Abarcará los antiguos espacios de la suya y del señor Fortunato, como asimismo la sala de conferencias, y por encima de los muros de tres metros de altura, se extenderá diez metros más de ventanas hasta un techo transparente.

—Correcto, suena impresionante.

—Tengo la seguridad de que tendrá su cuota de audiencias con él —dijo ella—, aunque usted se reunirá más a menudo con el nuevo Comandante Supremo.

—Si yo fuera el Potentado, quisiera una oficina lo bastante grande para tener mucha distancia entre él y yo.

—No entiendo.

—Usted sabe, eso de vomitar.

—Oh, sí. Lo capto. Divertido —pero ella no parecía divertida.

—¿El señor Hickman tendrá una zona de reuniones o debemos mantener la voz baja para no molestar a la asistente del Potentado?

—Estoy segura de que entre ustedes dos podrán hacer algo. Por ejemplo, reunirse aquí. ¡Oh, qué cosa!, mire la hora. Tengo varias reuniones más, así que me perdonará si prosigo.

No, se acabó el tiempo. Vete. —Sí, señora Ivins, entiendo.

—Durante su incapacidad, no pudimos esperar para resolver varios asuntos importantes. Necesitamos enviar pedidos con diversos propósitos técnicos, que comprenden despachos y manufactura internacionales.

David tuvo que concentrarse para evitar hacer muecas. Sabía exactamente de qué hablaba ella y esperaba poder demorar esos pedidos frustrando los esfuerzos del Potentado.

—¿Adquisiciones técnicas? —preguntó.

—Inyectores de microprocesadores biológicos. Y, por supuesto, los facilitadores de la vigencia a la lealtad.

¿Facilitadores de la vigencia a la lealtad? ¿Por qué no llamarlos simplemente separadores de cráneo y tronco? —¿Quiere decir guillotinas?

Eso la hizo doblarse. —Director, por favor. Eso suena como del siglo dieciocho, y usted puede comprender por qué deseamos evitar todo lenguaje que denote violencia o conjure imágenes de decapitación y cosas por el estilo.

¿Y cosas por el estilo? —le ruego me perdone, señora, ¿pero no suponemos que la gente reconocerá las guillotinas, o facilitadores de la vigencia a la lealtad por lo que son? ¿Para qué más pudieran usarse, para partir repollos?

—No encuentro que eso sea nada divertido.

—Yo tampoco, pero llamemos cuchillo al cuchillo. La gente ve un filo agudo como navaja, pesado, esperando ser activado desde la parte de arriba de un marco acanalado, con un yugo en forma de cabeza en la parte de abajo y un canasto a la mano, y mi suposición es que tendrán una idea de lo que se trata.

La señora Ivins se movió en su silla, hizo otra marca en su lista y dijo: —Yo no lo diría con tanta crudeza. Pero supongo, no, lo creo sinceramente, que estos aparatos se usarán poco, si es que llegan a ser utilizados alguna vez.

—¿Realmente piensa eso?

—Absolutamente. Sólo servirán como símbolo tangible de la seriedad del ejercicio.

—En otras palabras, exprese voluntariamente su lealtad o le cortamos la cabeza.

—No será necesario decir eso.

—Supongo que no.

—Pero, señor Hassid, yo sugiero que sólo los casos más insólitamente difíciles, tan escasos y distanciados entre sí que serán noticia por su condición de únicos, resultarán en la consumación completa de la vigencia.

Detestaría ver la consumación incompleta de la vigencia. —Usted confía, entonces, que toda la oposición ha sido erradicada.

—Por supuesto —dijo ella—. ¿Quién en su sano juicio podría ver la resurrección de un hombre muerto por tres días sin creer en él como Dios?

———

Raimundo no tuvo el recibimiento que esperaba y Cloé corrió a él para explicarle. Se quedó abrumado por la noticia de Anita. Los tres se sentaron, sorprendidos como los demás y, por supuesto, la mayoría evitó mirar directamente a Patty.

—¿Qué sabemos de David? —dijo Raimundo—. ¿Está bien?

—Supimos de Max —dijo Camilo—. Lo peor es que David se desmayó por agotamiento debido al calor, insolación o algo así, y eso demoró precisamente que supiera lo de Anita.

Raimundo se sentó moviendo la cabeza. Él sabía cada vez con más certeza que esa sería la suerte de ellos, pero esto no parecía facilitar nada.

—Aquí no todos se conocen —dijo finalmente e hizo presentaciones corteses y en una quietud desacostumbrada.

—Disculpen —dijo Zeke—, pero ¿está bien si hago una pregunta tonta?

—Lo que sea —dijo Raimundo.

—Señora, no se ofenda —dijo a Patty—, pero no esperé ver una marca en usted.

Zión se paró, con los labios temblorosos y se acercó a ella.

—Querida, ¿es cierto? —dijo poniéndole las manos en los hombros—. Déjame mirarte.

Patty asintió, con sus ojos moviéndose rápidamente a Camilo y Cloé, que miraban fijo con los ojos muy abiertos.

Zión la abrazó, llorando.

—Alabado sea Dios, alabado sea Dios —dijo—. Señor, te llevas una y mandas otra nueva —abrió los ojos—. Pues, cuéntanos. ¿Cuándo? ¿Cómo? ¿Qué pasó?

—No hace veinticuatro horas —dijo ella—. Lo ocurrido no fue sólo un acto, sino el resultado de todos ustedes cuidándome, amándome, instándome, orando por mí. Si no han escuchado la historia de Albie, cerciórense de hacerlo pronto.

Ella se inclinó más y susurró al oído de Zión.

—Por cierto —dijo él—. Jaime, Zeke, Albie, Lea, dejemos que nuestra nueva hermana tenga unos minutos a solas con la familia Steele, ¿sí? Habrá mucho tiempo para conocerse.

Los otros se levantaron y siguieron a Zión como si entendieran, aunque Zeke parecía perplejo. Cuando quedaron los cuatro a solas, Patty se puso de pie mientras Raimundo, Camilo y Cloé se sentaban.

—Estoy tan contenta por ti —dijo Cloé— y lo pienso aunque suene atónita. Lo estoy. Mi deseo es que me lo hubieras dicho por teléfono antes que yo te hablara como lo hice.

—No, Cloé, me merecía eso. Y no culpo a ninguno de ustedes por estar asombrados. Yo misma lo estoy. ¡Tengo tanto que explicar! Bueno, explicar no, porque ¿quién puede explicar la pudrición? Pero sí, pedir perdón por ello. Me comporté de forma tan espantosa contigo, con todos ustedes en momentos diferentes. No sé cómo me podrán perdonar.

—Patty —dijo Cloé—, está bien. No tienes que...

—Sí, debo. Y Cloé, hay algo que debes saber. Hace mucho tiempo me dijiste una frase que nunca me abandonó. No podía apartarla de mi mente, aunque intenté una y otra vez. Fue cuando te visité en la casa de Loreta y los acusé a todos de pretender hacerme cambiar de idea sobre el aborto. Dije que sólo me amarían realmente si yo aceptaba y estaba de acuerdo con todo lo que ustedes decían, ¿recuerdas?

Cloé asintió.

Patty continuó: —Aunque tú eras mucho más joven que yo, dijiste que todo lo que querías era amarme de la forma en que Dios me amaba, y que eso sería, si yo estaba o no de acuerdo contigo. No importaba lo que yo hiciera o decidiera, tú me amarías porque así Dios te amaba, aun cuando estabas muerta en tus pecados.

—No me acuerdo de haberme expresado tan bien —dijo Cloé, con sus ojos llenándose de lágrimas.

—Bueno —dijo Patty—, tenías razón. Dios me amó cuando yo estaba en lo más bajo. Y pensar que casi me suicidé antes que Él llegara finalmente a mí.

—Ellos no saben esta historia —le recordó Raimundo. Y ella les contó todo, desde que la CG de Colorado la arrestó hasta ese mismo momento.

—Yo estaba tan preocupada de que ustedes nunca me perdonaran —concluyó ella.

Cloé se paró para abrazarla. Luego, Camilo.

—Patty, nunca me perdonaste por algo peor que todo lo que tú hiciste.

—¿Qué?

—Yo te presenté a Nicolás Carpatia.

Ella asintió, sonriendo a través de las lágrimas.

—Esto *fue* muy malo —dijo—, pero ¿cómo podías saber? Nos engañó casi a todos al comienzo. Desearía nunca haber puesto mis ojos en él, pero ahora, tampoco cambiaría una sola cosa de mi vida. Todo apuntaba a hoy.

David estaba extremadamente nervioso. Quería que Viv Ivins se fuera para poder empezar sus tareas verdaderas. Ella seguía hablando de Fortunato.

—Él se trasladará a la vieja oficina de Pedro Mathew, pero nada será lo mismo ahí. Ya no existe la Única Fe Mundial Enigma Babilonia porque no hay enigma. Ahora sabemos a quién adorar, ¿no, señor Hassid?

—Seguro que sí —dijo él.

—Ahora —dijo ella—, hay un punto más. ¿Usted sabe que perdió una empleada el otro día? —Ella abrió una página de su libreta de apuntes y leyó: "Soltera, blanca, mujer, veintidós, casi veintitrés, Anita Rico Cristóbal. Evidentemente, Rico es un apellido".

David contuvo la respiración y asintió.

—Víctima del rayo —agregó Viv—, una de varios.

—Sí, yo sabía eso.

—Yo sólo quería decirle que si estaba planeando alguna clase de servicio fúnebre, yo le aconsejaría que no.

—¿Cómo?

—Sencillamente perdimos demasiados empleados y no considero práctico dedicarles a cada uno una nota luctuosa, si usted lo entiende así.

David se ofendió, especialmente por Anita.

—Yo, eh, he ido a otras ceremonias de esas. Han sido cortas pero apropiadas.

—Bueno, esta no sería apropiada. ¿Entendido?

—No.

—¿No?

—Lo siento, no entiendo. ¿Por qué no sería apropiado recordar a una colega de trabajo que...

—Si usted pensara eso por un momento, probablemente entendiera.

—Por favor, ahórreme el tiempo.

—Bueno, señor Hassid, la señorita Cristóbal fue fulminada por un rayo evidentemente cuando el Reverendo Fortunato pedía fuego del cielo para aquellos que se negaban a reconocer a Su Excelencia el Potentado como el verdadero Dios vivo.

—Usted dice que su muerte prueba que ella era subversiva, que Fortunato la mató.

—Director, Dios la mató. Llámela subversiva o lo que quiera, pero es evidente para todos los presentes. Yo sé que usted estuvo, que solamente los escépticos padecieron por su incredulidad en aquel día.

David frunció los labios, y se rascó la cabeza. —Si no estamos haciendo servicios fúnebres a los empleados que no reconocieron a Nicolás Carpatia como deidad, lo entiendo y cumpliré.

—Pensé que lo haría, señor —ella se puso de pie y esperó que David le abriera la puerta—. Buen día tenga usted, director. Usted sabe que siempre estoy a su disposición si necesita algo.

—Bueno, hay una cosa más.

—Nómbrela.

—Los inyectores que usted mencionó. ¿Son similares al tipo usado para insertar lo mismo a las mascotas caseras?

—Creo que sí, con ciertas modificaciones.

—Una de las enfermeras que me atendió mencionó que ella empezó en medicina como ayudante de veterinario. Me pregunto si tendrá alguna experiencia con esa clase de tecnología que nos pudiera servir.

—Bien pensado. Deme su nombre y lo verificaré.

—No me acuerdo en este momento —dijo él—, pero debe ser bastante fácil averiguarlo. La llamaré.

Tan pronto como Viv se fue, David telefoneó a Hana.

—Le daré tu nombre a Viv Ivins. Espera una llamada.

—Entendido.

Él le contó la prohibición de hacer siquiera un momento de silencio en su sección por Anita.

—Eso es perfecto —dijo ella—. David, ella llevará eso como banda de honor. Si ser honrada hace que parezca que ella era leal a Carpatia, un día tendrías que darle cuentas en el cielo.

ONCE

En los siguientes días transcurridos en la casa de refugio, Raimundo observaba silenciosamente la dinámica del grupo y tomaba notas. Zión y Jaime estudiaban la mayor parte del tiempo. Lea parecía aburrirse ayudando a Cloé con la cooperativa internacional, y mientras se familiarizaban con Patty, ésta los enervaba a todos. A todos menos a Zeke que, principalmente, se mantenía absorto en sí mismo sin parecer afectado por las idiosincrasias personales.

Raimundo pidió a Zión que guiara al grupo en un breve estudio diario de la Biblia. Oraban juntos y se esperaba que todos leyeran a diario el mensaje cibernético de Zión. Todos se turnaron para pintar por dentro las ventanas expuestas al exterior, hasta que todos los pisos que ocupaban quedaron invisibles desde afuera, aun con las luces encendidas.

Una semana después de haber traído a Patty a la casa de refugio, Raimundo convocó a una reunión para incorporar oficialmente a Jaime, Zeke, Albie y Patty en el Comando Tribulación. Vigilaban la Internet y la televisión buscando información sobre cuándo y cómo se administraría la marca de la lealtad. Camilo nuevamente puso a toda marcha su revista cibernética, *La Verdad*. El sitio de Camilo era el más popular de la red, exceptuando el de Zión, por sus contactos internacionales y su habilidad para escribir historias impregnadas de autenticidad, pero sin exponer a los creyentes en los puestos de alto rango. Por medio de contactos que Cloé obtuvo en la cooperativa, Camilo consiguió imprentas clandestinas en todas partes del mundo. Muchos arriesgaban sus vidas al imprimir y publicar *La Verdad* y los mensajes de Zión para los que no tenían acceso a computadoras.

Patty cambió de una novata vacilante a una creyente entusiasta y vivaz como lo había sido aquella primera mañana en Bozeman. Raimundo disfrutaba de su espíritu y parecía que Zión también. Pero los ojos de los demás mostraban apatía, cada vez que ella se mostraba emocionada por alguna cosa nueva. Algo tenía que ceder. El Comando Tribulación tenía mucho espacio y privacidad pero aun en un rascacielos enorme se sentían encerrados.

Tener aire fresco era un problema. Aunque el sistema de ventilación del edifico funcionaba bien, sólo una ventana apenas entreabierta ocasionalmente, dejaba entrar frescas brisas de otoño. Todos anhelaban pasar tiempo al aire libre y a la luz del día. Raimundo les advirtió del peligro que eso representaba. Incluso sólo sacaban a Keni Bruce después que oscurecía.

Uno por uno habló en privado con Raimundo, y aunque evitaban cuidadosamente hablar mal de los otros, todos tenían pedidos parecidos. Cada uno quería una asignación, algo que hacer fuera de la casa de refugio. Deseaban estar activos, no dejando que Nicolás y la CG fueran los únicos a la ofensiva.

Todos menos Zeke, pues él parecía estar contento con su papel. Preparó un inventario de las herramientas y artículos necesarios para equipar la más efectiva operación de falsificación.

—Yo no soy tipo de estar leyendo libros —le dijo a Raimundo—, pero puedo ver lo que nos viene encima.

—¿Puedes?

Zeke asintió. —El doctor Zión Ben Judá, está entrenando a Jaime como-se-llame para que regrese a Israel. Eso significa que yo tengo que trabajar en una identidad nueva para él, y no sólo en papeles. Él debe tener la apariencia de otra persona porque todo el mundo lo conoce.

Raimundo sólo pudo asentir.

—No se puede cambiar la estatura y el peso de un fulano, y yo no soy cirujano plástico, pero hay cosas que se pueden hacer. Él tiene ahora ese pelo estilo Einstein y se afeita. Yo lo dejaría calvo y le teñiría las cejas de color oscuro. Entonces, haría que se deje crecer una gran barba abundante o quizá patillas y un bigote, también tiñéndolos de color oscuro. Se vería más joven y a la moda, pero principalmente, no se parecería a él. Tenemos que quitarle esos anteojos o cambiarlos drásticamente. Entonces, le pondría lentes de contacto cosméticos, de color. Si él puede arreglarse sin una receta, yo tengo muchos entre los cuales podría escoger.

—Uh-uh —dijo Raimundo—. Zeke, ¿qué te hace pensar que él regresará a Israel?

—Oh, ¿no irá? Bueno, entonces, me equivoqué. Sólo lo supuse.

—No digo que te hayas equivocado. Sólo me preguntaba por qué imaginaste eso.

—No sé. Alguien tiene que ir y, ustedes nunca han querido arriesgar al doctor.

—¿Alguien tiene que ir a Israel? ¿Por qué?

Zeke frunció el ceño. —No sé. Usted dirá si me equivoco porque muchas veces lo estoy, pero papá dice que tengo intuición. Cada día trato de entender los mensajes de Zión, pero como le dije, no soy de leer mucho. No creo haber leído jamás un libro entero excepto, quizá, un manual de instrucciones y empecé a hacerlo hace seis años. Pero Zión hace esos mensajes diarios muy fáciles de entender para un tipo inteligente. Digo que él es inteligente, no yo. La mayoría de las personas inteligentes piensan que explican algo, pero ellos son los únicos que lo entienden. ¿Entiende lo que le quiero decir?

—Seguro.

—Bueno, lo que últimamente he captado de Zión es que Carpatia anda en algo. Y tiene que ver con Jerusalén. Zión dice que la Biblia plantea, que el Anticristo no sólo va a engañar a los judíos, sino que también va a alardear de eso, justamente en el templo de ellos y lo profanará de alguna forma, rompiendo su promesa.

—Zeke, creo que tienes muy claro todo eso. ¿Cómo ubicas a Jaime en esto?

—Zión dice que Dios está preparando un lugar seguro para que los judíos huyan hacia allí, pero tienen que tener un líder. El doctor puede dirigirlos a través de la red electrónica, pero ellos necesitan a una persona allí, alguien a quien puedan ver. Es necesario que sea judío, creyente. Tiene que ser popular o, al menos, capaz de hacer que la gente lo siga. Y debe conocer muchas cosas. La única persona que muy pronto va a saber más que Zión será Jaime. Y de ninguna manera pienso que *Zión* vaya para allá.

—Zeke, es igualmente peligroso para Jaime, ¿no?

—Bueno, no sé cuál es peor para Carpatia, el tipo que le dice a todo el mundo que Carpatia es el mismísimo diablo o el que le metió una espada en el cerebro. Pero la cosa es que nosotros, quiero decir los creyentes, probablemente nos arreglemos sin Jaime, llegado el momento, pero estaremos en problemas sin Zión.

Zeke parecía turbado por haber dicho eso.

Raimundo se puso de pie y se paseó. —Bueno, Zeke, tu papá tiene razón referente a tu intuición. Diste justo en el clavo.

—Entonces me van a pedir que ayude a enviarlo allá como..., ¿cuál es su nuevo nombre?

—Tobías Rogoff.

—Correcto. ¿Cómo él?

—Así mismo.

—¿No cree que muchos reconocerán su voz y su tipo de cuerpo? La gente también se fija en las manos. Tendré que trabajar en eso.

—Sí, muchos lo reconocerán inmediatamente. Y si, como dice David, hay una película que lo registra asesinando a Carpatia, me imagino que la CG la mostrará al mundo entero. Pero el mismo Carpatia ya perdonó a su atacante.

—Pero Nicolás dijo también, que no puede controlar lo que otros ciudadanos pudieran hacerle al hombre, así que Jaime estaría viviendo con tiempo prestado, ¿no le parece?

—Si llega al refugio seguro con los judíos, pienso que será protegido sobrenaturalmente.

—Eso sería estupendo.

—Dijiste que no eres cirujano plástico. ¿Hay métodos menos drásticos de cambiar el aspecto de alguien?

Zeke asintió. —Hay unas cosas dentales.

—Prótesis.

—Correcto. Yo usé una con Lea y tengo muchas más. Realmente podemos cambiar el aspecto de los dientes y la mandíbula de un hombre.

—¿Qué pasa con uno que tiene la mandíbula cosida?

—Mejor aun. Lea va a tener que quitar pronto esos alambres. Pienso que podemos cambiar su aspecto. Entonces, no puede vestirse como acostumbra, quizá hasta podría caminar diferente. Puedo conseguir eso, tan sólo agregando algo a uno de sus zapatos. Yo estaré listo cuando él lo esté.

———

David enfrentó su pesar trabajando todo el tiempo que estaba despierto, y luego, agotándose hasta el punto de no tener otra alternativa que dormir. Asignó a Max y Abdula la tarea de planificar la desaparición de ellos, como lo había concebido Hana. Mientras tanto plantó números de acceso en todo el complejo, los cuales le permitirían, apretando las teclas debidas, entrar en el sistema y monitorear las actividades, tan plenamente como era capaz de hacerlo ahora, al menos mientras se usara el sistema presente.

David notó que era casi adictivo escuchar a Nicolás, León e Hickman, pero también disfrutaba oír lo que decía Walter Moon, el jefe de seguridad. Aunque era improbable que Moon se convirtiera en creyente, ¿quién podía saberlo con seguridad? Si lo hacía, tendría que ser antes que se comenzara a marcar a los empleados porque, como Zión enseñaba, la Escritura decía claramente que esa era una decisión absoluta. Pero Moon, por lo que David podía entender, compartía abiertamente con su asistente y también con su subordinado de mayor confianza, que lo habían pasado por alto para el papel del comandante supremo. Se pasaba la mayor parte de su tiempo jurando, irónicamente "sobre un montón de Biblias", que él no habría aceptado el trabajo si se lo hubieran ofrecido. Pero que lo deseaba era tan obvio que hasta sus confidentes se sentían autorizados a decirle: —Por supuesto que hubieras aceptado y debieran habértelo ofrecido.

David soñaba despierto con tener a Moon de su lado, un descontento dentro de palacio, con el potencial para la subversión.

El nuevo director de inteligencia que reemplazaba a Jaime Hickman era un paquistaní llamado Suhail Akbar. Devoto seguidor de Carpatia. Era de los que obran en lo oculto, callados y lentos para dar su opinión pero con un historial que superaba al de su antiguo superior en cuanto a experiencia y preparación. David temía que fuera lo suficientemente brillante como para constituir un problema. *A Hickman nunca se le calificó de brillante.*

—Es crucial —decía David en una carta electrónica que le hiciera a Max una tarde, luego de un pesado día de entradas al sistema computarizado, configurándolo para el futuro—, que no demos lugar para que se cuestione nuestra lealtad a la CG, y específicamente a Carpatia. Yo desafío a la plana mayor esporádicamente con el propósito de impedir que sospechen de mí, y creo que ellos tienen recelo de los que parecen ciegamente leales. Quiero que se pregunten: ¿Por qué Hassid nos desafiaría y, no obstante, se queda y sirve con tanta capacidad, intentando dar lo mejor de sí?

»Max, tenemos que planear por anticipado, planta el problema que explique nuestra desaparición y que le costará caro a la CG. No me importaría ver que se estrella el avión con unos cuantos millones de Nicks en inyectores de microprocesadores e incluso facilitadores de la vigencia de la lealtad. Me pregunto si las guillotinas aparecen así en el encabezamiento superior de los catálogos de enseres para cortar cabezas. Lo siento por el humor tétrico; no es cosa de risa. Alabado sea Dios que puede hacer cuerpos glorificados aun de esos santos que fueron desmembrados, cremados o electrocutados por un rayo.

»A riesgo de insultar tu inteligencia, debo precaverte contra la idea de considerar la pérdida del Fénix 216. Por más que me guste la idea de torcerle la nariz a Carpatia con la pérdida de su precioso vehículo, hemos invertido demasiado en el sistema de espionaje, al cual puedo tener acceso ahora, incluso fuera del avión. No me imagino una mayor fuente de información por el tiempo que Dios nos conceda la libertad de escuchar. Desarrollé un programa que aun detecta la posición del aparato vía satélite. Siempre resulta divertido e ilustrativo cuando Nicolás piensa que está en un ambiente totalmente seguro y se quita las máscaras, ¿no? Una cosa es la fanfarronería y las poses entre su gente, pero oírlo reírse y admitir a sus asistentes de mayor confianza lo mismo que niega en todas partes, bueno, eso es lo que vale la pena.

»Hablando de eso, él tiene programada una reunión con Hickman, Moon, Akbar y Fortunato que pienso grabar. Si crees que sus debates con León eran divertidos, espera a que oigas estos. Yo te las haré llegar. No olvides el único código seguro de toda esta información privilegiada y transmisiones confiables. Si alguien, incluso tú mismo, intenta entrar a estos archivos con el código equivocado, he programado un virus tan malo que realmente debiera llamarse monstruo. Es una criatura que ignora la programación y ataca a los aditamentos electrónicos.

»No lo creería si no fuera invención mía. Esta cosa interceptará literalmente los impulsos transmitidos de punto a punto del procesador, los lleva a la fuente de energía eléctrica, sea batería o corriente alterna, y tira la electricidad a la placa madre o central. Si allí hubiera un dispositivo incendiario, podría hacer que, literalmente, la computadora reventara en la cara del intruso. Dado que todo lo que hay allí es plástico y metal, lo mejor que puedo hacer es producir mucho calor, humo y derretirlo un poco. De todos modos, la computadora víctima quedará irreparable después de eso.

»Camarada, más información luego. Espero algo concreto de ti y Abdula dentro de cuarenta y ocho horas. Mientras tanto es menos evidente y arriesgado para ustedes que para mí, tener la ocasión de encontrarse con Hana. Mientras tanto, apóyenla y denle valor como compatriota, y asegúrenle que saldremos a tiempo y tendremos años productivos para dedicar a la causa del reino».

———

Raimundo se preocupaba por el calendario, pues David lo había mantenido al día en cuanto se levantó y se puso a trabajar de nuevo. Había estado determinando los papeles más efectivos para cada miembro del Comando, y la perspectiva de la repentina preparación de cuatro miembros, desplazados del palacio, tenía sus ventajas y sus desventajas. Si debía traerlos a todos a Chicago, sumaría dos pilotos a la base de operaciones, una enfermera y uno de los mayores genios mundiales de la computación. Tenía espacio, eso era claro, pero se preguntaba si tener virtualmente a todos en un mismo lugar, era el uso más eficiente de los recursos.

Tendría más sentido repartir el talento por todo el planeta, no sólo por él mismo, sino también en aras de las dos alas de la misión principal: impedir que Carpatia cumpliera sus metas donde fuera posible y ganar para el reino a tanta gente como pudieran. Patty y Lea estaban inquietas y ansiosas de recibir tareas. Cloé estaba resignada a quedarse, por Keni, con el trabajo de la cooperativa, pero Camilo necesitaba exponerse en vivo a lo que estaba pasando para que su revista cibernética fuera lo más efectiva posible.

Raimundo y Albie necesitaban todos los pilotos que pudieran conseguir pero los aviones no abundaban. Si él y el intuitivo pero poco expresivo Zeke, tenían razón acerca de lo que Zión estaba por hacer, habría que reclutar miles de pilotos y aviones en todo el mundo para llevar a los creyentes judíos a un sitio seguro. Los pilotos veteranos como Max y Abdula podrían ayudar para concretarlo.

Pero a media noche, en un instante, Raimundo dejó de pensar que tenía más de dos semanas para planificar el uso más efectivo del contingente de Nueva Babilonia Se dio cuenta que debía actuar rápidamente. El tiempo era un lujo que nunca le fue suficiente, pero una emergencia arrojaba todo a un torbellino.

El teléfono de Raimundo sonó pero nadie contestó. Miró a la pantalla. Un mensaje de Lucas (Laslo) Miclos. —Nos pillaron —decía—. Pastor y mi esposa presos entre otros. Por favor oren y ayúdennos.

La iglesia clandestina de Ptolemais era la mayor de Grecia, y probablemente de los Estados Unidos Carpatianos. Hasta ahora la presencia de la CG local no había constituido problema. Raimundo sabía por experiencia personal que los creyentes griegos habían tenido cuidado, pero hasta ellos temían que las fuentes de Inteligencia y Seguridad de la CG, no pudieran continuar por mucho tiempo más haciendo la vista gorda. Parte de la razón por la cual les parecía no ser tenidos en cuenta, era que los dirigentes locales de la CG consideraban que Carpatia deseaba que la región que llevaba su nombre, tuviera la incidencia más baja de denuncias de insurgencia entre las diez supercomunidades globales.

Cualquier demostración de sensibilidad en las relaciones públicas que Carpatia mostró antes de su asesinato, desde su resurrección, el énfasis ha sido la coacción. Evidentemente, Raimundo deducía que el nuevo Carpatia preferiría erradicar la oposición dentro de su propio feudo, a fingir que no existía. Raimundo le pediría a David que explorara la situación, para ver qué podría hacer allá un grupo del Comando Tribulación.

Raimundo conocía a la señora Miclos como mujer callada y profundamente espiritual, pero Laslos le había dicho que también era de fuertes opiniones, tenaz y valiente. No se retractaba si las autoridades la confrontaban por ejercer sus creencias. Raimundo se imaginaba que la CG allanaba una reunión y la señora Miclos presentaba resistencia y hasta armaba confusión, antes que permitir que su pastor, Demetrio Demeter, fuera llevado preso.

Raimundo no quería que su imaginación lo llevara lejos. Él averiguaría lo que pudiera de parte de David, y quizá partiera con Albie, o tal vez con Camilo. Detestaba la idea de dejar al Comando Tribulación sin un solo piloto de helicóptero.

———

David estaba ingresando sus coordenadas para escuchar la reunión de Carpatia con Hickman y los demás, cuando recibió la llamada de Raimundo referente a un enfrentamiento de la CG con la iglesia clandestina de Grecia.

—Te informaré lo que averigüe —le dijo a Raimundo. David llamó a Walter Moon pero antes que éste contestara, David fue sorprendido al ser llamado a la oficina de Hickman.

¿Su oficina? Hickman compartía el lugar con la asistente de Carpatia. ¿Y no era que Hickman tenía pronto una reunión con Carpatia? David colgó y llamó a Hickman. Sandra, la asistente, contestó.

—Habla Hassid, ¿me llamaron?

—Sí señor. El Comandante Supremo quiere que usted se reúna con él en la sala de conferencias del piso dieciocho.

David se encontró en un caos. Aunque faltaba poco para que terminara la jornada de trabajo diaria, y Sandra estaba preparándose para irse, los obreros todavía tenían abarrotada la zona. Taladros, sierras, martillos, polvo, andamios, escaleras, materiales por todas partes.

—¿No van a darte otro espacio mientras trabajan? —preguntó David.

—Evidentemente no —contestó Sandra y se fue.

Hickman abrió la puerta de la sala de conferencias que ya no era más para este mundo y le hizo señas a David para que entrara.

—Apúrese, Hassid, y permita que cierre esta puerta. Menos aserrín.

El nuevo Comandante Supremo, versión occidental de Fortunato con menos clase aun, ofreció una mano carnosa y estrechó la de David con entusiasmo.

—Sí, oye, ¿cómo te va? Él resucitó, ¿eh?

—Eh —dijo David y cuando Hickman lo miró dos veces, agregó—, sin duda.

Hickman parecía nervioso y apurado. David pensó que podría sacarle información haciéndose el tonto.

—Así, pues, casi al concluir su jornada, ¿mm? ¿Cómo ha sido compartir espacio con...

—Eso no te importa —dijo Hickman, sentándose y dejando que su generosa panza saliera por su chaqueta de uniforme desabotonada—. Tengo una reunión inmediata con los grandes jefes y prefiero no entrar sin estar preparado.

Sí, claro, ¡ni esperanza!, pensó David. —¿Cómo puedo servirle? —dijo.

—¿Estamos naturalmente al día, al detalle, en el rumbo, en el objetivo, es decir, absolutamente todo?

David movió la cabeza, asombrado. —Supongo que sí a todo lo anterior. ¿De qué hablamos?

Hickman tomó una libreta de apuntes con las puntas dobladas y hojeó un par de páginas.

—¿Guillotinas, jeringas?

—¿Quiere decir facilitadores de la vigencia de la lealtad e inyectores de microprocesadores biológicos?

—¡Sí, gracias! —dijo Hickman, garabateando—. Yo *sabía* que Viv tenía unos nombres especiales para esas cosas. Hassid, usted sabe que básicamente yo fui policía. Honrado y todo lo demás pero tengo que probarle a Su Majestad, este, a Su Excelencia, que puedo manejar esto. Que no es demasiado difícil para mí.

—¿Le parece que puede?

—Lo que siento es que mi lealtad y mi devoción por el Potentado compensarán cualquier falta de experiencia que tuviera en este nivel de administración. Ahora, ¿dónde estábamos con estas cosas? ¿Qué puedo decirle?

—Que estamos en rumbo y a ritmo.

—Bueno. Entonces puedo contar con usted.

—Oh, puede como siempre, J... este, Comandante Supremo.

—Ah, usted puede decirme Comandante cuando estamos solos. Naturalmente en público mantenga las formalidades.

—Por supuesto.

—A propósito, ¿usted compra ganado también?

—¿Quiere decir cosas para comer? No, eso sería Servicios de Alimentación.

—No, esto es vivo. No necesito comida. Necesito un animal vivo.

—Me temo que, aún así, no es mi sección. Cosas con ruedas, aviónica, computadoras, aparatos de comunicación. Esa es mi especialidad.

—¿Quién va a ayudarme a conseguir un cerdo?

—Señor, ¿un puerco?

—Hassid, enorme y vivo.

—No tengo idea.

Hickman lo miró fijo, sin aceptar evidentemente la respuesta.

—Yo podría ver qué se puede hacer —dijo David—, pero...

—David, sabía que podía contar contigo. Buena persona. Infórmame a primera hora en la mañana pues lo que supe es que hoy el gran hombre va a encargarme eso.

—Oh, ¿usted no ha sabido eso todavía de parte de él?

—No, esto es lo que uno llamaría un buen dato de un colega que se preocupa.

—¿Realmente?

—Oh, sí. Los tipos como yo tendemos a acumular amistades arriba y abajo de la pirámide de la organización. El amigazo me dijo hoy que estuvo en una reunión con Fortunato y Carp... oh, ¡perdóname! Yo sé como debo hablar. Nunca debo usar esos nombres especialmente frente a un subordinado. En mi calidad de superior tuyo, Hassid, voy a ordenarte que deseches eso.

—Desechado, jefe.

—Sí, bueno. De todos modos, este tipo está en una reunión con Su Excelencia y el Altísimo Reverendo y dice que están agitados, ¿sabes lo que eso significa? Supongo que tú dirías empeñados.

—Entendido, Comandante.

—Están alterados, con las armas listas, como quieras decirlo, por los judíos.

—He sabido de ellos, señor.

—Sé que sí. Su jefe máximo, que los Pacificadores creían que habían liquidado irremediablemente, se aparece ahora en un lugar nuevo, no sabemos dónde, lo que tiene a Carp... al Potentado nada contento, si entiendes lo que quiero decir... y este tipo, Judá, anda repartiendo más y más de estas cosas anticarp... bueno, supongo que sí, que está bien en este contexto. Este fulano anda difundiendo cosas contra Carpatia por todos lados. Predice y dice que *La Santa Biblia* profetiza que el Anticristo, así es como trata a Su Excelencia, imagínate, va a profanar el templo y sacrificar un cerdo en el altar.

—No me diga.

—*Lo digo,* y aunque yo no estaba ahí, mi amigo me dice que el potentado está loco de rabia; quiero decir que está que brinca.

—Me lo puedo imaginar.

—Yo también. Cuenta que le dijo al Reverendo, algo así como: "Oh, sí, bueno, quizá *les dé una demostración*". Tú sabes cómo habla él, nunca usa contracciones ni cosas por el estilo.

—Sí.

—Así, pues, y este es el genio de Nicolás Carpatia, si me perdona la referencia familiar. Él va a, entiéndeme bien, *cumplir* esta profecía —esa de la Biblia y la del Ben-judaíta o, hum, este...

—Zión Ben Judá.

—¡Correcto! Va a sacrificar un cerdo en el altar del templo de Jerusalén, intencionalmente sabiendo lo que dicen el tipo y la Santa Biblia. Algo como tirárselo a la cara, ¿no te parece?

—Con toda seguridad. *Nada menos que en la cara de Dios.*

—Bueno, mira que yo todavía no sé nada de esto, ¿entiendes?

—Seguro. Está en el QT de su amigazo.

—Exactamente pero cuando él —tú sabes quién, me pregunte si le puedo conseguir un cerdo, quiero ser capaz de decirle que sin problemas. ¿Puedo decirle eso? Tú vas a averiguar con, con, este, con tu gente o lo que sea, y yo voy a conseguirle este cerdo, ¿correcto?

—Señor, haré lo mejor que pueda.

—Sabía que lo harías. Salchicha, eres bueno.

—Señor, usted dijo eso a propósito ¿no?

—¿Qué cosa?

—Hablando de un cerdo y usted dijo "salchicha".

Hickman se desintegró en ráfagas de risotadas, luego trató de fingir que indudablemente lo había dicho con toda intención. Cuando recuperó el control dijo: —Hassid, ¿sabes qué?

—Dígame.

—Quiero un cerdo, ¿estás listo?

—Preparado.

—...bastante grande para que Su Excelencia lo monte.

—¿Señor?

—Me oíste. Quiero el cerdo más grande que hayas visto en tu vida. Grande como un potro. Bastante grande para ponerle una montura, no literalmente, pero sabes lo que quiero decir.

—Comandante, no estoy seguro.

—Pretendo ganarme unos cuantos puntos aquí, ¿entiendes Director? Tal como haces tú sin esforzarte, porque eres precisamente así de bueno. Pero yo quiero ser capaz de sugerirle a Su Excelencia que si él se va a sacar los guantes para pelear descalzo contra sus peores enemigos, tiene que presentarse mejor.

¿Sacarse los guantes para pelear descalzo? ¡Anita se hubiera deleitado con esa metáfora mixta! —¿Mejor?

—¡Él tiene que entrar en el templo montado en ese cerdo!

—¡Oh, vaya! —David no se podía imaginar a Carpatia, ni siquiera en su mayor vileza, rebajándose a dar tal espectáculo.

—Oh vaya, es correcto, Hassid. ¿Lees la Biblia?

—¿Jamás?

—Sí.

—Algo.

—Bueno, ¿no hay un cuento de Jesús que entra a Jerusalén cabalgando en un burro y la gente canta y le tira hojas y cualquier cosa?

—Crecí como judío.

—Así que nada de Nuevo Testamento para ti. Bueno, de todos modos, está ese cuento, tengo toda la seguridad. Imagínate a Su Excelencia divirtiéndose con eso. Cabalgando un cerdo con gente pagada para cantar y tirar cosas.

Señor, ¡por favor! —No me lo imagino.

—Se me pueden ocurrir cosas, ¿no, Hassid?

—Así es, señor.

—Oye, mejor es que entre. Consígueme ese cerdo, ¿quieres? Voy a decirle que está asegurado como si lo tuviera ya.

—Le informaré.

David iba camino a la puerta cuando Hickman lo llamó.

—Me olvidé decirte —dijo hojeando su anotador—, hay una chica en Servicios Médicos, una enfermera. Aquí está. Ella fue veterinaria o algo así y ha inyectado microprocesadores a perros y gatos.

—No me diga —dijo David.

—Tú querrás averiguar de ella y si podemos aprovechar su experiencia. Ya sabes, para entrenar personal en cómo hacer esto.

—La investigaré. ¿Cuál es el nombre?

—No creo que lo sepa así como así, Hassid. Una especie de nombre bien raro. Tú podrás encontrarla.

—Preguntaré por la enfermera de nombre bien raro, señor.

DOCE

Raimundo no podía dormir. Paseándose por varios pisos de la cavernosa "Torre Fuerte", pasó por la habitación de Jaime. La puerta estaba abierta de par en par y, en la oscuridad, advirtió la silueta del anciano. Jaime estaba sentado inmóvil en la cama, aunque Raimundo sabía que debía haberlo oído y visto en el corredor. Raimundo asomó la cabeza.

—Doctor Rosenzweig, ¿se encuentra bien?

Un ruidoso suspiro salió entre los dientes trabados con alambre.

—No sé, amigo mío.

—¿Quiere hablar?

Una risita apagada. —Tú conoces mi cultura. Hablar es lo que hacemos. Si tienes tiempo, entra. Te doy la bienvenida.

Raimundo acercó una silla y se sentó frente a Jaime, en la oscuridad. El botánico parecía no tener prisa. Finalmente, dijo:

—La joven me quita el alambre mañana.

—Lea, sí. No me diga que está preocupado por eso.

—Apenas me puedo contener esperando.

—Pero tiene algo más en mente.

Jaime se quedó callado otra vez, pero pronto comenzó a gemir, luego que se apoyó en la almohada fue sacudido por grandes sollozos. Raimundo acercó más la silla y tomó su hombro con una mano.

—Cuénteme.

—¡He perdido tanto! —gimió Jaime y Raimundo se esforzó para entenderle—. ¡Mi familia! ¡Mi personal! Y ¡todo por culpa mía!

—Señor, ya muy poco es culpa nuestra. Carpatia está ahora encargado de todo.

—¡Pero yo era tan orgulloso! ¡Tan escéptico! Me lo advirtieron Zión, Camilo, Cloé, tú y todos los que me querían, ustedes intentaron convencerme pero, oh, no, yo era demasiado intelectual, ¡Yo era el que sabía más!

—Jaime, pero usted aceptó al Señor. No debemos vivir en el pasado cuando todas las cosas han sido hechas nuevas.

—Pero ¡mira dónde estaba no hace tanto tiempo! Zión tiene gozo a pesar de todo, está tan contento por mí, tan alentador. No me atrevo a decirle dónde tengo la mente.

—¿Dónde?

—Capitán Steele, ¡soy culpable! Pudiera hacer lo que sugiere, dejar el pasado atrás, si sólo tuviera que enfrentar mi orgullo y mi ignorancia; pero me llevó por sendas que nunca creí iba a recorrer. Mis amigos más queridos y más confiados están muertos por culpa mía. ¡Masacrados en mi casa!

Raimundo se resistía a las trivialidades.

—Todos hemos perdido tanto —susurró—. Yo, dos esposas y un hijo, muchos amigos, demasiados para pensarlo, o me enloquecería.

Jaime se sentó nuevamente enjugándose la cara con ambas manos.

—Raimundo, ese es mi problema. Casi me he vuelto loco de pena pero principalmente remordimiento. ¡Asesiné a un hombre! Sé que es el Anticristo y que estaba destinado a morir y volver a la vida pero yo no sabía eso cuando perpetré el acto. Asesiné a un hombre que había traicionado a mi patria y a mí. ¡Asesinato! ¡Piénsalo! Yo era un estadista querido y, sin embargo, me rebajé al asesinato.

—Jaime, entiendo la furia. Yo mismo quería asesinar a Carpatia y sabía exactamente quién era y que no permanecería muerto.

—Capitán, pero yo lo premedité, lo planeé con muchos meses de anticipación, inventé y fabriqué virtualmente el arma, fingí un infarto sólo para situarme cerca de él sin despertar sospechas, luego terminé el trabajo exactamente como lo había pensado. Soy un asesino.

Raimundo se inclinó apoyando sus codos en las rodillas, con la cabeza entre sus manos.

—Usted sabe que casi le ahorré el trabajo.

—No entiendo.

—Usted oyó un disparo antes de atacar a Carpatia.

—Sí.

—Mi revólver.

—No te creo.

Raimundo le contó su propia furia, el cambio de personalidad, la conspiración, la compra del arma, su decisión de cometer el acto.

Jaime se sentó moviendo la cabeza.

—Me cuesta creer que las dos personas que se atrevieron a atacar a Nicolás estemos en la misma habitación. Pero al final no pudiste hacerlo. Yo lo hice con entusiasmo y estaba contento de haberlo hecho hasta el momento en que entendí mi necesidad de Dios. Ahora sufro de tanto remordimiento y vergüenza que apenas puedo respirar.

—¿No puede hallar paz en el hecho de que esto estaba predestinado y que usted no puede ser culpable de asesinar a un hombre que está vivo?

—¿Paz? Yo diera todo lo que tengo por un momento de quietud. No es *a quién* le hice esto, Raimundo. Es *lo que* hice. No conocía la profundidad de mi propia maldad.

—Y, de todos modos, Dios lo ha salvado.

—Dime, ¿se supone que uno se *sienta* perdonado?

—Buena pregunta. Yo enfrenté el mismo dilema. Tengo plena fe en el poder de Dios para perdonar, olvidar y separarnos de nuestros pecados, tanto como dista el este del oeste; pero también soy humano. *Yo* no olvido, y por eso a menudo no me adueño del perdón que Dios brinda. Que nos sintamos culpables no significa que Dios no tenga el poder de absolvernos.

—Pero Zión me dice que yo pudiera estar destinado a hacer grandes cosas, que yo podría ser usado para dirigir a mis compatriotas creyentes a salvo del Anticristo. ¿Cómo puede decir eso y luego materializarse, si mi estado de ánimo es el que reflejo?

Raimundo se puso de pie.—Quizá la falacia radique en pensar que tiene que ser *usted* el protagonista.

—Yo quisiera no sentir esa responsabilidad pero, como dice Zión, ¿quién más? Él no se puede arriesgar.

—Yo digo que es algo que Dios hará por intermedio de usted.

—Pero, ¿quién soy yo? Un científico. No soy elocuente. No conozco la Palabra de Dios. Apenas conozco a Dios. No era siquiera un judío religioso sino hasta hace unos pocos días.

—Pero de niño tiene que haber oído la Torá.

—Por supuesto.

—Si Zión tiene la razón, y ni siquiera él está seguro, esta pudiera ser su experiencia de la zarza ardiente.

—Nadie me verá nunca como Moisés.

—¿Está dispuesto a dejar que Dios lo use? Porque si Zión tiene razón y usted hace lo que él considera apropiado, usted *será* un Moisés moderno.

—¡Ah!

—Usted podría ser usado por Dios para huir del vil rey y llevar a su pueblo a un puerto seguro.

Jaime gimió y se acostó otra vez.

—Moisés alegó lo mismo que usted —dijo Raimundo—. La cuestión aquí es su disposición.

—Lo sé.

—Correcto. Usted fue depravado. Todos lo éramos hasta que Cristo nos salvó. Dios puede hacer un milagro de su vida.

Jaime habló entre dientes.

—¿Qué dijo? —dijo Raimundo

—Dije que quiero estarlo. Estoy decidido a estar dispuesto.

—Eso es un comienzo.

—Pero Dios va a tener que hacer algo en mí.

—Ya lo ha hecho.

—Aun más. No puedo aceptar esta tarea ahora, más de lo que puedo volar. La persona que acepte este deber, necesita tener una conciencia limpia, una confianza que solamente viene de Dios, y una habilidad para comunicarse que supera mucho la que yo haya tenido. Yo era capaz de arreglármelas en una sala de clase pero ¿hablar a miles, como lo ha hecho Zión, oponerme públicamente al Anticristo, dirigir a las masas hacia lo que es bueno? No lo veo.

—Pero ¿está dispuesto a confiar que Dios obre?

—Él es mi única esperanza. Llegué al final de mí mismo.

———————

Al mediodía, Hora Carpatia de Nueva Babilonia, David salió del palacio al exterior por primera vez en varios días. Tenía que ir a que le quitaran los puntos a las dos de esa tarde, y esperaba ver a Hana Palemoon otra vez, aun en un ambiente esterilizado donde era probable que no pudieran conversar con libertad.

El calor le hizo recordar el día de la resurrección de Nicolás. No parecía correcto recorrer sin Anita, los terrenos del espectacular palacio. Su dolor era tan crudo y la pena tan honda, que la herida de su cuero cabelludo era insignificante. Hana le había dicho que quitar el vendaje sería peor que los puntos. La gorra del uniforme protegía la herida del sol, pero el cuerpo de David empezó a acalorarse dentro del uniforme que vestía, y los recuerdos de su trauma regresaron.

La aniquilación de la población mundial se reflejaba en la fuerza de trabajo de los cuarteles centrales de la CG. Lo que una vez fue una bulliciosa metrópolis, estaba ahora como un caparazón. Las muchedumbres que solían estar compuestas por empleados entusiastas, ahora las integraban turistas y peregrinos, con los cuellos estirados para vislumbrar a alguien famoso.

A la distancia David vio visitantes aglomerados en torno a uno de los televisores al aire libre, que transmitían noticias de la CG durante las veinticuatro horas del día. Caminó lentamente y sin dirección, y permaneció en la parte de atrás sin ser notado. León Fortunato, el nuevo Altísimo Reverendo del Carpatianismo, hablaba desde su nueva oficina.

David sólo pudo mover la cabeza. León estaba de pie delante de un podio estilo púlpito, pero parecía que su altura había cambiado. Hombre grande y robusto, de piel ligeramente oscura, llegando a 1.80 m de estatura, vestía una túnica larga, color rojo vino y azul marino que le venía bien a su físico. Sin embargo, cuando el difunto Pedro Mathews, con una túnica colorida de aspecto ridículo, se había parado allí mismo, se veía de menor estatura que León, a pesar de medir varios centímetros más que él. ¡León tenía que estar parado encima de una caja o plataforma!

Él informaba de la competencia mundial, para determinar cuáles localidades y regiones ocupaban los puestos delanteros, terminando las réplicas de la estatua de Carpatia. Naturalmente los Estados Unidos Carpatianos tenían una ventaja insuperable pero el resto del mundo competía por el segundo lugar.

El informe estaba realzado por tomas de todo el planeta que reflejaban cuántas comunidades habían intentado que sus versiones de la estatua fueran únicas. Los reglamentos estipulaban que las réplicas tenían que ser, por lo menos, tamaño natural y de un solo color pero ninguna tan grande como la original. Fuera de eso los comités locales tenían la libertad de ejercer su creatividad. La mayoría de las estatuas eran negras, pero muchas eran de oro, algunas de cristal, otras de fibra de vidrio, una verde, una de color anaranjado y varias tenían el doble del tamaño natural (o sea, la mitad del original). Fortunato parecía complacido en particular con dos de esas y anunciaba planes para visitar personalmente estos lugares.

—En aras de la información completa me corresponde decir que, aunque Israel tiene varias réplicas en ciudades tan dispares como Jaifa y Tel Aviv, Jerusalén ni siquiera comenzó las suyas —León adoptó su solemne voz de bajo profundo—. Hablando bajo la autoridad del Potentado resucitado, yo digo ¡ay! ¡Ay y cuidado a los enemigos del señor de este planeta, que pretenden burlarse en la cara del altísimo!

Luego de decir esto, interpretó el papel del tío León, hablando como un querido pariente que lee un cuento a la hora de acostarse.

—Pero ustedes saben, que mientras yo he sido dotado de poder de lo alto para realizar todos los milagros que obra nuestro amado líder, y lo he demostrado haciendo descender fuego del cielo que destruye a los desleales, su señor, Su Excelencia, es la encarnación del amor, del perdón y la paciencia. Contrariando mi consejo y juicio, aunque yo me inclino a su sabiduría divina, la Potestad Suprema me ha pedido que anuncie que él sabe de sus seguidores devotos en la capital de la Tierra Santa. Su amante señor no olvidará a esos peregrinos leales, que sufren el desvarío y la subversión de los propios líderes encargados de la salud espiritual de sus almas.

»En una semana más, a partir de hoy, el objeto de nuestra adoración visitará personalmente a sus hijos en Jerusalén. Estará allá no sólo para tratar directamente a los que se le oponen, ya que él es un dios justo además de ser un dios de amor, sino también para bendecir y aceptar la adoración y alabanza de los ciudadanos que, de lo contrario, no tendrían voz.

»En mi calidad de pastor global de ustedes, permitan que inste a los incontables carpatianistas oprimidos, que viven aplastados por el puño de los rebeldes desorientados de Jerusalén, a demostrar con valentía su apoyo al único digno de todo honor y gloria cuando él llegue a su ciudad. Que sea una entrada triunfal como ninguna anterior. Permítanme que personalmente, por causa de él, les garantice seguridad y protección contra toda forma de venganza, que ustedes pudieran sufrir por hacer lo bueno frente a tan poderosa oposición.

»Sabemos que los dirigentes de allá tienen una mayoría pobre de judaítas y judíos ortodoxos que se arriesgan a sufrir la venganza de su dios por continuar su manía suicida. A menos que vean el error de sus caminos y vengan de rodillas a rogar el perdón de su señor, se instalará allá un nuevo liderazgo antes de la llegada de Su Excelencia a esa gran ciudad.

»Y a aquellos que juran que el templo está prohibido para el mismo Potentado, les advierto que no se atrevan a ir contra el ejército del señor de las huestes. Él es un dios de paz y reconciliación, pero vosotros no tendréis otros dioses delante de él. No se levantará ni será permitida, casa de adoración alguna en cualquier parte de este planeta, que no reconozca a Su Excelencia como su único objeto de devoción. ¡Nicolás Carpatia, el Potentado, resucitó!»

La multitud que rodeaba el televisor gritó la respuesta esperada y, silenciosamente David dijo: "Jesús el Cristo, resucitó sin duda".

Fortunato recordó al mundo que en dos días más tenían que estar todas las estatuas terminadas y listas para ser adoradas.

—Y, como saben, las primeras cien ciudades que tengan finalizadas y aprobadas las unidades, serán también las primeras en ser recompensadas con centros de aplicación de la marca de lealtad.

León hizo que sus ayudantes desplegaran una maqueta a la vista de todos, que él podía alcanzar desde donde estaba parado. David notó que, al acercarse ellos, hacía que León pareciera de más de dos metros de altura. Fortunato usó un puntero para mostrar el prototipo de la instalación donde se aplicaría la marca. Era una especie de sala teatral donde se agruparían varios miles de personas a la vez, mediante unas barreras de control de multitudes, y serían entretenidos con grabaciones de discursos de Carpatia y de Fortunato. Cada cuatro minutos se repetiría la grabación de Fortunato, haciendo caer fuego del cielo sobre los disidentes y la resurrección actual de Carpatia. Hizo una pausa para que rodara la cinta y David tuvo que desviar la mirada. Los turistas daban vivas a la transmisión.

Fortunato volvió a su maqueta de demostración. Los ciudadanos entrarían a una o dos docenas de cabinas, sin techar, dependiendo del tamaño de la ciudad y la multitud, donde se les pediría decidir en cuanto al diseño y el tamaño de su marca y si la querían en la frente o en el dorso de la mano derecha.

—Un recordatorio amistoso —dijo Fortunato con la mueca de una sonrisa—, si usted posterga su decisión o la olvida debido al mismo entusiasmo, la inyección modelo será puesta en su mano derecha, con el prefijo que identifica su región al lado de la leve cicatriz que evidencia la aplicación del microprocesador.

—Se nos ha preguntado repetidamente, cómo evitaremos que haya marcas falsas. Aunque fuera imposible para todos, excepto para observadores muy preparados y entrenados, distinguir una marca falsa de la real, no se puede engañar a los detectores de los microprocesadores. Tenemos tanta fe en la confiabilidad absoluta de esta tecnología, que todo aquel cuya placa electrónica no sea certificada por un detector, quedará sometido a ejecución sin apelación. Un microprocesador implantando y legible será exigido para todo comercio y mercadeo corrientes.

»Y, sí, tendremos facilitadores de la vigencia a la lealtad en cada sitio de aplicación de la marca».

Para sorpresa de David este anuncio fue ilustrado con tomas de una enorme guillotina reluciente, y Fortunato la mostró, concretamente, riéndose con ganas.

—No puedo imaginar que un ciudadano de la Comunidad Global se tenga que preocupar por un aparato de estos, a menos que él o ella siga hundido en el culto de los judaítas o del judaísmo ortodoxo. Francamente, sólo los ciegos o los que no tienen acceso a la televisión, son los que no vieron la resurrección de nuestro dios y rey, así que no creo que queden escépticos fuera de Jerusalén. Bueno, como pueden ver —y volvió a reír—, no durarán mucho.

Fortunato levantó entonces un enorme montón de cartas y hojas impresas. —Amigos míos, estas son solicitudes de los que desean ser los primeros en demostrar su lealtad a Su Excelencia, haciendo que orgullosamente les apliquen las marcas aquí mismo, en Nueva Babilonia. Cualquier ciudadano independientemente de su región de residencia, puede hacerse aplicar aquí su marca, aunque el código numérico será el correspondiente. La cantidad que podemos atender es limitada, así que presente rápidamente su solicitud o planee que le coloquen la marca en su centro local.

»¿Duele la aplicación? No. Con una tecnología tan avanzada y con una anestesia local tan efectiva, usted sólo sentirá la presión del inyector de la placa. Cuando haya pasado toda molestia, el anestésico seguirá actuando aún.

»Bendiciones, amigos míos, en el nombre de nuestro señor y amo resucitado, Su Excelencia el Potentado Nicolás Carpatia».

———

Raimundo volvió a su cama mareado pero aún incapaz de dormir. Se pasó una hora asignando tareas al Comando, y finalmente concluyó que Albie y Camilo debían ir a Grecia. Él tenía que quedarse en aras de la moral y Camilo debía denunciar la cerrada mentalidad del régimen de Carpatia.

Luego de establecer eso, Raimundo se durmió, planeando para la mañana que Zeke le diera a Camilo otra credencial de identidad nueva y pedirle a David que pavimentara el camino desde su puesto en Nueva Babilonia.

———

David informó al jefe de Servicios de Alimentación que el comandante supremo Hickman necesitaba el cerdo vivo más grande que hubiera disponible para la visita de Carpatia a Israel. Luego se detuvo en su oficina para revisar su computadora antes de la cita con Hana. Encontró una carta electrónica urgente de Ming Toy.

Ella decía: «No sé a quién más escribir. Me apenó mucho saber de su pérdida y solamente puedo orar que Dios le fortalezca. No puedo imaginar su dolor.

»Señor Hassid, ¿ha visto a mi familia desde que yo me fui? Lo último que supe era que ellos no lo habían visto a usted. Estoy muy nerviosa. A ellos les dieron habitaciones gratis hasta que Chang sea verificado para empleo y mi padre está entusiasmado en forma inexpresable. Mi madre sigue callada como siempre, pero hablé directamente con Chang que está desesperado. Dice que lo último que desea es trabajar para la CG pero mi padre sigue insistiendo. Que su hijo sirva a Carpatia es el honor mayor que él puede imaginar.

»Chang ha sabido que todos los empleados recibirán la marca dentro de pocas semanas más, pero se rumora que los nuevos contratados durante esta época, pudieran ser los primeros a quienes se les marque. ¿Ha escuchado eso? ¿Será cierto? Tiene sentido a su modo. ¿Por qué contratar a alguien sin saber desde el mismo momento si será leal? Y eso les ahorría tiempo de trabajar pues no tendrían que hacer fila para recibir la marca..

»Mi padre insiste en que Chang inicie inmediatamente sus papeles con Personal, ansiando verlo entre los primeros que reciban la marca, especialmente si él puede presenciarlo. Chang está listo para confesar a papá que él es creyente en Jesús y, sí, que puede ser tratado de judaíta con toda precisión pero teme dos cosas. Una, que papá lo denuncie y, dos, que exija saber la verdad sobre mí. Créame, señor Hassid, conozco a mi padre. Él nos denunciará a ambos para probar su lealtad a Carpatia y la CG.

»Insto a mi hermano que no confiese nada a papá, sin embargo, no sé por cuánto tiempo más pueda evitar que lo prueben a lo máximo. La única manera de evitar que solicite oficialmente un trabajo ahí es huyendo o diciéndole la verdad a mi padre. ¿Puede usted ayudar en alguna forma? Lamento molestarlo con esto en un momento tan terrible para usted.

»Tenga toda la seguridad de que estoy orando por usted. Y aunque supongo que lo sabe, Lea informa que sus compatriotas de la casa de refugio también lo mantienen diariamente en oración.

»Con sumo respeto y honor, su hermana en Cristo, Ming Toy».

David llamó a Personal. —¿Puede pasarme el estado de un tal Chang Wong?

—Sí, señor. Antecedentes impresionantes. Mencionado públicamente por Carpatia, al menos en la plana mayor. Así de simple. Él trabajará aquí tan pronto hayamos procesado sus datos. La única pregunta es dónde. Supongo que usted lo quiere; todos lo quieren.

—No puedo decirlo con seguridad. Sólo preguntaba.

—Su departamento es el más apropiado. Usted no lo rechazaría, ¿no?

—Demasiado pronto para decirlo, yo no imito a nadie. Sólo porque todos lo quieren no significa que yo me vaya a desesperar porque trabaje en mi departamento.

—Muy cierto. Pero le sería muy útil.

—¿Qué más hay?

—No sé. Lo esperábamos ayer. Tiene todo a su favor. Él completa el papeleo, oficializa su solicitud y nosotros le hacemos una oferta.

—¿Y si acepta?

—Está adentro.

—No ha terminado la enseñanza secundaria.

—Tenemos tutores. Él podría *enseñar* en la secundaria.

—¿Cuándo empezará?

—Dentro de pocos días. Pudiera haber demora por la nueva helada. Vio eso, ¿cierto?

—No.

—Debiera estar en su correspondencia electrónica.

David no quería parecer muy ansioso.

—Lo veré. Gracias.

—¿Usted quiere a este joven si podemos conseguírselo?

David tuvo que pensar rápido. Si lo aceptaba y luego desaparecía con los otros, podían pensar que el muchacho era un enemigo del estado. Pero si la desaparición pareciera un accidente, no se sospecharía de ellos ni de nadie asociado al grupo. Por otro lado, el recibir la marca era requisito obligatorio para ser contratado, la cuestión se terminaba. El muchacho la rechazaría, el padre lo denunciaría, final del cuento. David no caería bajo sospecha por querer que trabaje con él o por pasar tiempo juntos.

—¿Podría tener una entrevista preliminar con él?

—¿Entrevista? Mmmm, no es de protocolo pero pienso que sea problema.

—¿Adónde está hospedado?

—Cuatro-cero-cinco-cuatro.

Tan cerca de Hana, me pregunto si ella sabe. —Gracias.

David se apuró para llegar al hospital. Hana lo saludó profesionalmente y le hizo las preguntas típicas referentes a la sangradura, la molestia y el dolor. Entonces, le pidió que la siguiera a una sala privada para quitarle los puntos.

—Te ves bien pero distraído —dijo ella, mojándole la cabeza con un desinfectante y empapando el vendaje.

—No me puedo imaginar por qué —bromeó él.

—¿Sarcasmo? Recuerda que estoy en tu bando.

—¿Sabías que los Wong están en tu mismo piso?

—¿Quiénes son los Wong?

David se dio una palmada en la frente.

—Estupendo —dijo ella—. Bueno para mantener la esterilidad. Cierra los ojos —él obedeció y ella lo empapó de nuevo—. Bueno, ¿quiénes son los Wong?

Él le contó la historia.

—¿Qué vas a hacer? —dijo ella.

—Espiar su habitación.

—¿Puedes hacerlo?

—Puedo hacer cualquier cosa.

—Estoy captando, pero ¿cómo?

——Yo te lo diría pero luego...

—Sí, ya sé, tendrías que matarme —ella pareció avergonzada de haber dicho eso cuando él acababa de perder a su novia—. Lo siento —susurró.

—Es culpa mía —dijo él—, yo empecé.

Ella tiró suavemente el vendaje haciendo que a él, se le aguaran los ojos.

—Aguanta un poco... —dijo ella, poniéndole más líquido.

—¿Se supone que esto me aliviará?

—Eso es lo que decimos —dijo ella—, felizmente tuviste un buen cirujano. Oh, sí, fui yo. Te corté suficiente pelo de modo que sólo estamos tratando tu cuero cabelludo, la herida y los puntos. Imagínate si también hubiera pelo.

—No quiero ni pensarlo.

—Piensa en otra cosa y yo me apuraré.

—¿No puedes arrancarlo simplemente?

—No, si hay puntos. Esos tienen que sacarse de la forma correcta. Si tiro uno con el vendaje, saltarás al techo. Ahora, trata de concentrarte en otra cosa.

—¿Como qué?

Ella se paró, se puso las muñecas en las caderas, cuidando de no tocar nada con sus manos enguantadas.

—David, apenas te conozco. ¿Cómo pudiera saber en qué tienes que pensar?

Él se encogió de hombros.

—Piensa en la libertad —dijo ella—. En estar lejos de aquí para siempre.

—¿A eso le llamas libertad? Tan sólo es otra forma de prisión.

—Me he estado preguntando eso —dijo ella—. Tiene que haber menos tensión, ¿no te parece?

—En diferente forma, supongo.

—Lo siento. Sé valiente. Cuéntame más.

—Bueno, no tendremos que preocuparnos de que nos vigilan y escuchan, y si mis conexiones seguras para la correspondencia electrónica y el teléfono han sido descubiertas. No habrá temor de que nos hayan detectado y que nos están dejando que nos ahorquemos, solo para comprometer a otros antes de ser arrestados.

—Eso es lo que yo pensaba —dijo ella.

—Pero nunca volveremos a ser libres. Todos seremos fugitivos.

—Así que ya incineraste mi idea.

—No, ¿por qué? Se la encargué a Max y Abdula.

—Porque si funciona, nadie nos va a buscar. Conseguimos nuevas credenciales de identidad, cambiamos nuestro aspecto y empezamos de nuevo.

—Pero sin la marca de lealtad.

Ella vaciló. —Bueno, sí, está eso. Aguanta. Aquí vamos —ella puso ante sus ojos el largo vendaje tomado con tijeras quirúrgicas. El vendaje mostraba, fuera de los desinfectantes, su sangre y la huella de su herida, dos grapas y varios puntos.

—¿Puedo preguntarte algo —dijo él—, totalmente fuera del tema?

—¿Quieres decir *me permites*?...

—Ah, una de aquellas que alardean de tu educación.

—Lo siento. Soy incurable.

—Supongo que necesitaremos un inspector de la gramática en la casa de refugio cuando Zión y Camilo salgan. De todos modos, ¿por qué ustedes piensan que queremos ver eso? Quiero decir el asqueroso vendaje.

—¿Asqueroso? —ella comenzó a hablarle como a un bebé—, ¿él odia ver ese vendaje malo?

—Los médicos y las enfermeras siempre hacen lo mismo que tú. Limítense a sacarlo y botarlo. ¿Piensas que tengo que verlo o no pagaré?

Ella se encogió de hombros.

—Me imagino que les debe gustar ver estas cosas—dijo él—. Eso es lo que me figuro. A propósito, nunca dijiste nada de grapas.

—Acabas de contestar tu pregunta.

—No te entiendo.

—Te mostré la venda para que sepas lo que viene. Los puntos son aparte, así que salen individualmente. No se trata de cortar y desatar uno y después se destejen solos los demás. No dolerá, pero son varios. Y hay dos grapas que tendrán que permanecer puestas para mantener la herida cerrada, por si acaso, hasta quitar todos los puntos. Después de quitar los puntos sabré si la cicatriz puede aguantar ese enorme cerebro tuyo. Luego levantaré esas dos grapas, una por una, con un cortador de alambre.

—Bromeas.

—No, señor, yo corto la grapa por la mitad...

—Ay.

—No si no te acobardas.

—Mejor no lo hagas tú.

—Soy buena para esto. Te lo aseguro. Luego tomo cada sección, serán dos por cada grapa, y lentamente la voy tirando hasta sacarla.

—Eso tiene que doler.

Ella vaciló.

—Yo necesito que me digas "no en lo absoluto".

—Admito que lo sentirás más que las suturas. Es una invasión mayor así que la evacuación es más trabajosa.

—¿Una evacuación más trabajosa? Pudieras estar en gerencia.

—¿Qué *debiera* decir? La gran grapa asquerosa desplazó más tejido que los puntos chiquititos. Si hay algo del tejido cicatricial adherido al metal, sentirás que se rasga.

—No me gusta como suena eso "que se rasga".

—¡Qué cosa! Ni siquiera sangrará. Y si me parece que es demasiado precoz sacarlo y producirá un trauma, lo postergaremos.

—No, a menos que me vaya a matar. En serio, Hana, quiero terminar con esto.

—No quieres tener ninguna razón para volver aquí y conversar conmigo.

—No se trata de eso.

—No —dijo ella como descartándolo, fingiendo evidentemente estar ofendida—. Puedo aceptarlo. No conozco otros creyentes que tengan motivos para venir a este lugar, pero está bien. Déjame aquí para sufrir sola.

—Sigue con esto.

—Cállate y yo también. Ahora, piensa en otra cosa.

—¿Puedes hablar mientras trabajas?

—Oh, seguro que sí. Te dije que soy buena para esto.

—Entonces, cuéntame tu historia mientras lo haces.

—David, la historia es más larga que el procedimiento.

—Entonces, tómate el tiempo necesario.

—¡Al fin! Dijiste algo dulce.

TRECE

El relato de Hana Palemoon realmente distrajo a David de lo que ella hacía. Además, se tomó el tiempo necesario, haciendo pausas entre cada punto. Bromeó con él mostrándole el primero que sacó, pero desistió por la mirada que recibió.

Ella había sido criada en una reserva cheroquí, en lo que se conocía como los Estados Unidos Norteamericanos.

—No creerías los malentendidos referente a los nativos norteamericanos —dijo Hana.

—Nunca he visitado los Estados Unidos, ni siquiera cuando eran los Estados Unidos de América pero he leído al respecto. Ellos les decían indios debido al error de Colón.

—Exactamente. Él pensaba estar en las Indias Occidentales, así que nosotros debimos ser indios. Entonces, ahora es ese vocablo para aquí y para allá: las tribus indias, los vaqueros y los indios, nación india, reserva india, el problema indio. Los indios americanos, ese es mi preferido. Y, por supuesto, todos los que no habían visitado la reserva supusieron que vivíamos en tiendas.

—Eso es lo que yo hubiera supuesto —dijo David—. Por las fotos.

—Las fotos son de los sitios turísticos. Ellos quieren ver la antigua cultura nativa americana; nosotros, contentos de mostrarla. Vestimos la ropa de entonces, danzamos los bailes antiguos, les vendemos cualquier cosa que quieran hechas con cuentas de colores. No les interesa ver las verdaderas casas.

—No son tiendas, supongo.

—Tal como cualquier economía deprimida. Unidades multifamiliares, casas diminutas, móviles. Los turistas no quieren saber que mi papá era mecánico y que mamá trabajaba en la oficina de una compañía de instalaciones sanitarias. Prefieren creer que somos parte de una banda de atacantes, que bebemos aguardiente o trabajamos en un casino.

—¿En realidad, tus padres no hacían eso?

—A mamá le gustaba jugar en las máquinas tragamonedas. Papá perdió todo su sueldo una noche jugando a las cartas. Nunca más volvió.

—Y tú eras veterinaria.

—Ayudante de veterinario, eso es todo. Mi tío, el hermano de mamá, era autodidacto. No era necesario tener licencia, certificado ni nada parecido, así como exigían afuera, a menos que quisieras hacer negocios con el exterior, y él no los hacía. Tampoco estaba metido en cosas raras. Los turistas le preguntaban si él danzaba y cantaba para resucitar mascotas. Él era bueno para la lectura. Leía todo lo referente a curar animales porque los amaba y había muchos de ellos.

—¿Tú no querías ser veterinaria?

—No. Yo leí todos los libros de Clara Barton y Florence Nightingale. Me fue bien en la escuela, especialmente en ciencias, y una profesora me animó a que aprovechara las oportunidades que las universidades estatales daban a los nativos americanos. Fui a la estatal de Arizona y nunca miré para atrás. Me costó más porque yo no era de allí, pero quería poner distancia entre la reserva y yo.

—¿Por qué?

—No es que me avergonzaba, ni nada de eso. Sólo pensé que tendría más oportunidades afuera. Y lo hice.

—¿Dónde supiste de Dios?

—En todas partes. Había cristianos en la reserva. No íbamos a la iglesia pero conocíamos a muchos que iban. Aquella profesora solía hablarme de Jesús. No me interesaba. Ella decía que "daba testimonio" y eso me sonaba demasiado raro. Luego, en la universidad; estaban por todas partes. Nos daban testimonio caminando a las clases.

—¿Nunca te intrigó?

—No lo suficiente para ir a reuniones. Temía terminar en una secta o en un esquema de comercialización a niveles múltiples. Lo importante para esos muchachos era conseguir que la gente admitiera ser pecadores e incapaces de hacer algo por su pecado. Para decirte la verdad, nunca me sentí pecadora. No en aquel entonces.

—Así que no te convencieron por ese ángulo.

—No fue culpa de ellos. Yo *era* pecadora, naturalmente. Sólo que estaba cegada a eso.

—Finalmente, ¿qué te hizo cambiar?

—Me enojé cuando supe quiénes se esfumaron en las desapariciones. Esos que iban a la iglesia y que yo conocía. Cristianos de la universidad, mi profesora de la secundaria.

—Entonces, debes haber tenido una leve idea.

—¿Leve? Yo lo sabía. La gente decía que Dios lo había hecho y yo les creía. Y lo odiaba por eso. Meditaba en esas personas, lo sinceras y devotas que eran; cómo se interesaron por mí lo suficiente para compartirme cosas que los hacía parecer raros. No quería nada con un Dios que los quitaba a ellos y me dejaba a mí, aquí. Yo deseaba tener un héroe, alguien en quien creer, pero no a Él. Hasta que vi todas las noticias sobre Carpatia. ¿La Biblia habla de cuántos serán engañados? Yo estaba en el primer lugar de esa lista. Me creí todo el cuento. Supe que él necesitaba gente con conocimientos médicos, salté en el primer avión para Nueva York. No me sentí muy confiada al trasladarme a este bello desierto abandonado por la mano de Dios, pero era leal en ese entonces.

»Carpatia comenzó a inquietarme cuando empezó a hablar como político, pretendiendo ubicar todo bajo la mejor luz. Nunca demostró verdadero remordimiento acerca del caos y la pérdida. No estuve de acuerdo con él cuando dijo que esto demostraba que Dios no podía haber causado las desapariciones pues, ¿por qué un Dios de amor haría eso? Yo creía que Dios *lo había* hecho y eso demostraba que, después de todo, Él no era tan amoroso».

Hana terminó su tarea de sacar los puntos, se quitó los guantes de goma, los botó, se lavó y se secó las manos, y se puso otro par de guantes. Se sentó en el piso, al lado de David.

—Todavía quedan las grapas, pero podemos tomarnos un descanso.

—Alguien tuvo que dirigirte a Dios. Me muero por saber dónde encontraste otro creyente por aquí.

—No sabía siquiera que había uno hasta que vi tu marca, clara como la luz del día, mientras estabas tirado en el suelo. Intenté quitarla frotándola; luego, casi me puse a bailar cuando comprendí lo que era. No podía ver la mía y nunca había visto otra, solamente había leído al respecto.

—¿Dónde?

—¿Recuerdas cuando nos dijeron que el sitio de Zión Ben Judá en la Internet era clandestino?

—Por supuesto.

—Eso fue todo lo que necesitaba escuchar. Fui a ver. No entendí nada hasta que predijo el terremoto. Primero, ocurrió. Segundo, toda mi reserva fue tragada. Los perdí a todos. Mamá, papá, dos hermanitos, los parientes. Apuesto que fuimos uno de los pocos lugares del mundo que no tuvieron sobrevivientes. Cero.

—Vaya.

—Te puedes imaginar cómo me sentía. Derribada por la pena. Sola. Enojada. Asombrada de que el tipo raro de la Internet lo entendió bien.

—No puedo creer que eso te haya convencido. Me parece que te hubiera enojado más que nunca con Dios.

—Sí en cierto modo, pero estaba empezando a ver realmente la luz acerca de Nicolás. Tú ya estabas aquí en ese entonces, ¿no? Oíste los rumores.

David asintió.

—La gente dice que se abrió paso, como un matón, a un helicóptero que estaba en el techo del edificio de las viejas oficinas centrales; eso no me causa problema. Probablemente yo hubiera hecho lo mismo. Es el instinto de conservación y todo eso. Pero no hubo llamadas de socorro, ni órdenes de enviar más aparatos de rescate. La gente se colgaba del helicóptero, gritando, rogando por sus vidas. Ordenó al piloto que despegara del techo. Probablemente no hubiera podido salvar a nadie, por la forma en que se desplomó el edificio pero hay que hacer el esfuerzo, ¿no? ¿No es así el verdadero liderazgo?

—Entonces, volvió con su falsedad. Ese remordimiento no me sonaba verdadero. Empecé a trabajar dejando el idealismo en el olvido, pero no podía despegarme del sitio de Zión Ben Judá. Luego, fueron millones y millones los que se unieron, y muchos llegaron a ser creyentes. Leí sobre la marca del creyente sellado y me dio envidia. No estaba segura de desearla todavía, pero quería ser miembro de una familia.

»Pero ¿sabes qué fue lo que me atrajo de Zión? Escúchame, tratando a un hombre como él por su nombre de pila. Pero así es eso. Evidentemente él es uno de los sabios más brillantes que haya nacido pero ¡ve la forma de comunicarse con gente como yo! Entendía lo que él decía. Lo hacía simple y claro. Y era transparente. Perdió a toda su familia de una forma peor que yo.

»¡Era tan amoroso! Podías captarlo, sentirlo directamente a través de la computadora. Él oraba por las personas, les ministraba tal como lo hacen los mejores médicos.

—¿Y eso fue lo que, por fin, te convenció?

—En realidad, no. Yo creía que era sincero y llegué a creer que tenía la razón. Pero súbitamente me puse científica con él. Decidí tomar esto con calma, sin precipitarme a nada, estudiando todo con cuidado. Bueno, comenzó a predecir esas plagas, y ocurrieron. No me tomó mucho tiempo después de eso. La gente sufría. Estas cosas eran reales. Y él sabía que venían.

—¿Alguna vez te viste como pecadora?

Ella se puso de pie y buscó el alicate pequeño para cortar alambre.

—Ah, ¡oh! —dijo David.

—Relájate. Escucha el cuento de la simpática dama —suavemente apretó con sus dedos cada extremo de la grapa y deslizó el filo del alicate. Con ambas manos apretó el alicate y la grapa se partió, haciendo un ruido seco.

David saltó.

—¡No te me desmayes! —dijo ella.

—No sentí nada. Sólo me sobresalté.

—El cuento de siempre —ella cortó la otra mientras seguía hablando—. Zión nos advirtió, tú sabes eso, seguramente eres parte de sus lectores.

David asintió. —He hablado por teléfono con él.

—¡*No* puede ser!

Él asintió.

—No te muevas con esas grapas sueltas en la cabeza. Y si me mientes de nuevo, te las retorceré para que aprendas.

—No te miento.

—Sé que no. Eso es lo que me pone *tan* celosa.

—Sabes que vas a conocerlo un día.

—Mejor que estés preparado a ayudarme. Me voy a desmayar.

—Yo también.

—¡Pero tú ya lo conoces! Ustedes son amigos íntimos.

—Sólo por teléfono.

Ella lo imitó.

—Sólo por teléfono. Bla, bla, bla. Sí, hablamos. Él me llama cada cierto tiempo. ¿Cómo te va, David? Acabo de terminar mi mensaje.

David se rió y se dio cuenta rápidamente de que era la primera vez que... desde...

—De todos modos —continuó ella, tirando hábilmente del extremo de una grapa en el cuero cabelludo de él—. ¿Ves? Al momento apropiado, con la técnica apropiada. Ah, ah, ¿se saldrá el cerebro por ahí? No. Debe estar vacío.

David movió la cabeza.

—Hana, tu testimonio.

—Oh, sí. Zión nos promete que si empezamos a leer la Biblia, esta será como un espejo para nosotros y puede que no nos guste lo que veamos. ¿Te acuerdas de eso?

—¿*Yo*?

La otra grapa salió con igual facilidad. Ella hizo todo un espectáculo mostrándoselo y él hizo un gesto de tirarlo a la basura.

—No tenía una Biblia y aquí no es que se encuentren por todos lados. Pero Zión tenía ese sitio en que se puede leer toda la Biblia en el propio idioma de uno. Bueno, no en cheroquí pero sabes a lo que me refiero. Así que heme ahí leyendo la Biblia en la red por las madrugadas.

—¿Y nunca te bastaba?

—Mmm, no. Lo hice mal. No leí la pequeña guía que dice por dónde empezar y qué buscar. Empecé por el principio y me gustaron todos esos relatos del Génesis. Después entré al libro de Éxodo, y luego, ¿cuál es el que sigue?

—Levítico.

—Sí, ¡ay! Me preguntaba, ¿dónde está el espejo? No me gusta lo que veo, correcto, pero no hay ningún espejo. Por fin entré a su sitio, ahí donde se puede preguntar. Sólo un millón de personas lo hacen a diario. Naturalmente, no esperaba que él me contestara en forma personal; y no lo hizo. Probablemente estaba hablando por teléfono con su amigo David. Pero alguien me orientó a ese lugar de la guía. Empecé con Juan, luego Romanos y luego Mateo. ¡Hablemos de desesperarse queriendo más y viéndose a sí misma! Mi pecado principal era el orgullo, según como lo describía Zión. Yo era mi propio dios. La capitana de mi destino. Llegué al plan de salvación que aparece en Romanos... que te lleva por la senda de haber nacido en pecado, separada de Dios, de que Su dádiva es la vida eterna... hombre, yo estaba retratada ahí. Me quedaba levantada toda la noche y ni siquiera sentía los efectos de eso al trabajar todo un turno completo al día siguiente. Quería contárselo a todos, pero también quería seguir viva.

Hana empapó la cabeza de David con desinfectante y la secó con una toalla limpia.

—Ahora, te voy a pintar toda la cabeza con yodo, amigo, para que no parezcas un zorrillo rayado lateralmente. Aún así, te verás divertido pero no desde lejos. Y mejor es que salgamos de aquí antes que manden un equipo de investigadores.

—Un minuto.

—¿Mm? —ella estaba enjugando su cabeza de nuevo.

—Sólo quería agradecerte. Necesitaba escuchar eso. Los testimonios nunca me aburren.

—Gracias, David. ¿Te imaginas desde hace cuánto tiempo que quería compartir esto con alguien? Oh, y una cosa más.

—¿Sí?

—Saluda a Zión de mi parte.

———

—Tú tampoco —dijo Camilo.

—¡También yo! —dijo Zeke—, ven, mira.

Camilo siguió a Zeke a su habitación, dándose vuelta para mirar a Raimundo y Cloé como diciendo, ¿creen esto? Y, por cierto, tal como Zeke les había dicho, colgados en su armario había cuatro sucios y arrugados uniformes de la CG.

—¿De dónde sacaste esto?

—Después de la cuestión esa de los jinetes —dijo Zeke—, ¿te acuerdas? —Camilo asintió—. Los CG muertos por todas partes. Papá me llevó a recorrer la zona a medianoche, tratando de adelantarse a los equipos de recuperación. No me gustó quitar la ropa a los cadáveres, pero papá y yo pensamos que eran regalos de Dios. Yo les saqué sus credenciales de identidad y todo, pero no se puede usar el mismo nombre que va con el uniforme.

—¿No puedo?

Zeke suspiró.

—Estos tipos terminaron clasificados como "perdidos". A menos que alguien identificara sus cuerpos desnudos, los catalogaron como ausentes sin permiso o faltantes. Te apareces con el nombre, el rango y el número de serie, ¿a quién te parece que le atribuirán el asesinato, o la eliminación de la unidad?

—Entiendo.

—¿Sí, ah?

—Bueno, ¿qué haces, le pegas otro nombre encima? ¿Fabricas una credencial nueva?

—Sí, mezclo y hago parejas. Bueno, aquí, veamos primero si este te queda bien. Es el más grande que tengo.

—Ya puedo ver que me quedará corto.

—Pero mira los puños de la camisa, los pantalones y la chaqueta. Dejan mucha tela adicional en ellos para no tener que hacer ropa de todas las medidas.

—Zeke, ¿también haces trabajo de sastre?

—No delante de todos y no me jacto de ello, pero sí lo hago. Tienda de servicio completo.

Camilo encontró que los pantalones le quedaban como cinco centímetros cortos y le apretaban en la cintura. La camisa cerraba, ajustada, pero necesitaba un par de centímetros más en las mangas. Lo mismo con la chaqueta. La gorra era demasiado pequeña. Zeke registró por todos lados hasta que encontró su costurero, y cuando el tremendo muchachote se metió media docena de alfileres en la boca y se arrodilló para hacer su trabajo, Camilo movió la cabeza pues fue todo lo que pudo hacer para no estallar en carcajadas.

—¿Qué quieres decir con eso de mezclar y hacer parejas?

—Bueno —dijo Zeke hablando con dificultad por los alfileres—, probablemente tu credencial sea la de un civil muerto. Ya te hiciste tu propia cirugía plástica en la cara, no a propósito, pero la tienes. Te teñiré el pelo más oscuro, usarás lentes de contacto cosméticos de color oscuro, y te tomaré una foto para que vaya con los nuevos documentos. ¿Quieres buscar a alguien que te agrade? Ya has visto mis archivos. Tomaste a Greg North de esa pila. Agarra unos cuantos. Elige alguno de tu mismo tamaño y cosas por el estilo. Mientras haya menos cambios, mejor.

—¿Me puedes dar un rango superior al de Albie?

—No se puede —dijo Zeke—. ¿Ves los hombros y el cuello de esa chaqueta? Es la del Pacificador básico. Si el cuello tuviera otra banda o un par más y se mantuviera derecho para arriba en lugar de caer liso, tendrías rango de comandante.

—Y tú no puedes hacer todo ese ajuste de sastrería.

—Eso es mucho trabajo. Tendría que cobrarte el doble.

Camilo sonrió pero Zeke rugió: —¿Casi miraste la billetera para ver si podías pagarme?

—Casi.

—Papá dice que soy tremendo —Zeke se puso serio repentinamente.

—¿Sabes ya dónde está tu papá?

Zeke negó con la cabeza. —No me gustó lo que vi en la televisión. Algo de empezar la cuestión esa de la marca, con los tipos que tienen tras las rejas. Van a usarlos como casos de prueba —movió su cabeza.

—Tu papá no recibirá la marca.

—Oh, yo lo sé. De ninguna manera. Nunca. Lo que significa que, probablemente, no lo vuelva a ver.

—Zeke, no pienses así; siempre hay esperanzas.

—Bueno, quizás y estoy orando. Pero te diré cuándo no habrá más esperanza, será cuando los pongan en fila para marcarlos. Tendrán que elegir, ¿correcto?

—Es lo que yo entendí.

—Papá ni lo pensará siquiera. Él ya tiene una marca. Yo se la he visto y él ha visto la mía, así es como sabemos. Él no se cuestionará si puede tener las dos y seguir vivo. Nunca hará algo que le haga parecer como seguidor de Carpatia. Dirá "no" y lo tumbarán ahí mismo. No sé cómo van a matarlos en las cárceles, si usarán gui-llo-tinas o si les disparan. Pero así es como papá saldrá de la cárcel: en un cajón.

———

De regreso a la oficina David se sentía extrañamente reconfortado y animado. Le gustaba la personalidad de Hana y su forma de expresarse. Ella sería una buena amiga. Era mayor que él pero no se comportaba como tal. Se había empezado a preguntar si habría en alguna parte un oasis de buenos sentimientos.

David hizo su magia con la computadora pegándola al aparato de espionaje de la habitación 4054. Se puso los audífonos y se halló en medio de una encendida discusión. Oyó la televisión y a la señora Wong que rogaba: —¡Shh! ¡TV! —¡Shh! ¡TV!

Su esposo le gritó en chino. David sabía que había muchos dialectos pero no entendía ninguno. Pronto le quedó claro que padre e hijo estaban peleando y que la madre quería ver televisión. Las únicas palabras que David pudo entender a los hombres fueron *CG* y *Carpatia,* esporádicamente. Pronto, el hijo lloraba y el padre lo fulminaba con palabras.

David grabó la conversación, pues aunque era improbable, tal vez encontrara algún programa activado por la voz que no sólo reconociera el lenguaje y el dialecto, sino que también lo tradujera al inglés o al hebreo, sus dos idiomas.

Súbitamente oyó que el padre hablaba con mayor dureza que antes, el hijo rogaba y sonaba como si se desplomara llorando. La madre pedía nuevamente silencio, el padre le gritaba a la señora, y luego, le pareció a David que alguien tomaba un teléfono y marcaba números. ¡Por fin, inglés!

—Seniol Akbal, ¿hablal chino?... ¿paquistaní? Mí no. ¿Inglés bueno?, ¿bueno?... ¡Sí, Wong! Preguntar por usted... Nuevo trabajador tiene marca leal plimelo, ¿sí?... ¡Bueno! ¿cuándo plonto?.. ¿no hasta luego?.. ¡quizá plonto, bueno! ¿Señola Wong y mí también? ¿Bueno? Hijo, Chang Wong, quiele plimelo con malca.

El muchacho gritó en chino y pareció que el señor Wong tapaba el teléfono antes de contestar al chico. Alguien salió de la habitación y dio un portazo. David supuso que fue Chang.

—Seniol Akbal, ¿usted malcal niño, madre, padre...?, ¿usted no hace?, ¿quién?... ¿Moon? ¿Walter Moon?... ¿No mismo Moon?... gente de Moon, ¡bueno! ¡Hijo plimelo! ¡Foto! ¡toma foto hijo!... ¿cuándo?.. Sí, yo digo gente de Moon. Adiós.

David oyó que el señor Wong decía algo más calmado, y luego algo de Chang, ahogado. El padre estaba enojado de nuevo y dijo la última palabra. Entonces le susurró algo en chino a su esposa. Ella contestó con algo que sonaba a resignación.

David se preguntó si Chang le había dicho a su padre por qué rechazaba la marca, o si sencillamente se negó. Cuando el departamento quedó en silencio, salvo por la televisión, David grabó ese archivo y se lo mandó a Ming Toy con un pedido: —Si no es mucha molestia o muy doloroso, me serviría saber qué se dijo aquí. Yo supongo que su padre presiona a Chang para que lo contraten y sea de los primeros en recibir la marca. Investigaré otras fuentes internas para ver cuán pronto comienzan a poner la marca, pero ayúdeme con esto lo antes que pueda. Lamento espiarlos pero estoy seguro de que también usted quiere evitar este desastre.

David marcó 4054. El señor Chang contestó.

—Chang, por favor.

—¿Usted quere Chang Wong?

—Sí, por favor.

—¿Habla con él de trabajo CG?

—Sí, señor.

—¿Usted seniol Moon?

—No. David Hassid. Lo conocí la semana pasada.

—¡Sí! ¡Seniol Hassid! ¿Chang tlabaja pol usted?

—No sé todavía. Por eso quiero hablar con él.

—Él aquí. Usted habla él. Usted en computadoras, ¿sí?

—Gran parte de mi sección es computadoras, sí.

—Él mejol. ¡Él ayuda tú! Tlabaja por tú. Usted habla él. Espelal... ¡Chang! —Habló en chino y el muchacho discutió desde la otra habitación. Finalmente vino al teléfono.

—Hola —dijo el joven, sonando como si hubiera perdido a su mejor amigo.

—Chang, te habla David. Solamente escucha. Tu hermana me dijo lo que está ocurriendo. Permíteme intentar ayudarte. Tu padre te dejará tranquilo si te entrevista un director, ¿correcto?

—Sí.

—Nos dará algo de tiempo. No te preocupes, ¿sí?

—Trataré.

—No digas nada pero puede que hasta hallemos una forma de sacarte de aquí.

—¿Antes de la marca?

—No digas eso Chang. Sólo sigue la corriente por ahora. ¿Entiendes?

—Sí, David.

—Trátame de señor Hassid, ¿sí? No podemos parecer amigos y mucho menos hermanos creyentes, ¿correcto?

—Correcto, señor Hassid.

—Ese es mi muchacho, Chang. Hagamos bien esto. Llama a mi asistente mañana y arregla una cita conmigo. Yo le diré a Tiffany que espere tu llamada y tú le dices que yo te pedí que la llamaras. ¿Correcto?

—Sí, señor.

—Chang, todo saldrá bien.

—Así lo espero.

—Puedes confiar en mí.

—Sí, señor Hassid.

CATORCE

Raimundo y los demás fueron invitados a escuchar, mientras Zión interrogaba a su antiguo profesor y mentor acerca de la historia del pueblo escogido de Dios. Jaime, por fin con el alambre fuera de su boca, ejercitaba lentamente la mandíbula y se frotaba la cara, aliviado. Sin embargo, no estaba animado y por más que Zión se empeñaba, se mostraba aún atormentado por las mismas cosas que había conversado con Raimundo pocas noches antes.

—¡Vamos, vamos, Jaime! —decía Zión—. Esto es una cosa emocionante, dramática, milagrosa. ¡Esta es la historia más grandiosa que se haya contado! Sé donde Dios ha provisto un refugio para sus hijos, pero no te lo diré hasta que estés listo. Debes estar preparado en caso de que Dios te llame a ser un guerrero del Señor, a ir a una lid de palabras e ingenio. Tu conocimiento te ayudará a desempeñarte pero Dios tendrá que ser tu fortaleza. Creo que cuando Él confirme en tu corazón que serás su instrumento, Él mismo te facultará con habilidades sobrenaturales para pelear contra los milagros satánicos del Anticristo. ¿Puedes vislumbrar la victoria, amigo mío? ¡Cuánto deseo ser yo el que vaya!

—¡Cuánto deseo yo eso mismo! —dijo Jaime.

—¡No, no! Si eres el hombre de Dios en el tiempo de Él, nunca debes desear deshacerte de este deber y vocación supremamente sagrados. La historia de este país conlleva mucho debate del destino manifiesto. Bueno, hermano mío, si hubo un pueblo con destino manifiesto, ¡ese es el nuestro! ¡El tuyo y el mío! Ahora, incluimos a nuestros hermanos gentiles que están injertados en la rama por creer en el Mesías y en su obra de gracia, sacrificio y perdón en la cruz. ¡Jesús es el Mesías! ¡Jesús es el Cristo! ¡Él resucitó!

—Él resucitó sin duda —dijo Jaime pero sin igualar la fuerza de Zión.

—¿Te oyes? —Zión imitó a Jaime mascullando—. "Él-resucitó-sin-duda". ¡No! *¡Él resucitó sin duda!* ¡Amén! ¡Alabado sea el Señor! ¡Aleluya! Puedes ir a Jerusalén como líder de hombres, ¡vencedor! Te levantarás contra el mentiroso y blasfemo enemigo del Señor Altísimo. ¡Tú expondrás al Anticristo en el mundo como el vil hombre poseído por Satanás y reunirás a los creyentes devotos para que rechacen la marca de la bestia!

»¡Oh Jaime, Jaime! Estás aprendiendo tanto. Ese viejo cerebro aún está bueno, dócil, receptivo. Estás recibiendo esto, ¡yo sé que sí! Si no vas tú, ¿quién irá? Pareces estar capacitado en forma única, pero por más que yo lo desee, no puedo presumir que yo sea el que te asigne este cometido. ¡Cuánto desearía que yo *fuera* el elegido y poder estar en persona para verlo! Si eres tú, yo querré saber cada detalle. Si las fuerzas del mal vienen contra ti, y te ves abrumado por el poder del enemigo, Dios proveerá un camino, un lugar, y tú, tú amigo mío, conducirás al pueblo a ese lugar. Y el mismo Señor Dios te protegerá, te cuidará, te guardará y te proveerá. Jaime, ¿te das cuenta que Dios ha prometido que será como en los tiempos de antes? ¡Piénsalo! Débiles, frágiles y malos como eran, infieles, ignorantes, impacientes y metiéndose con otros dioses —el mismísimo Dios del universo atendía a los hijos de Israel.

»¿Entiendes lo que eso significa? Puedes conducir a tu pueblo, *Su* pueblo, a un lugar al cual será casi imposible entrar y del que será casi imposible salir. Si fueras a permanecer allí hasta la manifestación gloriosa de Cristo, ¿qué comerás?, ¿qué ropa vestirás? ¡La Biblia dice que Dios mismo proveerá como en los tiempos antiguos! ¡Él enviará alimento delicioso, nutritivo, que satisface! ¡Maná del cielo! Y, ¿sabes lo de tu ropa?

—No, Zión —dijo Jaime cansadamente, con dejo de broma en su voz—, hagas lo que hagas, *no dejes* de contarme de mi ropa.

—¡No lo haré! Y tú estarás agradecido por no decir asombrado. Si te asombro, ¿lo confesarás?

—Lo confesaré.

—Prométemelo.

—Mi palabra es mi promesa, mi joven amigo entusiasta. Asómbrame y yo lo diré.

—¡Tu ropa no se gastará! —Zión se inclinó haciendo una florida reverencia, con sus manos en el aire.

—¿No?

—¿Estás asombrado?

—Quizá. Dime más.

—¿Ahora quieres saber más?

—Siempre quiero saber más, Zión. Sólo que soy indigno. Asustado a morir, sin méritos, sin preparación.

—Si Dios te llama, ¡no serás nada de eso! ¡Serás Moisés! El Señor Dios de Abraham, Isaac y Jacob irá delante de ti y su gloria será tu retaguardia.

—¿Necesitaré una retaguardia? ¿Quién me perseguirá?

—No será el ejército del faraón, eso te lo aseguro. Pero si lo fuera, Dios te abrirá un camino para que escapes. Las hordas de Carpatia te perseguirán. Y por todo lo que habla de paz y desarme, ¿quién tiene acceso al resto de las armas del mundo, entregadas voluntariamente al mentiroso proveedor de la paz? Pero si necesitas que el Mar Rojo se divida de nuevo,

¡Dios lo partirá! Mi pequeño colegial hebreo, ¿qué hemos aprendido?

—¿Mmm?

—¿Mmm? ¡Jaime, no me hagas *mmm* a mí! Dile al rabino lo que aprendiste de las grandes historias, los milagros de la Torá.

—Que no son precisamente cuentos, ni ejemplos o mitos para darnos ánimo.

—Excelente, pero ¿qué son entonces? ¿Qué son, mi alumno estrella?

—La verdad.

—¡Verdad! ¡Sí!

—Ocurrieron en realidad.

—¡Sí, Jaime! Sucedieron porque Dios es todopoderoso. Si Él dice que ocurrieron, pues ocurrieron. Y si Él dice que lo hará nuevamente, ¿qué?

—Lo hará.

—¡Lo hará! ¡Jaime, oh, el privilegio! Desecha tus temores, tus dudas. Entrégaselos a Dios. Ofrécete en toda tu debilidad, porque es así que somos fortalecidos. Moisés era débil, un don nadie. Moisés tenía un defecto del habla ¡Jaime! Moisés, el héroe de nuestra fe tenía menos que ofrecer que tú.

—Él no fue un asesino.

—¡Sí, lo fue! ¡Te olvidaste! ¿No mató a un hombre? ¡Jaime, piensa! Tu mente, tu conciencia, tu corazón te dice que Dios no puede perdonarte. Sé que la culpa está fresca. Yo sé que es penosa. Pero tú sabes, muy profundamente, que la gracia de Dios es mayor que nuestro pecado. ¡Tiene que ser! De lo contrario, todos viviríamos en vano. ¿Hay algo demasiado difícil para Dios? ¿Algo demasiado grande para Él? ¿Un pecado demasiado grande para que Él lo perdone? Sería blasfemia decir eso. ¡Jaime! Si tú eres el que puede cometer un pecado demasiado grande para que Dios lo perdone, estás por encima de Dios. Así es como nos revolcamos en nuestro pecado y seguimos siendo culpables del orgullo. ¿Quiénes pensamos que somos, los únicos que Dios no puede alcanzar con su don de amor?

»¡Jaime, Él te encontró! ¡Te sacó del barro inmundo! ¡Humíllate en la presencia del Señor y Él te exaltará!»

—Volviendo a mi ropa —dijo Jaime—, ¿podré usarla desde ahora hasta que vuelva Jesús, sin que se gaste?

Zión se sentó nuevamente e hizo gestos de despedida.

—Jaime, si Él puede salvarnos a ti y a mí, de todos, perdonarnos los pecados, levantarnos de la muerte espiritual, este asunto de la ropa es uno de sus milagros menores. Olvídate de los botones adicionales, los parches, el hilo. Vete para allá con algo que te guste, pues aún lo estarás vistiendo cuando todo esto acabe.

David había llegado a los límites de su habilidad para armar, virtualmente, todo el complejo de la CG y monitorearlo a distancia con su computadora. Respiró una oración de gratitud a Dios por permitirle concentrarse y trabajar a pesar de su pena. Max y Abdula iban a llegar en una hora para finalizar el plan de escape que incluía a David y Hana, y los cuatro habían acordado observar cuidadosamente la búsqueda de creyentes que no conocían. Ya era evidente que Chang Wong, el brillante adolescente, iría con ellos. David sólo tenía que encontrar la forma de hacerlo.

Mientras esperaba noticias de Ming Toy, David revisó sus archivos en busca de reuniones que hubiera grabado sin haberlas escuchado. En su archivo Carpatia, estaba aquella con Suhail Akbar, Walter Moon, León Fortunato y Jaime Hickman, realizada el mismo día que conversara con Hickman. David sintió un escalofrío al prepararse para espiar y revisó rápidamente su zona cerciorándose de estar solo. Podía cerrar un programa y apagar la computadora con una sola tecla pero, aún así, no quería que lo sorprendiera la persona inadecuada.

Algo que Hana le había preguntado pocos días antes todavía lo acosaba. Ella le había dicho:

—¿Cómo sabes que no hay nadie más, tan astuto en lo técnico como tú, que esté haciendo exactamente lo mismo?

—¿Por ejemplo? —había dicho él.

—Vigilándote, quizá.

Él descartó eso. Había desarrollado programas y dispositivos antiespionaje. Tenía oídos electrónicos por todas partes y creía que podía escuchar si alguien respiraba una palabra de algo como eso. Era imposible, ¿no? Con toda seguridad la plana mayor no se sentiría tan libre para hablar, si pensaran que él estaba a la caza. Si ellos sospechaban, ya lo hubieran anulado mucho antes.

David creía que las pastillas de seguridad que insertaba en sus teléfonos y programas de correspondencia electrónica eran impenetrables, y había intentado explicárselo a Hana.

—David, yo no pretendo entender nada de esto. Quizá *seas* el mayor genio vivo en materia de computadoras, pero ¿no debieras ser más cuidadoso?

—Oh, lo soy.

—¿Lo eres?

—Por supuesto.

—Pero me hablas de llamadas telefónicas y correspondencia electrónica entre tú y tus compatriotas de los Estados Unidos.

—Indetectables. Imposible de interferir.

—Pero tú detectas a otros. Tú interfieres a otros.

—Yo soy bueno.

—Vives en el filo de la navaja.

—No hay otra manera de vivir.

Hana había dejado eso, encogiéndose de hombros. Él creía que la única razón que la motivaba era su preocupación y, después de todo, ella era una neófita en materia de tecnología. Pero casi deseaba que no hubiera plantado la semilla de curiosidad en su mente. Con cada mensaje, transmisión, llamada telefónica, él tenía una leve sensación, de que alguien en alguna parte pudiera estar espiándolo. Sus conocimientos le decían que eso no era posible, pero no había cómo rendir cuentas por la intuición. Él vigilaba continuamente sus programas en busca de intrusos. Hasta ahora todo le había ido bien, pero Hana lo había espantado. Por precaución, se mantendría muy alerta.

David había empezado la grabación de la reunión de Carpatia antes de ir a ver a Hickman, así que descubrió varios minutos de Carpatia a solas en su oficina. La última vez que había escuchado, oyó a Nicolás orando a Lucifer. Ahora, Nicolás *era* Lucifer. ¿Se oraba Satanás a sí mismo?

No, pero sí hablaba consigo mismo. Primero David simplemente se maravilló de la fidelidad del sonido. Apenas había armado un simple sistema de intercomunicadores para transmitir y recibir, basado en sus comandos pero funcionaba mejor de lo que él había supuesto. Oyó cuando Nicolás suspiraba, se aclaraba la garganta, y hasta cuando canturreaba.

Eso era lo más raro. He ahí un hombre que, evidentemente no necesitaba dormir, y de todos modos destilaba energía hasta cuando estaba solo. David oyó movimientos, pasos, cosas que eran arregladas. En el fondo escuchaba a los obreros que él había visto fuera de la oficina de Carpatia.

—Mmm —dijo suavemente Carpatia, como si pensara—. Espejos. Necesito espejos —se rió—. ¿Por qué privarme del gozo que disfrutan otros lujosamente? Ellos me miran cada vez que quieren.

Apretó el botón del intercomunicador y su asistente respondió inmediatamente:

—¿Excelencia? —dijo Sandra.

—¿Todavía está allá ese capataz?

—Sí, Su Señoría ¿quiere hablar con él?

—No, sólo pásele este mensaje. Mejor aún, entre un momento.

—Con gusto —dijo ella, como si lo dijera con todo su ser. Sandra siempre le parecía tan fría y aburrida a David, que éste se preguntaba cómo se comportaría ella con Carpatia. Ella le llevaba más de veinte años. David oyó el crujido de una silla como si Carpatia se hubiera sentado.

Simultáneamente con un golpe leve se abrió y se cerró la puerta.

—Su Excelencia —dijo ella, al sonido de un suave crujir.

—Sandra —dijo Carpatia—, no tiene que arrodillarse cada vez que...

—Perdóneme, señor —dijo ella—, pero le imploro que no me prive del privilegio.

—Bueno, por supuesto que no, si lo desea pero...

—Señor, sé que usted no lo requiere pero para mí, adorarlo es un privilegio.

Él suspiró sin huellas de impaciencia, pensó David.

—¡Qué sentimiento tan bello! —dijo él por último—. Acepto su devoción con profunda satisfacción.

—¿Qué puedo hacer por usted, mi señor? —dijo ella—. Hágame el honor de pedir cualquier cosa de mí.

—Simplemente quiero varios espejos de tamaño grande en la oficina remodelada. Dejaré que los encargados de estas cosas los coloquen, creo que agregarán un toque agradable.

—Señor, no podría estar más de acuerdo. Me estremezco con sólo pensar en múltiples imágenes suyas aquí.

—Oh, bueno, gracias. Ya puede irse y entregue ese mensaje ya.

—Inmediatamente, señor.

—Y luego puede tomarse el resto del día.

—Pero su reunión...

—Yo los recibiré. No se sienta obligada.

—Como desee, señor, pero usted sabe que estaré más que feliz...

—Lo sé.

Se sintió abrir y cerrar la puerta y un ruido como si Carpatia se hubiera puesto de pie una vez más, y él habló suficientemente fuerte como para que David le oyera decir:

—Yo también me estremezco pensando en múltiples imágenes mías, vieja fea, pero sí sabes cómo hacer que un hombre se sienta adorado.

Ahora el ruido era como si estuviera colocando las sillas en posición.

—Akbar, Fortunato, Hickman, Moon. No, Moon, Akbar, ah... debo dejar que León cuestione su cercanía y acceso, hay que mantenerlo ágil. Hickman necesita estímulos. Muy bien.

De vuelta al intercomunicador. —Sandra, ¿todavía está ahí?

—Sí, señor.

—Antes de irse, llame por teléfono al señor McCullum, por favor.

David se quedó inmóvil; luego se reprendió a sí mismo. No le importaba que Nicolás hablara con Max. Si David no podía confiar en Max, pues no podía confiar en nadie.

—Capitán McCullum —dijo Carpatia unos minutos después—. ¡Qué bueno hablar con usted! ¿Está enterado, que el diez por ciento de todas las armas de guerra fueron cedidas a la Comunidad Global cuando se nos conocía como las Naciones Unidas?... El resto fue destruido, y me siento satisfecho de que nuestros controles hayan confirmado que esto se realizó casi por completo. Si quedan municiones, son pocas, y probablemente estén en manos de grupos tan pequeños que no representen gran amenaza. Mi pregunta a usted es, ¿sabe dónde guardamos los armamentos que recibimos?... ¿Usted no tuvo nada que ver con eso?... bueno, sí, por supuesto, *yo* sé, ¡capitán! La pregunta es meramente para sondear. Usted es un ex militar, es piloto, y anda por todos lados. Quiero saber si se ha filtrado dónde tenemos guardadas nuestras armas... Bueno. Eso es todo, capitán.

Era claro que Max le había dicho a Nicolás que él no sabía dónde estaban las armas. Por lo que David sabía, eso era verdad. Pero, ¿qué operación gigantesca tuvo que hacerse y cómo fue concretada sin que hubiera filtraciones de información? Y ¿qué estaría planeando Carpatia ahora?

—¡Caballeros! —dijo Carpatia unos pocos minutos después, dando la bienvenida a los cuatro visitantes—. Por favor, pasen.

—Permítame ser el primero en arrodillarme delante de usted —dijo León—, y besarle las manos.

—Gracias, Reverendo, pero difícilmente sea el primero.

—Quiero decir en esta reunión —gimoteó Fortunato.

—¡Y no será el último! —dijo Hickman, y David escuchó realmente el ruido de sus labios.

—Gracias, Comandante Supremo. Gracias. ¿Jefe Akbar? Gracias. ¿Jefe Moon? Mis agradecimientos. Oh Reverendo, por favor, no. Apreciaría si usted se sentara aquí.

—¿Aquí? —dijo León, claramente sorprendido.

—¿Algún problema?

—Me sentaré donde Su Excelencia desee, naturalmente. Hasta me quedaría de pie si usted lo pide.

—Yo me arrodillaría durante toda la reunión —dijo Hickman.

—Justo aquí, amigo mío —dijo Carpatia, dedicando mucho tiempo y energía a colocarlos donde quería.

—¿Señor? —empezó León cuando estuvieron instalados—, ¿ha podido dormir, descansar algo?

—¿Reverendo, ¿está preocupado por mí?

—Por supuesto, Excelencia.

—Dormir es para los mortales, amigo mío.

—Bien dicho, señor.

—*Seguro* que yo soy mortal, muchachos, este, caballeros —dijo Hickman—. Dormí como un tronco anoche. Supongo que estoy fuera de forma. Tengo que hacer algo con esta panza.

Un silencio embarazoso.

—¿Podemos comenzar? —dijo Carpatia. Hickman musitó una disculpa pero Nicolás ya estaba dirigiéndose a Akbar, el Jefe de Inteligencia—. Suhail, me he convencido de que la ubicación de nuestros armamentos sigue siendo confidencial. ¿Está de acuerdo?

—Señor, sí, aunque confieso que me deja perplejo.

—¡Perplejo es lo correcto! —dijo Hickman—. Me parece que tuvimos cientos de tropas metidas en este asunto, y... oh, lo siento. Esperaré mi turno.

David sólo podía imaginarse la mirada que Carpatia debió darle a Hickman. Tenía que haber sabido a quién ponía en ese cargo tan elevado. Tener a Hickman compartiendo el espacio con Sandra y convertido primordialmente en empleado para hacer mandados con un gran título, demostraba que Carpatia sabía exactamente lo que hacía.

—¿Las Fuerzas Pacificadoras están preparadas para salir a la ofensiva, Jefe Moon?

—Sí, señor. Listas para el despliegue, donde sea y en todas partes. Podemos aplastar toda resistencia.

—¿Nos actualiza, Reverendo?

—¿Acerca de la marca de la lealtad, Jerusalén, la religión?

—Por supuesto, Jerusalén —dijo Carpatia destilando sarcasmo.

León estaba claramente herido.

—Todo bajo control, Excelencia —dijo—, el programa está preparado, sus leales seguidores listos, debe ser una entrada triunfal en todo el sentido de la palabra.

—Comandante Hickman —dijo Carpatia condescendiente—, puede bajar la mano. Aquí no tiene que pedir la palabra.

—Entonces, ¿puedo meterme simplemente?

—No, no puede *meterse* simplemente. Cada uno de ustedes fue invitado aquí porque yo necesito reportes actualizados de sus sectores .

—Bueno, estoy listo. Tengo eso. Yo...

—Y cuando yo quiera su aporte, se lo pediré, ¿entendido?

—Sí, señor, lo siento, señor.

—No es necesario que se disculpe.

—Lo siento.

—Suhail o Walter, ¿qué clase de resistencia podemos esperar en Jerusalén?

Hubo una pausa durante la cual, David supuso que los dos se miraron para evitar interrupciones.

—Vamos, vamos, caballeros —dijo Carpatia—. Tengo un planeta que gobernar —se rió como si fuera un chiste pero para David eso no fue divertido.

Akbar empezó lenta e inteligentemente. David pensó que en otro medio, Suhail hubiera podido ser un efectivo jefe de inteligencia.

—Potentado, hablando francamente, yo no creo que los judaítas vayan a dar la cara. No descarto la efectividad de su movimiento. Sus cantidades aún parecen grandes pero son una causa clandestina, unida en red por computadoras. Probablemente usted no vea una manifestación pública masiva como aquella del Estadio Kolleck cuando Zión B...

—Akbar, lo recuerdo bien. Dígame, ¿parte de la razón por la cual no es probable que armen lío en Jerusalén, es porque muchos han roto fila disuadidos al ver una resurrección *real*, una que no requiere fe ciega?

Silencio, salvo por los carraspeos para aclarar una garganta. David supuso que era la de Suhail.

—¿No?

—Señor, sorprendentemente no. Eso me hubiera persuadido de su deidad, salvo que yo ya estaba convencido.

—¡Yo también! —dijo Hickman—. Lo siento.

—Por supuesto —dijo Fortunato—, yo tuve una experiencia personal que me lo probó. Y ahora, bueno, no es mi turno, ¿no?

—Excelencia, la verdad es —continuó cuidadosamente Akbar—, que nuestro monitoreo del sitio de los judaítas en la Red revela que están aun más atrincherados. Ellos creen, ah, que su resurrección prueba lo contrario de lo que es tan patentemente evidente para el raciocinio humano.

David se encogió cuando oyó un fuerte golpe en la mesa, una silla echada para atrás con brusquedad, y una serie de obscenidades de parte de Carpatia. Eso era algo nuevo. El Nicolás de antes siempre mantenía la compostura.

—Perdóneme, Santidad —dijo Akbar—. Usted entiende que, yo estoy informando simplemente lo que mis mejores analistas...

—Sí, ¡ya lo sé! —espetó Carpatia—. ¡Pero no entiendo qué se va a necesitar para probar a esa gente quién es digno de su devoción! —volvió a proferir obscenidades y los demás se sintieron obligados a quejarse en voz alta por la locura insana de los escépticos—. ¡Muy bien! —dijo finalmente Carpatia—, usted piensa que nos criticarán desde la comodidad de sus escondites.

—Correcto.

—Qué desdicha. Tenía grandes esperanzas de regocijarme en sus propias caras. ¿Alguna confirmación de que albergan a Rosenzweig?

David retuvo la respiración durante otra pausa.

—Admito que estamos perplejos —dijo Walter Moon—. Seguimos unas cuantas pistas de gente que pensó haberlo visto corriendo, tomando un taxi, esa clase de cosas. Sabemos con seguridad que el infarto fue falso.

—De acuerdo —dijo Nicolás.

—¡Al pan, pan y al vino, vino! —dijo Hickman—. Lo siento.

—Él me engañó —agregó Nicolás—. Tengo que reconocerle eso.

—Mmm, señor —continuó Moon—. Yo, ah, no es que lo esté criticando pero...

—Por favor, Walter.

—Bueno, usted perdonó a su atacante, quizá antes de saber quién era.

Carpatia rugió de risa.

—¿No pensará que no sé quién me asesinó? Yo le levanté ese brazo suyo, flácido, para empezar el aplauso y pocos segundos después, esquivé el sonido de un arma de fuego, él se me tira a los pies con esa silla infernal y lo siguiente que supe es que estoy en el regazo de un loco. Bueno, supe instantáneamente lo que pasaba, aunque puede que nunca sepa por qué, pero él no era ningún viejo frágil. No tenía el brazo flácido, ni era un débil anciano. Me enterró la navaja y pude sentir que me cortaba el cráneo. El hombre era fornido y fuerte como una roca.

—Debiera emitir un boletín mundial con todos los detalles y usar nuestros recursos para agarrarlo —dijo Hickman—. ¡Yo lo tengo grabado! ¡Muéstrelo al mundo!

—A su debido tiempo —dijo Carpatia, más calmado ahora, y a David eso le pareció como que Nicolás se había sentado y reincorporado a ellos—. Lo perdoné sabiendo que un mundo de súbditos leales disfrutaría vengándome, si él volviera a dar la cara. No hace falta decir que no enjuiciaremos a nadie cuando eso ocurra.

—No hace falta decir —repitió Hickman como loro.

—Y —continuó Carpatia—, ¿dónde estamos con el cómplice?

—¿El chiflado del revólver? —dijo Moon—. No creemos que haya sido del Medio Oriente. Encontramos su disfraz y el arma. Corresponde con la bala. Nada de huellas. Nada de pistas. ¿Usted está convencido de que trabajaban juntos?

Carpatia pareció atónito.

—¿Convencido? Aquí yo no soy el experto en vigencia de la ley pero la oportunidad de esos dos ataques fue demasiada coincidencia, ¿no diría usted?

—Sí —dijo Hickman—, yo trabajé en ese caso y...

—Proceda —dijo Nicolás.

—Supongo que ellos estaban cubriéndose el uno al otro. Si uno de ellos no lo mataba, el otro lo haría. El tipo del revólver pudo haber sido una cortina de humo, pero tuvo suerte de no matar a nadie.

Akbar carraspeó: —¿Usted sabe que hay una conexión entre Zión Ben Judá y Rosenzweig?

—Dígame —dijo Nicolás.

—Zión Ben Judá fue alumno de Rosenzweig.

—No me diga... —comentó Nicolás, y esa fue la primera vez que David lo oyó usando esa expresión—. Mmm. Si encontramos a Ben-Juda, encontraremos a Rosenzweig.

—Lo mismo que estaba pensando —dijo Hickman.

—Jaime, estoy listo para su informe.

—¿Yo? ¿El mío? ¿Está usted? Oh, sí, señor. Mmm, todo está marchando. Las cosas esas de los inyectores, los cortacabezas, este, espere un momento. Viv, ah, la señora Ivins, me dio la terminología correcta aquí, espere un momento. Facilitadores de la confirmación de la lealtad. Esas cosas están en camino o las estoy enviando, depende. Están llegando aquí y allá y donde los necesitemos. No todos por cierto. Algunos están en fabricación mientras hablamos pero estamos conforme a programa. Aquí encontré una enfermera que tiene experiencia inyectando microprocesadores a... bueno... perros me parece. Pero ella va a ayudar a entrenar. Y tengo una pista para su cerdo.

—¿Mi cerdo?

¡Oh! No, quiero decir, si no necesita un cerdo, ellos lo despedazarán y lo usarán aquí. Pero si necesitara uno, tengo toda la seguridad de conseguir uno bien grande.

—Jaime, ¿para qué querría yo un cerdo?

—No es que haya oído... o sabido... quiero decir... que realmente necesita un cerdo para algo, pero si alguna vez lo necesitara, sólo tiene que decírmelo, bueno. ¿Necesita uno? ¿Para algo?

—Comandante, ¿quién le estuvo hablando?

—Mmm, ¿qué?

—Me oyó.

—¿Hablándome?

Súbitamente Carpatia se puso a gritar, volviendo a proferir obscenidades.

—Señor Hickman, lo que se diga en estas reuniones en mi oficina privada es sagrado. ¿Entiende?

—Sí, señor. Yo nunca...

—¡Sagrado! La seguridad de la Comunidad Global depende de la confidencialidad y confiabilidad de las comunicaciones internas. ¿Usted conoce el viejo adagio, "en boca cerrada no entran moscas"?

—Sí. Sé lo que quiere decir.

—Alguien le dijo a usted que hubo una conversación en esta sala acerca de mi necesidad de un cerdo.

—Bueno, yo preferiría no...

—Pues, sí, ¡usted ha preferido, señor Hickman! Violar la confianza sagrada del Potentado de la Comunidad Global es una ofensa capital, ¿no es así, señor Moon?

—Sí, señor, así es.

—Así, pues, Jaime, lo próximo que sale de su boca debe ser el nombre del culpable o usted pagará el precio final de la transgresión. Estoy esperando.

David pudo oír que Hickman gimoteaba.

—El nombre, comandante. Si oigo que es su amigo o que usted prefiere no decirlo o cualquier otra cosa menos quien fue, usted es hombre muerto.

Hickman seguía luchando.

—Tiene diez segundos, señor.

Hickman respiró trabajosamente y tosió.

—Y ahora, cinco.

—Él es... él es... a...

—Señor Moon, ¿está preparado para llevar al señor Hickman a la custodia con el propósito de ejec...

—¡Ramón Santiago! —barboteó Hickman—, pero, señor, yo le imploro, no...

—Señor Moon.

—¡Por favor! ¡No!

David oyó a Moon en su celular.

—Aquí Moon. Escuche, detenga a Santiago... Correcto, el de los Pacificadores, ahora mismo... sí, hasta que yo llegue allá.

—¿Walter, me dejará manejar esto personalmente?

—Como lo desee.

—¡No! ¡Por favor!

—Jaime, cuando mañana se anuncie que un delegado comandante de los Pacificadores fue ejecutado, al menos usted entenderá la seriedad de los reglamentos, ¿no?

David escuchó el asentimiento en medio de los sollozos de Hickman. Era evidente que eso no fue suficiente para Carpatia.

—¿No, Comandante *Supremo*?

—¡Sí!

—Así espero. Y, sí, necesito un cerdo. Una bestia grande, gorda, jugosa, con hocico grande, tan sobrealimentada y aletargada que no pueda tirarme si decido cabalgarla por la Vía Dolorosa en la Ciudad Santa. Cuénteme, Hickman. Cuénteme de mi cerdo.

—En realidad, no lo he visto todavía —dijo Hickman tristemente—, pero...

—Pero usted entiende mi orden.

—Sí —su voz temblaba.

—¿Grande, gordo, y feo?

—Sí.

—No lo escuché, Jaime. ¿Hediondo? ¿Puedo tenerlo bien maloliente?

—Sí.

—¿Lo que yo quiera?

—¡Sí!

—¿Está enojado conmigo, mi siervo fiel?

Apenas asintió.

—Bueno, gracias por su honestidad. ¿Entiende que quiero un animal al que pueda meterle mi puño en cada orificio de la nariz?

David saltó al oír un golpe en la puerta. Max y Abdula habían llegado.

QUINCE

Camilo sentía su edad. Estaba abochornado de desembarcar en Kozani, Grecia, agotado hasta el disgusto, por la diferencia de horarios entre continentes, cosa que parecía no molestar a Albie, a pesar de ser mayor que él. Albie, por supuesto, había piloteado todo el tiempo.

—Úsalo a tu provecho —decía Albie.

—¿Cómo así?

—Esto debe irritarte.

—Estoy bastante tranquilo.

—Entonces, deja eso. Sólo eres bien educado. Cuando prefieres estar acostado, tu instinto natural te induce a ponerte insoportable, de mal genio, irritable. Dale riendas sueltas a ello. Los Pacificadores de losCG son machos, prepotentes. Voluntariamente no son amables.

—Me he dado cuenta.

—No pidas..., no te disculpes. Eres un hombre ocupado, en comisión, con cosas que hacer.

—Entendido.

—¿Sí?

—Creo que sí.

—Eso no me suena muy a lo macho.

—¿También tengo que actuar así contigo?

—Macho, por lo menos practica. ¡La verdad que ustedes los norteamericanos!... Tuve que avergonzar a tu suegro para que se comportara como el líder nato que es. ¿Tú eres un periodista internacional y no puedes fingir para lograr tus objetivos?

—Creo que puedo.

—Bueno, demuéstramelo. ¿Cómo conseguías las grandes historias, el acceso para entrevistar a los mejores sujetos?

—Usaba el poder de mi posición.

—Exactamente.

—Pero yo trabajaba para el *Semanario Global*.

—Más que eso. Eras Macho Williams, *el* Macho Williams del *Semanario Global*. Puede que tu talento y tu estilo de escribir te convirtieran en eso, pero una vez que lo interiorizaste, actuabas confiado, ¿no?

—Supongo.

—Supongo —se burló Albie—. ¡Vamos, Macho! ¡Te mostrabas muy seguro!

—¿Quieres que me ponga prepotente?

—Quiero que nos consigas un vehículo para ir al centro de detención donde están presos el pastor Demeter, la señora Miclos y varios más de su iglesia.

—Pero ¿eso no sería más fácil para ti?

—¿Por qué?

—Tú eres el oficial superior. Superas en rango a todos los que encontremos.

—Entonces, saca provecho de eso. Yo seré aquel que todos ven pero que nadie menciona. Ellos solamente saludarán. Tú hablas con mi autoridad. Y vistes ese bello uniforme, confeccionado exclusivamente, en *Chez Zeke*.

—Trataré.

—Eres un caso perdido.

—Yo puedo hacer esto.

—No me das confianza.

—Obsérvame.

—Eso es lo que me asusta. Veré cuando te descubran. Macho, demuéstrame que me equivoco.

—Abre campo, viejo.

—¡Ese es el espíritu!

—¿Vas a hacer que nos carguen combustible mientras estemos en Ptolemais?

—No, Camilo, tú lo harás.

—Vamos. Yo no sé nada de aviones.

—Sólo hazlo. Desde este momento yo soy un delegado comandante de mal carácter, cansado por el vuelo, enojado, y no quiero hablar.

¿Así que todo depende de mí?

—No me preguntes. Soy mudo.

—¿Hablas en serio?

Pero Albie no contestó. El resplandor de sus ojos se desvaneció y apretó la mandíbula, haciendo una fea mueca mientras marchaban desde el avión a la terminal, a unos cuarenta kilómetros al sur de su destino. Camilo interpeló al primer cabo que vio:

—¿Habla inglés? —preguntó al joven.

—Por supuesto. ¿Qué hay?

—Necesito que lleves el avión al hangar y le eches combustible, mientras mi comandante y yo cumplimos una misión no lejos de aquí.

—¿Sí? Bueno, quiero que lustres mis botas mientras yo duermo.

—Fingiré no haberte escuchado, hijo.

—Sí, bueno. Yo también.

Ya se iba cuando Camilo le hizo girar, tomándolo del hombro.

—Hazlo.

—¿Crees que sé cómo conducir un avión? Compañero, yo soy de fuerzas terrestres. Consíguete otro lacayo para que lo haga.

—Te lo estoy ordenando. Búscate alguien que sepa cómo hacerlo y tenlo listo cuando regresemos, atente a las consecuencias.

—¡Tienes que estar bromeando!

Albie se había mantenido de espaldas a la conversación y Camilo estaba convencido de que intentaba no reírse a carcajadas.

—¿Entendiste eso, hijo? —dijo Camilo.

—Yo me voy de aquí. Correré el riesgo. Ni siquiera sabes mi nombre.

—Pero, *yo sí* —dijo Albie, girando para enfrentar al muchacho que repentinamente se puso pálido—. Y tú harás lo que te dicen o volverás a tu pueblo vestido de civil.

—Sí, señor —dijo el muchacho saludando—, inmediatamente, señor.

—No me desilusiones, muchacho —le dijo Albie, desde atrás.

Camilo le dio una mirada a Albie.

—Pensé que eras mudo.

—Alguien tenía que sacarte del lío.

—Era de mi mismo rango.

—Por eso debes referirte a mí. Yo tengo el poder, pero tú tienes que usarlo. Trata de nuevo.

—¿Ahora, qué?

—Te dije. Necesitamos un vehículo.

—¡Ah!

Camilo entró en la terminal que olía a CG por todos lados. Con las enérgicas medidas contra las iglesias clandestinas, esa sería una zona bulliciosa por un tiempo.

—Dame tus papeles —le dijo a Albie.

—¿Para qué?

—¡Sólo hazlo! ¡Entrégalos!

—Ahora nos estamos entendiendo.

Camilo se fue al frente de una fila de Pacificadores CG.

—¡Oye! —gritó el que estaba primero en la fila.

—¿A quién gritas? —dijo Camilo—. ¿Eres delegado comandante o escolta? Porque si no, te agradeceré que te calles.

—Sí, señor.

Camilo le arqueó una ceja a Albie, luego le habló al oficial de la CG que estaba en un escritorio detrás de una ventana.

—Cabo Jack Jensen en representación del Delegado Comandante Marcos Elbaz, aquí presente en comisión de los Estados Unidos Norteamericanos (ESUNA). Necesito un vehículo para transporte a Ptolemais.

—Sí, tú y otros mil más —dijo el oficial mirando perezosamente sus credenciales—. En serio, tienes como el puesto doscientos en la lista de espera.

—Disculpe señor, pero creo que estamos casi en los primeros.

—¿Cómo es eso de que tu superior es de ESUNA? Parece del Medio Oriente.

—Camarada, yo no soy el que asigno. Y no te recomendaría que te las veas con él. No, mejor aun, eso sería cómico. *Dile* tú que parece ser del Medio Oriente y que tú cuestionas su base de operaciones. Adelante. En serio.

El oficial frunció los labios y devolvió las credenciales por debajo de la ventanilla.

—Algo básico, ¿no?

—Cualquier cosa. Pudiera presionar por algo lujoso, pero sólo queremos ir y venir. De todos modos, a decir verdad, Elbaz ha estado hoy tan quisquilloso que no creo se merezca un vehículo mejor. Aceptaremos lo que tenga.

El oficial le deslizó a Camilo un juego de llaves unidas a una etiqueta de papel grueso.

—Muéstrale esto al de transportes motorizados, detrás de la puerta de salida.

Al dirigirse hacia allá, Albie imitó a Camilo.

—Ha estado hoy tan quisquilloso que no creo se merezca un vehículo mejor. Yo debiera rebajarte a niño explorador.

—Lo haces y *regresas* a casa en ropa de civil.

———

—Carpatia anda en algo —dijo Max sentándose junto a Abdula en la oficina de David.

—¡Estaré tan contento de decirle adiós a este lugar! —dijo Abdula.

David se movió en su asiento.

—Cuéntame.

—Bueno, ¿ es que no quieres irte de aquí también?

—Lo siento, Smitty —dijo David—. Estaba hablando con Max.

—¡Oh, mil perdones!

—¡Míralo ahora —dijo Max—, se pondrá a hacer pucheros en un segundo Nueva Babilonia!

—¡Yo no hago pucheros! ¡Ahora, dejen de fastidiar!

Max golpeó a Abdula en el hombro y el jordano sonrió.

—De todos modos —dijo Max volviéndose a David—, Carpatia me llamó hace un rato y me preguntó si sé la ubicación de sus armas. Por supuesto que no sé, pero me gustaría saberlo. Les diré algo muchachos, la gente puede hablar lo que quiera sobre la reconstrucción milagrosa que hizo Carpatia en todo el mundo, pero nada, y quiero decir nada, se compara a que él haya hecho que todos esos países destruyan noventa por ciento de sus armas, le entreguen el resto, luego las almacene en alguna parte, y nadie habla al respecto.

—En boca cerrada no entran moscas —repitió David.

—¿Piensas que la gente sabe pero no lo dice?

—Obviamente.

—¿Cómo mantiene un secreto tan grande entre tanta gente?

—Creo que escuché cómo —dijo David y procedió a informar a Max y Abdula al respecto.

Abdula se sentó moviendo la cabeza.

—Nicolás Carpatia es un hombre malo.

Max miró a Abdula y luego a David.

—¡Bueno, sí! Quiero decir, vamos, Smitty. ¿Acabas de llegar a esa conclusión o lo sabías todo el tiempo y lo estabas escondiendo de nosotros?

—Sé que te burlas de mí —dijo Abdula—. Espera que aprenda bien tu idioma.

—Serás peligroso; es un hecho.

El teléfono celular de David sonó. Lo abrió y levantó un dedo pidiendo disculpas.

—Es Ming —dijo.

—¿Debemos irnos? —dijo Max.

David negó con la cabeza.

—Estaban peleando por lo que usted supuso que discutían —dijo ella—. Mi padre quiere que Chang acepte inmediatamente un trabajo con la CG y que sea uno de los primeros en recibir la marca. Chang jura que él nunca la recibirá.

—¿Le dijo por qué al padre?

—No, y veo que no podrá a menos que mi mismo padre llegue a ser creyente de alguna manera. No he perdido la fe y sigo orando pero hasta que eso pase, Chang no podrá decírselo. Nos expondría a todos.

—¿Su madre sabe?

—¡No! Se lo diría a papá llegada la ocasión. Me temo que ella está tan intimidada que no sería capaz de enfrentarlo al final. David, no puede dejar que Chang consiga un trabajo ahí, especialmente si los nuevos empleados son los primeros en recibir la marca.

—Parece que los presos serán los primeros pero, sí, los nuevos empleados la tendrán pronto. A medida que los contratan, evidentemente. Incluso nosotros, dentro de un par de semanas más.

—David, ¿qué van a hacer? ¿Usted y sus amigos?

—Estábamos hablando de eso ahora. Evidentemente, huimos o moriremos.

—¿Se pueden llevar a Chang con ustedes?

—¿Raptarlo?

Ming se quedó callada. Luego, dijo:

—David, ¿escuchó lo que dijo? ¿Usted quiere dejarlo que reciba la marca, o que sea decapitado por negarse a correr el riesgo de raptarlo? ¡Por favor, ráptelo! Seguro que él irá gustoso.

—Se supone que mañana lo entreviste para un trabajo.

—Entonces vea la forma de rechazarlo, desacreditarlo como posible empleado o dígale dónde reunirse con ustedes cuando escapen.

—Lo último es lo más probable. ¿Qué pudiera descalificarlo? Él luce como mina de oro para cualquier sección, especialmente la mía.

—Invente algo. Diga que tiene SIDA.

—¿Y dejo que su mismo padre lo mate?

—Bueno, ¿qué tal una defecto genético?

—¿Tiene uno?

—¡No! Pero póngase de mi lado.

—No soy médico, Ming. Sólo demoraría las cosas.

—Eso es mejor que nada.

—No si despierta sospechas. Esperamos salir de aquí sin que sospechen que somos subversivos.

—Gran idea. Dígales que quiere llevarse a Chang para probarlo antes de contratarlo. Entonces, lo que le pase a usted, le pasará a él también. Él es libre y puede ayudarle donde usted vaya.

—Quizá.

—*Tiene* que funcionar, David. ¿Qué otra opción hay?

—¿Qué pasa si ellos no se lo creen? ¿Qué pasa si dicen que no, solamente contrátelo, póngale la marca, y *entonces* llévelo a una misión?

—Tiene que intentarlo. Él es brillante pero es un niño. No puede defenderse por sí mismo. Ni siquiera, permanecer a salvo de mi padre.

—Ming, haré lo mejor que pueda.

—Eso parece una disculpa después que todo falle.

—Lo siento. No puedo hacer nada mejor, de lo mejor que pueda hacer.

—¡David, es mi hermano! Yo sé que no es carne suya pero ¿no puede fingir? Si fuera Anita ¿haría lo mejor o lo que tuviera que hacer para salvarla?

David no pudo hablar.

—¡Oh David! ¡Perdóneme! ¡Hice mal en decir eso! ¡Por favor! Fui tan cruel.

—No, yo...

—David, por favor, el miedo y la situación en que me encuentro, hicieron que hablara así.

—Está bien, M...

—Por favor, diga que me perdona. No quise hablar así.

—Ming, está bien. Tiene razón. Entiendo. Usted me lo puso en perspectiva. Cuente conmigo. Haré lo que sea necesario para proteger a Chang, ¿correcto?

—David, ¿acepta mis disculpas?

—Por supuesto.

—Gracias. Estaré orando por usted y amándolo en el Señor.

Cuando David colgó, Max dijo: —¿Hombre, qué cosa tan terrible dijo ella? Por un segundo te pareciste más a mí que a un israelita.

David le contó.

—Te diré algo —dijo Max—, y tú, Smitty, habla por ti mismo, pero si ese niño es creyente y tiene la marca para probarlo, él va con nosotros. Y todos los demás que podamos encontrar antes de irnos, ¿correcto, Smitty?

—Correcto, creo. Si entiendo. Otros creyentes de aquí, todos van con nosotros, sí. Por supuesto. ¿Correcto?

—Eso es lo que estamos diciendo.

—Max, una pregunta, ¿quién más hablaría por mí?

———

Mientra conducía hacia el norte, Camilo usó un teléfono seguro para llamar a Lucas (Laslos) Miclos. El hombre estaba extremadamente ansioso y alterado.

—Gracias por venir pero no hay nada que puedan hacer. Seguro que no trajeron armas.

—No.

—De todos modos serían tan superados en cantidad, que nunca saldrían vivos de ahí, así que, ¿por qué el viaje?, ¿qué pueden hacer?

—Laslo, yo quería presenciar esto personalmente, denunciarlo al mundo por medio de *La Verdad*.

—Hermano Williams, bueno, perdóneme. Me gusta su revista y la leo casi tan religiosamente como los mensajes del doctor Zión Ben Judá, pero usted pasa todo el tiempo y gasta el dinero atravesando problemas y peligros para venir hasta aquí, y ¿por un artículo de revista? ¿Sabía que llegaron las guillotinas?

—¿Qué?

—Es cierto. Yo mismo creería que son rumores si no fuera porque me lo dijeron varios hermanos y hermanas. La CG los transportan por el pueblo en camiones descubiertos, para que sean evidentes las consecuencias de pensar por sí mismos. Somos parte de los Estados Unidos Carpatianos, nombre que tengo que escupir cuando lo pronuncio. Nicolás nos va a poner como ejemplo. ¡Y usted está aquí para escribir un artículo!

—Hermano Miclos, escúcheme. Usted sabía que no hay nada que podamos hacer. Solamente empeorarían las cosas si intentáramos liberar a su esposa, al pastor y a los hermanos creyentes. Pero pensé que le gustaría saber, que estuvimos aquí para poder contarles, si logramos entrar, en qué condiciones se encuentran, cómo están de espíritu, si tienen algún mensaje para ustedes.

Silencio. Entonces Camilo oyó que Laslo lloraba.

—Amigo mío, ¿se siente bien?

—Sí, hermano. Entiendo. Perdóneme. Estoy nervioso. Toda la televisión muestra que las guillotinas serán instaladas primero en las cárceles, luego en los sitios dispuestos. Ahora para nosotros es cuestión de días, pero tan sólo de horas para los presos. Por favor, dígale a mi esposa que la amo, que estoy orando por ella y que anhelo verla de nuevo. Y que si no la vuelvo a ver en esta vida, la encontraré en el cielo. Dígale —y empezó a llorar a viva voz—, que ella fue la mejor esposa que puede tener un hombre y que... la amé con todo mi corazón.

—Se lo diré, Laslo, y asimismo le traeré cualquier mensaje de parte de ella.

—Gracias, hermano mío. *Agradezco* que haya venido.

—¿Sabe dónde los llevaron a ella y los demás?

—Tenemos una idea pero no nos atrevemos a ir, pues nos pueden detener a todos. Usted sabe que nuestra iglesia está formada por muchos, muchos grupos pequeños que en realidad ya no lo son. Cuando la CG allanó al principal grupo, se llevaron a mi esposa y al pastor D y como a setenta más, pero quedan más de noventa *grupos*.

—Vaya.

—Esa es la buena noticia. Lo peor es que, evidentemente, algunos del grupo original se dieron por vencidos por la presión. Puedo decirle sin duda alguna, que no fueron mi esposa o mi pastor, pero sí alguien a quien torturaron, asustaron o engañaron para que hablara de los otros grupos. Se han producido más redadas, y ahora no se atreven a reunirse. Sólo fue un milagro que yo no estuviera con mi esposa en aquella reunión, pero si ella llega a ser mártir, desearía haber estado ahí para morir juntos.

———

—David, vinimos a preguntar, además de tener una sugerencia, y a propósito, Smitty fue muy servicial en esto —dijo Max—. Bromeamos con él por lo del idioma, pero ahí adentro hay un cerebro muy hábil. Abdula, eso es un cumplido.

—Bueno, oye, vaquero, ¡ahora ya sé esto por lo menos!

—Supongo que si podemos burlarnos de Jordania, él puede burlarse de Texas. Realmente me quemó por ahí, ¿no? Bueno, la pregunta es: ¿queremos llegar hasta el final, suponiendo que vas a tener el dato interno del momento *exacto* en que los empleados deben aceptar la marca? O ¿queremos tener algún tiempo adicional?

David lo pensó. —No es sólo cuestión de tiempo, Max. Se trata de la imagen que dejaremos. Si esperamos hasta el último segundo y aún tratamos de hacer que parezca un accidente, en ese preciso momento, levantará sospechas.

—¡Eso es lo que yo dije! —dijo Abdula—. Max, ¿no es eso lo que dije? Te lo dije.

—Eso es lo que él dijo. Bueno, si vamos a hacer esto antes del plazo señalado, tenemos muchas opciones. Los Pacificadores acaban de comenzar a despachar sus primeros cargamentos de... ¿cómo le llaman ahora a esos aparatos? Algo de lealtad o...

—Llámalos por lo que son —dijo David.

—Bueno, anoche embarcaron guillotinas para Grecia.

—Desde aquí no —dijo David—. Yo lo hubiera sabido.

—No, éstas fueron fabricadas en Estambul y transportadas por tierra. Muy pronto las despacharán por avión a todas partes, y sabes, que tendremos que proveer el servicio. Debes escoger un lugar particularmente estratégico que desees ver o un embarque que quieras controlar, encuentra una razón para traer a Hana y a Chang como se apellide, y yo tendré que pedir un Quasi-Two.

—¿Un Two? ¿Cómo justificarás eso? Queremos evitar sospechas. Puedes acomodar dos pilotos y tres pasajeros en algo más barato que una nave aérea con un valor de quince millones de Nicks.

—Sí, pero digamos que queremos llevar un cargamento grande de guillotinas y cajones de microprocesadores e inyectores.

—Escucho. Todavía se necesita más para justificar un Two.

—Bueno, digamos que es alguna parte donde el mismo San Nick va a estar.

—Dile quién pensó eso —dijo Abdula.

—Pienso que tú, bocón.

—¿Bocón?

—Estoy bromeando, Smitty. Frena tu camello por ahora.

David ladeó la cabeza. —¿Están pensando lo que yo pienso que ustedes piensan?

—¿Esto es un juego? —preguntó Abdula.

—Estamos —dijo Max—. Jerusalén.

David se sentó a considerar las posibilidades.

—Yo transmito la idea a los superiores de que queremos estar ahí, llevar a la experta en inyecciones y a mi mejor candidato en computadoras. Queremos llevar la carga máxima en un avión impresionante que complazca bien al Soberano, que combine con su ego.

—¿Piensas que él es egocéntrico? Dijo Max tan seriamente como si lo creyera.

David sonrió.

—¿Otra vez está de chiste? —dijo Abdula—. No hay suficiente tela en Jordania para hacer un turbante para la cabeza de Nicolás.

Max echó la cabeza hacia atrás y se rió.

David seguía sumido en sus pensamientos: —Y se puede hacer volar al Quasi Two por control remoto.

—Casi como todos los aviones modernos, pero yo tengo mucha experiencia en estos.

—Entonces aterrizamos en alguna parte fuera de vista, camino allá, y desde la seguridad del suelo, tú haces volar a ese carísimo avión, con toda esa preciosa carga adentro, excepto nosotros, y lo hundes de nariz en medio de la extensión de agua más profunda que podamos hallar.

—Con espectadores.

—¿Cómo, de nuevo?

—¡Deja que nos vean! Querías que pensáramos en una explicación lógica para el accidente. Bueno, perdona el tema doloroso pero recientemente perdimos a nuestro jefe de carga. Ella hubiera prohibido tanto peso en ese avión en particular, pero yo, todo un veterano, pensé que podía manejarlo. Haciéndolo volar por control remoto y también transmitiendo por esa vía, empiezo a alarmarme acerca del desplazamiento del peso, que la carga rodó, que tengo dificultades para controlarlo, ¡socorro, adiós mundo cruel!

—Muchachos, ustedes son brillantes.

—Gracias.

—Ambos —dijo Abdula—. ¿Correcto?

—Por supuesto —dijo David.

—Acabo de tener otra buena idea —dijo Abdula.

—Despacio, Smitty —dijo Max—. ¿Esta es nueva para mí?

—¡Hey, con calma! Te gustará. Quieres que te vea la gente, hazlo en Tel Aviv. Carpatia pasará por ahí en avión. Haces un espectáculo en el aire para él y las multitudes. Lo estrellas en el Mediterráneo, tan hondo que ellos estarán seguros que morimos y el avión estará muy profundo para molestarse con una búsqueda.

—Y ¿dónde se supone que estemos durante todo esto? —dijo Max—. Va a ser sumamente difícil esconderse en Tel Aviv con Carpatia y todas sus turbas.

—No despegaremos de Tel Aviv. Vamos derecho de aquí para el espectáculo, sólo que ellos no sabrán que paramos en Jordania. Conozco ese lugar. Podemos aterrizar sin ser vistos. Enviamos el avión a Tel Aviv, hacemos el espectáculo, se estrella.

—Smitty, ¿desde qué distancia crees que puedo hacer volar por control remoto a ese avión?

—Algo no tan remoto. Despegas por remoto, pero el plan de vuelo, los trucos, todo, estará programado en la computadora.

Max miró de Abdula a David.

—Puede que él haya acertado ahí.

—¿Realmente? —dijo David—. ¿Puedes programar la cosa tan específicamente?

—Tomará cierto tiempo.

—Dedícate.

—Sorpresa, sorpresa —dijo Abdula—. Jinete de camello salió con una.

El celular de David sonó. —El mensaje dice *urgente* de Hana.

—Contesta —dijo Max.

—Hola, ¿qué pasa? —preguntó David.

—¿Estás completamente seguro de que esta conexión es confiable?

—Absolutamente. ¿Estás bien?

—Estoy dentro de un armario de utillaje. ¿Sabías que hoy Carpatia hizo ejecutar a un Pacificador?

—Sí, lo sabía. Santiago.

—Gracias por decírmelo. Acabo de ir a buscar el cadáver a la cárcel de máxima seguridad.

—Hana, no hubo tiempo para decírtelo. De todos modos, ¿quién hubiera sabido que tú serías la encargada?

—Fue espantoso. Yo veo muertos todo el tiempo pero a él le dispararon entre los ojos desde muy corta distancia. Y ni siquiera pretenden disimularlo. ¡Fue ejecutado por el mismo Carpatia! ¿Sabes por qué? Bueno, por supuesto que sí. Tú sabes todo.

—Supe que había hablado mucho.

—David eso no me parece muy técnico pero fue lo que también escuché. Evidentemente comentó a alguien, algo planteado por Carpatia en una reunión privada.

—Lamento que te hayan metido en esto, Hana.

—Sí, bueno, pienso que sé quién lo delató.

—¿Sí?

—¿Y tú? —dijo ella.

—Realmente, lo sé.

—David, ¿cómo puedes vivir con estas cosas?

—No creas que es fácil.

—Así, ¿quién habló? ¿Quién hizo que ejecutaran a Santiago?

—Hana, me dijiste que tú sabías.

—¿Me lo confirmarás si tengo razón?

—Seguro.

—Hickman.

—¿Cómo sabes?

—David, ¿tengo razón?

—La tienes.

—Lo acababan de traer a la morgue. Alguien lo encontró en su oficina con una herida de bala. Se disparó en la sien.

DIECISÉIS

Camilo y Albie se unieron, se apartaron y se volvieron a integrar a una caravana de vehículos de la CG que iban sorteando camino por lo que quedaba de Ptolemais.

—¿Ya viste...? —dijo Albie señalando hacia los camiones abiertos que transportaban guillotinas—. Son feas pero no son gran cosa, ¿no?

Camilo movió la cabeza.

—Uno de mis artículos suplementarios trata de la facilidad con que se arman. Son máquinas sencillas con partes básicas pautadas para el corte. Cada una es, en lo elemental, madera, tornillos, hoja, resortes y cuerda. Por eso fue tan fácil para la CG mandar las especificaciones y dejar que las fabricara cualquiera que quisiera trabajar y tuviera los materiales. Tienen fábricas enormes que abrieron nuevamente para producirlas en masa, compitiendo con los artesanos aficionados en sus patios.

—Todo por algo que la CG dice que servirá de, este..., ¿cómo les dicen oficialmente?

—Disuasión visual. Colocan una en cada sitio donde se aplica la marca y se supone que todos se pongan en fila.

Albie se detuvo donde una Pacificadora de la CG dirigía el tráfico. Le hizo señas a la joven para que se acercara.

—Estoy trabajando aquí —dijo ella malhumorada hasta reconocer el uniforme. Saludó—. Comandante, a su servicio.

—Fuimos asignados a la instalación principal de detención pero dejé el manifiesto en mi bolsa. ¿Estamos cerca?

—¿La instalación principal, señor?

—Creo haber dicho eso.

—Bueno, ellos están como a unos tres minutos al oeste. Doble a la izquierda en la próxima intersección, y siga el camino sin pavimentar pasando una curva hasta que éste se une nuevamente con la autopista reconstruida. El centro estará a su derecha, justo dentro de la ciudad. No puede pasar sin verlo. Enorme, rodeado por alambradas de púas y más de nosotros. Mejor que se apure si quiere ver la diversión. Van a hacer unos cuantos cortes esta noche si los rebeldes no se ensucian y cambian de idea.

—¿Sí?

—Se dice que están poniéndolos en fila y clasificándolos ahora. Los que vuelvan a sus celdas con las cabezas en su sitio, tendrán un tatuaje nuevo por la mañana.

———

David estaba exhausto. Eran casi las 23:00 horas, hora Carpatia, cuando caminaba como en cámara lenta desde su oficina hacia sus habitaciones. Se asombró al escuchar pasos enérgicos detrás de él y volteó para ver a Viv Ivins, que lucía fresca y animada como cada mañana. Llevaba un portafolio de cuero y le sonrió radiante a David.

—Buenas noches, director Hassid —dijo mientras pasaba por su lado.

—Señora.

—Grandes días, ¿mmm?

No sabía por cuánto tiempo más podría mantener la charada.

—Días interesantes de todas formas —dijo.

Ella se detuvo. —Me encanta cuando las cosas caen en su lugar.

Él pensó que esa era una elección desdichada de palabras, dada su coordinación personal de la producción y distribución de guillotinas.

—Las cosas van marchando bien, ¿no? —dijo él.

—He convencido a la plana mayor de que no despliegue aquí, en palacio, los facilitadores de la vigencia de la lealtad.

—¿Oh?

—No dan la imagen óptima.

—Los están mostrando por todo el mundo.

—Y es estupendo. Puedo vivir con eso. De hecho, lo apoyo plenamente. Fuera de la ciudad capital y, en particular, de las oficinas centrales, usted tendrá ciertos elementos que precisan la ayuda visual, algo que les recuerde la seriedad de esta prueba de lealtad. Uno tendría que estar patológicamente consagrado a una causa, para decidir realmente contra la marca. Ver la consecuencia parada justo frente a uno mientras se toma la decisión, persuadirá a los que sencillamente quieren un poco de atención cuando demoran su elección.

—Pero aquí no.

—No es necesario. Si una persona no fuera leal al Soberano resucitado, ¿por qué quisiera trabajar aquí? En este lugar quiero ver fotografías y películas de leales felices, dispuestos y regocijados. La ciudadanía de la Comunidad Global debe ver el éxtasis en las caras de aquellos sobre quienes recae la administración del nuevo orden mundial. Aquí no se necesita reforzar la vigencia. Para el mundo somos el ejemplo del gozo de la consagración, satisfacción en vivo por el deber cumplido. ¿Entiende?

—Seguro, y tengo que decir que me gusta la idea, de que esos feos artefactos no dañen el paisaje de aquí.

—Yo no pudiera estar más de acuerdo con usted. Empezamos mañana con los nuevos contratados y hay mucho entusiasmo entre ellos por ser los primeros que reciban la marca del Soberano. Todos optan por su imagen en la frente. Yo planeo elegir lo más sencillo pero, señor Hassid, tengo que admitir que es divertido ver a los muchachos de hoy en día con fervor sobresaliente. Mañana por la mañana usted entrevistará a un candidato.

—Correcto.

—¿El prodigio asiático?

—Ese mismo.

—¡Qué familia! Su padre ruega que su hijo sea el primero en recibir la marca. Demasiado tarde para eso pues estamos comenzando por los presos políticos pero él bien pudiera ser el primer empleado de la CG.

David se puso blanco y trató de disimular.

—Pero todavía no ha sido contratado.

—Aunque es una conclusión prevista, ¿correcto?

—Bueno, tengo que hablar mucho con él, determinar su aptitud para hacer aquí su último año de enseñanza secundaria, estar separado de sus padres por primera vez, ver dónde encaja mejor...

—Pero que no sea contratado aquí en alguna parte es una posibilidad minúscula. Podemos procesar sus datos primero y, esencialmente, estará preaprobado para trabajar en cualquier sección. Algo así como la hipoteca preaprobada. Primero, uno califica, luego puede hacer una oferta por cualquier casa dentro de la gama de precios.

—Yo no haría eso —explotó David.

—¿Por qué no?

—No parece tan perfecto como nos gustaría que fuera. Dejemos que el proceso siga su curso, hagámoslo bien.

—Pero David, honestamente, ¿cuál sería el daño?

Él se encogió de hombros. —Me dijeron que el muchacho tiene un miedo mortal de las agujas y que lucha contra la idea.

—¿Hasta el punto de dejar perder la oportunidad de oro aquí? De todos modos tendrá que aceptar la marca en los Estados Unidos Asiáticos o perderá algo más que un trabajo.

—Quizá para ese entonces se haya acostumbrado a la idea.

—Oh, tonterías, Director Hassid. Si él es tan brillante, ya es hora que deje las niñerías. Puede que resista pero terminará en segundos y él comprenderá, que hizo mucho ruido por pocas nueces.

—Bueno, mi reunión con él es a las 09:00 horas. Puede esperar hasta después, ¿no? Detestaría entrevistarlo después que haya pasado por un trauma.

—¿Un trauma? Yo le acabo de decir...

—Pero él todavía estará alterado.

—De todos modos, no me los puedo imaginar administrando marcas antes de las 09:00.

En su habitación, unos minutos después, David usó su agenda electrónica para volver a comprobar el horario de su secretaria. Ella no le había informado la hora de su cita con Chang y una mirada rápida al calendario le mostró por qué. La reunión estaba confirmada para el final del día, a las 14:00 horas, dos de la tarde. Era algo que ella le diría en la mañana.

David hizo el cambio a las 09:00 en el calendario de ella, luego entró en la computadora de Personal e hizo lo mismo. Telefoneó al 4054 y dejó un mensaje audible:

—Chang, nuestra entrevista fue cambiada a las nueve de la mañana. Por favor, no vayas a Personal ni a ninguna otra parte antes de reunirnos. Te veo entonces.

Cuando terminaba su mensaje el teléfono le indicó que tenía una llamada a la espera. Le dio entrada para hallar a Ming, muy inquieta.

—Ya empezaron aquí —dijo ella—, ¿allá empezó?

—Ming, cálmese. ¿Qué empezaron?

—¡La aplicación de la marca! El equipo llegó al Tapón esta mañana y ya lo están usando esta noche.

—¿Los presos están recibiendo el microprocesador?

—¡Sí! Me imagino que no falta mucho para que nos toque al personal. Tengo que huir pronto, pero quería verificar primero.

—¿Hay algún creyente más allá? ¿Alguien que rechace la marca?

—Ninguno. Están haciendo fila para recibirla como si fueran leales niños exploradores. Pienso que esperan obtener buenos puntos en conducta. La verdad es que seguirán pudriéndose aquí, pero ahora con una marca en la cabeza o en la mano.

David le contó la conversación con Viv y lo que había hecho al respecto.

—Oh, no, no —dijo ella—. Usted debe hacer que Chang desaparezca a las nueve. Sáquelo de ahí.

—Ming, no estamos preparados todavía para irnos.

—¿Qué va a hacer?

—Tendré que armar algo, supongo. Alguna razón por la cual él aún no está listo. Quizá diga que hallé pruebas de inmadurez, que pienso que es demasiado joven para adaptarse.

—David, usted es un director. Convénzalos. Esto tiene que funcionar.

—Tengo toda la noche para pensarlo.

—Y yo tengo toda la noche para orar por eso.

—Ming, necesito todas las oraciones que pueda recibir. Escúcheme, déjeme hacer algo por usted. Yo puedo asignarla de nuevo a ESUNA.

—¿Puede?

—Por supuesto. Lo hago por la computadora y nadie lo cuestionará. Ven que está aprobado por alguien de rango más elevado y no lo cuestionan. ¿Dónde quiere ir?

—Hay prisiones en todos los Estados Unidos —dijo ella—, pero, en realidad, yo no voy a llegar a ninguna, ¿cierto?

—Correcto. La asignamos, la ponemos en un avión pero, luego, la perdemos de alguna manera. Huye y no podemos encontrarla. Pero, entonces, usted corre por cuenta propia. Tiene que llegar a la casa de refugio de Chicago.

—¿Me recibirían?

—¡Ming! Lea ha hablado a todos de usted. Están impacientes por acogerla. Sabían que usted y su hermano iban a terminar allá a su debido tiempo. Ambos pueden ser útiles. Ahora, ¿adónde la envío en los Estados Unidos? A alguna parte cerca de Chicago, lo bastante para que pueda llegar a la casa de refugio pero no tan sospechosamente cerca, para que ellos empiecen a sumar uno más uno.

—No conozco los Estados Unidos —dijo ella—. Hay una instalación enorme en Baltimore que siempre necesita personal.

—Eso es muy lejos de Chicago. ¡Espere! ¿Podría llegar a Grecia?

—¿Cuándo?

—Lo más pronto posible, esta misma noche.

—Supongo que eso es cosa suya. Confiera suprema prioridad a mi traslado y si quiere que la CG de aquí me mande a Grecia, tendrán que hacerlo. Pero, David, Grecia es un punto muy vigilado ahora, está abarrotada de CG y están usando como ejemplo a los prisioneros políticos. No quiero trabajar ni esconderme allá.

David le dijo cómo llegar a los Estados Unidos desde Grecia y aparentando ser escoltada por la CG.

—Dios existe —dijo ella—. ¿Dónde encuentro a esos hombres?

—Llegue al aeropuerto de Kozani. Ellos la buscarán.

—¿Puede mandar a Chang para allá también? ¡Por favor, David, hágalo! Sáquelo de las habitaciones de mis padres, asígnelo a alguna parte y haga que uno de sus pilotos lo lleve a Grecia. Podemos irnos juntos a la casa de refugio.

—Ming, por favor, esto tiene que tener sentido. Si yo hago esa artimaña, tus padres pierden el rastro de Chang y todo rebota en mí, y ni mencionarla a usted. Ambos son enviados a alguna parte y, entonces, ¿terminan perdidos? Piense, Ming. Yo sé que está desesperada y que le preocupa mucho, pero deje que yo solucione la logística. Lo último que deseo es llamar la atención de la CG hacia nosotros.

—David, lo sé, entiendo. Estoy pensando con el corazón.

—Nada de malo con eso —dijo él—, pero no dejemos de pensar claramente y empeorar las cosas.

———

—¿Estamos en problemas? —le preguntó a Camilo un jefe de la base griega de los Pacificadores de la CG, cuando vio que venía acompañado por un delegado comandante—. Hacemos todo según el libro.

—Francamente, esto parece una casa de locos —dijo Camilo, examinando con los ojos el complejo de cinco edificios industriales más bien sencillos que, probablemente, antes habían sido fábricas. Las ventanas estaban tapadas con rejas y el perímetro era una maraña de rejas y alambre cortante. Pero el lugar estaba atiborrado de guardias de la CG formados en fila, mirando en la oscuridad hojas impresas, con la ayuda de linternas para ver dónde estaban localizados varios prisioneros.

—Hacemos lo que podemos, con lo que tenemos para trabajar aquí —dijo el jefe, dando una ojeada nerviosa a Albie.

Camilo continuó hablando.

—¿Cuántos presos hay en esta instalación?

—Como novecientos.

—Tiene tantos CG aquí.

—Bueno, no tantos, señor.

—¿Qué están haciendo todos? ¿Están asignados?

—La mayoría está manejando el centro de marcas en el edificio del medio.

—¿Qué hay en los otros edificios?

—Adolescentes hasta comienzo de los veinte en el primero; hombres en el ala oeste; las mujeres en el este.

—¿Celdas individuales?

—Apenas. Los prisioneros están encarcelados en grandes zonas comunes usadas anteriormente como líneas de producción.

—Y ¿en los otros edificios?

—Mujeres en el siguiente. Nadie en el centro. Los varones en los dos últimos.

—¿De qué se acusa a la mayoría de esta gente?

—La mayoría son delitos menores, algunos hurtos, raterías.

—¿Algunos delincuentes violentos?

El jefe asintió mirando para atrás de su hombro.

—Asesinos, ladrones armados, y cosas por el estilo, precisamente ahí.

—¿Presos políticos?

—La mayoría en el segundo edificio pero los disidentes religiosos, al menos los hombres, están aquí también —volvió a señalar al último edificio.

—¿Tiene a los disidentes junto con los reos violentos? —dijo Camilo inclinándose como para mirar mejor la placa con el nombre del individuo.

—La ubicación no me concierne, señor. Yo coordino la aplicación de la marca de lealtad. Y tengo que estar en ese edificio central en unos cinco minutos más. Ustedes quieren ayudar; yo tengo un pelotón de seis que va de edificio en edificio, empezando por el oeste, haciendo el ordenamiento preliminar.

—¿Y eso significa?

—Determinando si alguno planea rechazar la marca.

—¿Y si es así?

—Tienen que identificarse inmediatamente. No vamos a perder tiempo esperando que estén en la fila para que decidan si quieren vivir o morir.

—¿Qué pasa si alguien cambia de idea estando en fila?

—¿Decidir al último minuto, después de todo, que no quieren la marca? ¡No preveo eso!

—Pero ¿y si pasa?

—Tratamos eso rápidamente pero en la mayor parte, queremos saber por anticipado para no complicar las cosas.

Caballeros, ahora, yo tengo mis órdenes. ¿Ayudarán o no con la selección?

—¿Esto se hará simultáneamente en todos los edificios? —preguntó Camilo sin querer pasar por alto al pastor o a la señora Miclos.

—No. Empezaremos por el edificio oeste. Se escoltará a los presos al edificio central para el procesamiento; luego, se llevarán de regreso antes que entren los del próximo edificio. Y así por el estilo.

—Ayudaremos —dijo Camilo.

El jefe gritó: —¡Atenas! —y vino un Pacificador de edad mediana, grueso, pelo negro con un corte militar, muy corto, con tres hombres y dos mujeres uniformados que le seguían.

—¿Listo, Alex?

—Listo, señor —dijo Alex con una voz chillona que no correspondía a su físico.

—Lleve a Jensen y Elbaz, aquí presentes, con usted.

—Señor, tengo personal suficiente.

El jefe bajó la cabeza y miró fijo a Atenas.

—Ellos son de ESUNA y están aquí y, por si no se fijó, A.A., el señor Elbaz es un de-le-ga-do co-man-dan-te.

—Sí, señor. ¿El señor Elbaz quisiera ir delante?

Albie estiró su labio inferior y movió la cabeza.

————

Eran las dos de la tarde en Chicago y los restantes miembros del Comando Tribulación se aglomeraban en torno al televisor. El noticiero CG local informaba que la aplicación de la marca había empezado en las prisiones y cárceles locales.

Zeke estaba sentado, meciéndose, delante del televisor, con las manos en la boca. Raimundo preguntó si estaba listo el disfraz de Jaime para ir a Jerusalén. Zeke mantuvo los ojos en la pantalla y sacó las manos de la boca sólo el tiempo suficiente para decir:

—Todo salvo la túnica. Terminaré esta noche.

Zión había sido el de la idea de dejar que Zeke cambiara el aspecto de Jaime exactamente como lo había estado planeando pero que también lo equipara con sandalias y una gruesa túnica color café oscuro con capucha, que cayera lo suficiente sobre la cara para ocultar sus rasgos faciales. El ropaje le cubriría la cabeza y el borde quedaría a dos centímetros del suelo, llevando la cintura ceñida por una cuerda trenzada. Todos acordaron que parecía humilde e indescriptible, aunque lo bastante nefasta en cuanto Jaime fuera visto por las masas como alguien a cargo y con algo que decir.

Jaime fue aceptando la idea lentamente, siempre que pudiera actuar desde las sombras de su vestimenta.

—Sigo diciendo que Zión debiera ir.

—Amigo mío, déjame prometerte —dijo Zión—, permite que Dios te use poderosamente para llevar a su gente a un lugar seguro, y en algún momento yo iré y les hablaré en persona.

El reportero de la televisión avisó que aunque la CG de la zona había esperado no tener que emplear los facilitadores de la vigencia de la lealtad, un prisionero había rehusado aceptar la marca y había sido ejecutado.

"Esto ocurrió en lo que antes se conocía como la cárcel del condado de DuPage, y la ejecución del disidente fue realizada hace menos de noventa minutos. El rebelde, que cumplía una sentencia indefinida por tráfico clandestino de combustible en el mercado negro, fue identificado como Gustavo Zuckermandel, de cincuenta y cuatro años de edad, anteriormente de Des Plaines".

Zeke enterró la cara entre sus manos, se desplomó a un lado, y lloró silenciosamente. Uno por uno, los miembros del Comando se acercaron para tocarlo y llorar con él. Zión, Jaime, Raimundo, Lea y Cloé lo rodearon y Zión oró.

—Padre nuestro, nuevamente encaramos la pérdida desgarradora de un ser querido. Derrama sobre nuestro joven hermano la esperanza eterna y recuérdanos a todos, que un día volveremos a ver a este valiente mártir.

Cuando Zión terminó, Zeke se pasó una manga por su cara mojada, se apoyó en manos y pies y se paró torpemente.

—¿Estás bien, hijo? —preguntó Raimundo.

—Tengo trabajo que hacer eso es todo —dijo Zeke, desviando los ojos y se fue lentamente a su habitación.

———

Camilo tenía la boca amarga. Había presenciado situaciones como esta, había visto suficiente depravación y vileza, para durarle varias vidas. No obstante, deseaba que él y Albie hubieran traído armas automáticas de alto poder para, al menos, intentar un rescate. ¡Cuánto deseaba, en su carne, rociar proyectiles mortales sobre los CG que abundaban! ¡Cuánto hubiera disfrutado atacar de golpe las barracas de detención, buscando a las personas con la marca de Cristo y trasladarlas a un lugar seguro!

Pero esta era una situación imposible. La profecía volvía a cobrar vida ante sus propios ojos y él no podía darle vuelta. En el edificio occidental los ocho miembros del equipo de selección fueron revisados para que entraran más allá de la reja exterior y, luego, los volvieron a examinar en la entrada principal.

Camilo se sintió asaltado por el hedor en cuanto habían pasado el corredor principal. Dentro de una enorme jaula había más de cien adolescentes varones, unos lucían recios; otros, petrificados. La jaula estaba rodeada por cuatro o cinco guardias a cada lado, con las armas en la mano, fumando, leyendo revistas y con caras de aburrimiento.

Los adolescentes saltaron, dieron vivas y aplaudieron cuando entró el equipo.

—¡Libertad! —gritó uno y los demás rieron—. ¡Vinieron a darnos libertad! —y otros se burlaron y lo abuchearon.

Atenas se separó del grupo y levantó las manos pidiendo silencio. Camilo se puso al lado de un guardia, que dejó caer la revista al enderezarse.

—¿Señor? —dijo.

—Soldado, ¿qué es ese olor?

—Señor, los tarros. En los rincones. ¿Ve?

Camilo miró a los cuatro rincones de la jaula en la que había tambores de doscientos litros cada uno. Cada uno tenía unas gradas de madera improvisadas al lado y estaba tapado por un asiento de inodoro que no encajaba bien.

—¿Este edificio no tiene baños?

—Sólo para nosotros —dijo el guardia—. Al final de ese pasillo.

Camilo movió la cabeza. —¿No se les puede llevar allá periódicamente?

—No somos los suficientes para arriesgarnos a eso.

Alex Atenas por fin había conseguido la atención de los prisioneros.

—Tienen el privilegio de estar entre los primeros en mostrar su lealtad y devoción a Su Excelencia, el Soberano resucitado de la Comunidad Global, ¡Nicolás Carpatia!

Para asombro de Camilo, esto fue recibido con vivas y aplausos entusiastas que duraron casi un minuto. Algunos adolescentes prorrumpieron en cánticos alabando a Carpatia.

Atenas los hizo callar de nuevo, finalmente.

—En un momento los llevarán al edificio central donde le dirán al personal si quieren la marca de la lealtad en la frente o en la mano derecha. La zona que escojan será, entonces, desinfectada con una solución de alcohol. Cuando les corresponda el turno, entrarán en un cubículo, se sentarán y les será insertado un microprocesador, tatuándole simultáneamente el prefijo 216, que lo identifica como ciudadano de los Estados Unidos Carpatianos. La aplicación dura segundos. El desinfectante contiene también un anestésico local y no deberán sentir molestias.

Todo acto de conducta desordenada será castigado con justicia inmediata. Para ustedes, los analfabetos, eso significa que estarán muertos antes de tocar el suelo.

Esto fue recibido con más abucheos y aullidos, pero Camilo se quedó mirando fijo a un niño que estaba en medio de la multitud. Su pelo era negro y rizado, estaba flaco y pálido, llevaba anteojos torcidos a los que parecía faltarle un lente. El niño parecía apenas de edad suficiente para estar en esta turba, pero lo que captó la mirada de Camilo fue la sombra de su frente. ¿Era una mancha borrosa o el sello de Dios?

—¡Discúlpeme, oficial! —dijo Camilo, dando largos pasos más allá de Atenas y atisbando dentro de la jaula. El abucheo se detuvo y los presos lo miraron fijamente—. ¡Tú, ahí! Sí, tú. ¡Un paso adelante!

El jovencito se abrió camino entre la horda hacia el frente de la jaula y quedó temblando.

—¡Que alguien abra esta puerta! —gritó Camilo. Nadie se movió. Se dio vuelta para mirar al guardia con quien estaba hablando, éste se balanceaba nerviosamente mirando a Atenas.

—El resto de ustedes retrocedan —dijo Atenas. Hizo una señal al guardia, y este abrió la jaula.

Camilo se adelantó y agarró al niño por el brazo, con su suéter gris raído que abultaba sobre los dedos de Camilo. Lo arrastró fuera de la jaula, pasando a Atenas y los demás guardias, retándolo todo el camino.

—¿Te burlas de los Pacificadores de la Comunidad Global, jovencito? Aprenderás a respetar.

—No, señor, por favor... yo ...yo...

—¡Cállate y camina!

Camilo lo arrastró pasando a los guardias de la entrada que le gritaron.

—¡Espere! ¡Quién es ése! ¡Tenemos que anotar su salida!

—¡Después! —dijo Camilo.

—¿Dónde vamos? —rogó el niño con acento griego.

—A casa —susurró Camilo.

—Pero mis padres están aquí.

—Dame sus nombres —dijo Camilo y los anotó—. No puedo garantizarte que ellos salgan, pero tú no vas a morir esta noche.

—¿Usted es creyente?

Camilo asintió y lo hizo callar.

Pasaron velozmente a los guardias de la puerta externa y Camilo lo llevó al *jeep* de la CG que estaba al otro lado del camino. Pasadas las luces y ya en la oscuridad pocas cabezas se habían virado siquiera a mirar.

—Asiento delantero del pasajero —dijo Camilo—. ¿Hay otros creyentes en la jaula?

El niño movió la cabeza.

—Nunca vi a ninguno.

—Dime el nombre de uno de los muchachos de la jaula, sólo uno.

—¿Quién?

—Cualquiera. Sólo dime el nombre.

—Ah, Paulo Ganter.

—Bueno. Ahora escucha. Te vas a sentar aquí mismo en este *jeep* hasta que yo vuelva. Lo que no debes hacer, ¿estás escuchando?, es asegurarte bien de que nadie vigile. Porque si descubres que alguien lo hace, pudieras sentirte tentado a escapar corriendo sin parar hasta que estés a salvo en alguna parte. Entonces, yo volveré más tarde para acá y me preguntaré qué le habrá pasado a mi prisionero, ¿entendido?

—Creo que sí. ¿Usted no quiere que yo haga esto?

—Por supuesto que no. No sé qué haría con un fugitivo. ¿Y tú?

El niño pudo darle una débil sonrisa.

—¿Sabes qué? —dijo Camilo—. No creo que nadie esté vigilándote —sintiéndose como Anis, el misterioso guardia de la frontera que había descubierto a Zión debajo del asiento del bus hace tanto tiempo, Camilo puso una mano en el hombro del niño y la otra en su cabeza. Y le dijo—: Y ahora que el Señor te bendiga. Que el Señor haga brillar Su rostro sobre ti y te dé paz. Dios está contigo, hijo.

Camilo corrió de vuelta a la puerta y cuando miró por encima de su hombro, el niño se había ido.

Los guardias de la puerta dejaron pasar a Camilo y los del edificio preguntaron: —¿Quién era ése?

—Paulo Ganter —dijo—. Custodia transferida a los Estados Unidos Norteamericanos —ellos hojeaban sus hojas impresas cuando él se apuró a entrar.

Alex Atenas estaba terminando.

—¿Hay alguno aquí que prefiera rechazar la marca de lealtad?

El grupo se rió haciéndole señas despreciativas.

—¿Ninguno entonces? ¿Nadie? ¿Alguno?

Los presos se miraron unos a otros y callaron. Camilo esperó ansiosamente, para ver si el niño se había equivocado y existían otros creyentes que pudieran resistirse.

—¿Qué pasa si decimos que no? —gritó un muchacho recio, sonriendo burlonamente.

—Conoces las consecuencias —dijo Alex. El muchacho se pasó el dedo por el cuello.

—¡Así es! —agregó Alex—. ¿Otras preguntas?

—¡Aquí no hay rebeldes! —gritó uno—. ¡Todos, ciudadanos leales, honrados!

—Eso es lo que nos gusta oír. ¿No hay preguntas?

—¿Podemos elegir la imagen que queremos?

—No. Debido a las circunstancias se les permite solamente la placa básica y el número tatuado.

Los prisioneros gruñeron ruidosamente y Atenas hizo señas a su equipo y a los otros guardias armados para que se pusieran en posición.

—Esto se hará con orden —dijo—, o desearán haber optado por rechazar la marca.

DIECISIETE

Raimundo se detuvo para ver como estaba Zeke, lo encontró ocupado con la túnica de Jaime. Zeke dijo:
—Tengo suficiente material. Pensaba hacerle dos.

—¿Oíste lo que dijo Zión sobre la ropa en el puerto seguro?

Zeke asintió. —Quizás quiera variar. Y no oí que Zión dijera si la ropa se ensuciaría.

Raimundo se encogió de hombros.

—Zeke, yo admiraba a tu padre. ¿Lo sabías?

Zeke asintió, aún trabajando.

—Fue valeroso hasta el final.

—No me sorprendió —dijo Zeke—. Yo le dije que él haría eso, ¿no?

—Diste justo en el clavo. Ruego que todos mostremos esa clase de valor.

Zeke alzó los ojos, movió la cabeza, con la mirada lejana.

—Desearía que no lo hubieran capturado. Mal momento. Él podría haber hecho mucho más por los creyentes, como lo que yo voy a hacer.

—Zeke, también te admiro a ti. Todos te admiramos.

Zeke asintió de nuevo.

—No olvides de sentir tu pena y lamentarte, ya sabes. No hay nada malo en eso.

—No puedo evitarlo. Ya lo echo de menos.

—Sólo digo que no finjas, no tienes que mostrarte fuerte con nosotros. Todos hemos sufrido pérdidas terribles y aunque el Señor nos ayuda a superarlas, no nos tienen que gustar. La Biblia no dice que no nos lamentemos, sino precisamente, que no lo hagamos como quienes no tienen esperanza. Apénate con toda tu fuerza, Zeke, porque nosotros *tenemos esperanzas*. *Sabemos* que veremos nuevamente a nuestros seres queridos.

Zeke se paró súbitamente y le extendió la mano. Raimundo se la estrechó.

—Supongo que no me atreveré a buscar su cadáver.

Raimundo movió la cabeza. —Lo primero que harían es querer conocer tu relación con él y, ya sabes lo segundo.

—Si quiero la marca.

—Estamos agobiados por la pérdida de tu papá, Zeke. No sé qué haríamos si te perdemos a ti también.

—Odio pensar lo que van a hacer con él. Trato de no pensar en... usted sabe... su cabeza siendo... usted sabe...

—Lo sé. Pero no importa lo que hagan con el cuerpo de tu papá. Dios sabe. Él tiene Su mirada puesta en tu padre. Su alma está ahora en el cielo y su cuerpo estará allá también cuando llegue el momento, nuevo y mejorado. Si Dios puede resucitar un cuerpo cremado..., ¿sabes lo que eso significa?

—Sí, quemado.

—Entonces Él puede hacer resucitar a todos. Recuerda que nos creó del polvo de la tierra.

—Gracias, capitán Steele. Malo como es esto, no hay otro lugar donde hubiera preferido estar cuando lo supe. Los amo a todos ustedes de veras.

—Zeke, y nosotros te amamos a ti.

Raimundo salió y cerró la puerta. Notó que Zión estaba en el portal, fuera del alcance visual, recostado contra la pared, de brazos cruzados.

—Discúlpame —dijo el doctor—. No tenía la intención de escuchar. No sabía que estabas ahí. Debes haber tenido la misma idea que yo.

—Está bien.

—Me alegro de oír eso, Raimundo. Dios te ha restaurado al liderazgo. Hiciste justamente lo que el Señor quería que hicieras, y lo hiciste bien.

—Gracias, Zión. Dios ha tenido más paciencia conmigo de la que merezco.

—¿No es eso aplicable a todos?

Caminaron juntos de regreso a la zona comunitaria.

—Hace unos momentos hablé con Cloé —dijo Zión—. Espero no haber estado fuera de tono.

—Doctor, nunca estás fuera de tono. Lo sabes bien. ¿De qué se trataba?

—Averiguaba solamente cómo se sentía ella con lo que le asignaste. Sabes que tengo intereses especiales.

—¿En el pedido de aviones y pilotos? ¡Yo debiera decir que sí los tienes! Así, pues, ahórrame una conversación. ¿Cómo va la cosa?

—En realidad, ella se divirtió y quería hablarme. Lanzó el pedido a miembros valientes de la cooperativa de bienes y mercancías que estén dispuestos a prestar sus aviones, automóviles, combustible y tiempo, a la causa del Mesías en Jerusalén, y les dijo que sería pronto. Ella informa que la respuesta ha sido sobrecogedora. El peligro debe hacer que estos hombres y mujeres se alíen. Dice que están más dispuestos a tirar al aire la cautela por este plan, que a realizar los vuelos de rutina que mantienen funcionando a la cooperativa.

Keni Bruce venía agitado, perseguido por Lea. Parecía perdido en la fantasía de que *tenía* que eludirla aunque amaba sus abrazos y cosquillas.

—¡Abuelo! —chilló, dirigiéndose hacia Raimundo pero, en el último instante, cambió de rumbo, saltando a los brazos del rabino—. ¡Tío Zon!

Lea se rió y lo agarró. —¡Ese viejo no puede salvarte! —dijo ella, y él enterró su cabeza en el pecho de Zión.

—¿Viejo? —dijo Zión—. Señorita Lea, ¡usted me ha herido!

Zión entregó a Keni a su madre, y Lea permaneció ahí.

—Raimundo, aquí me siento útil, ayudando a Cloé que, a propósito es increíble. Esa niña pudiera manejar una empresa de cualquier tamaño. Y me gusta mucho ayudarle con esa preciosa criatura.

—¿Pero...?

—Tú sabes lo que viene.

Él asintió. —Aún estoy finalizando las asignaciones —dijo—, pero la tuya comprende salir de aquí por un tiempo.

—Oh, gracias, Ray. No quiero ser egoísta, y sé que Cloé está tan inquieta como yo.

—Ella tiene responsabilidades aquí. Más que tú.

—No parece justo para Cloé.

—Pero toma en serio su papel y pienso que está resignada a ello.

—Bueno —dijo Lea—, no puedo hablar por ella pero yo me sentiría atrapada.

—¿Atrapada por la maternidad?

Lea sonrió. —Hablaste como hombre. Como alguien que ha pasado por lo mismo, déjame decirte, a veces uno necesita una pausa. No tiene que ser larga, y se ansía regresar pronto, pero bueno, esto no es cosa mía. No obstante, si encuentras un lugar para ella, allá afuera, aunque sea una tarea breve, yo estaría feliz de reemplazarla.

—¿Tú puedes hacer lo que ella hace? Ambas responsabilidades, ¿la cooperativa y cuidar al bebé?

—Seguro que sí, los únicos incapaces son los hombres que hay aquí —Raimundo le arrojó una mirada seria—. Ray, estoy bromeando. Pero dime, ¿voy a ir a Israel?

—¿Tú *quieres* estar ahí?

—La última vez me quedé estancada en Bélgica. Todo lo bueno pasa en Jerusalén.

—Lo peligroso.

—¿Y eso qué?

Él ladeó la cabeza. —Oh, sí, tú vives para eso.

—Ray, vivo para servir. No me jacto. Es lo que hago. Era así aun antes de llegar a ser creyente. Quiero ser valiosa para la causa. Ni siquiera levanto sospecha. Nadie me persigue. Y con esa cosa rara de los dientes puesta y si dejo que Zeke me retoque el pelo, soy invisible.

—Se necesitaría mucho más que eso para que pases por alguien del Oriente Medio.

—Quizá este tipo, David pueda alistarme en la CG entonces. Dame una razón para estar allá.

Raimundo arqueó las cejas.

—Quizá —dijo—. Uno nunca sabe.

———

Camilo y Albie estaban con el pelotón de selección en la zona de las adolescentes. A Camilo le costó mucho creer, que estaban en las mismas condiciones que los hombres. Había dos guardianas, el resto eran hombres. Las niñas no eran tan ruidosas y groseras como los varones, pero la composición del grupo era semejante. Había niñas rudas y víctimas, sin dudas, pero todas estaban curiosas.

Camilo examinó el grupo y una morena alta lo miró fijamente. Estaba convencido de que los dos se habían visto la marca simultáneamente. La chica le abrió bien los ojos y él trató de comunicarle con los suyos que fuera prudente. Cuando Alex Atenas empezó con su explicación, Camilo se acercó a Albie tratando de no llamar la atención.

—Mejor que no tiente a mi suerte. ¿Crees que pudieras sacar a una de aquí?

—Quizá —dijo Albie—. ¿No estarás pensando intentar eso en cada edificio, ¿no?

—Detesto quedar de brazos cruzados.

—Yo también, pero conseguiremos que nos maten, y ¿qué haremos cuando haya un montón de ellas?

—Puedo preocuparme por ellas solamente de una en una.

Albie suspiró. —¿Dónde está? —Camilo se la mostró—. Mira y aprende, amiguito —dijo Albie.

Albie se abalanzó a la jaula, gritando. Alex hizo silencio y miró, junto con los demás mientras Albie iba y venía, delante de la alambrada, con los ojos en su presa.

—¡Tú! ¿Eres de los Estados Unidos Norteamericanos? —la niña se heló, sus ojos se precipitaron a Camilo, que asintió levemente, y ella volvió a mirar a Albie—. No —dijo ella con su voz como chillido ahogado—. Yo soy...

—¡No me mientas, bola sucia! Te conocería en cualquier parte —Albie giró con una furia que casi convenció a Camilo—. ¡Alex, que alguien abra esta jaula! —se dio vuelta apuntando a la niña—. ¡Ven a la puerta! ¡Ahora! Con las manos detrás de la cabeza.

Ella avanzó, con las piernas tiesas y temblando, mientras se abría la puerta.

Albie la agarró y la hizo dar vuelta.

—Esposas —anunció y un guardia le alcanzó un par—. La llave también —dijo—. Las devolveré —la empujó contra la jaula y le bajó las manos para esposarla. Deslizó la llave en su bolsillo y la guió hacia fuera.

—Que se divierta —susurró un guardia cuando pasaron.

Albie se dio vuelta, lo tomó por la chaqueta y lo empujó contra la pared.

—¿Lo dice de nuevo, soldado?

—Lo siento, señor. Eso fue innecesario.

Albie le dio otro empujón y se volvió a la niña, empujándola para fuera. Volvió a los pocos minutos. Devolvió las esposas y la llave al que se las había prestado.

Camilo se impresionó cuando una niña, de marcado acento griego, respondió afirmativamente a la pregunta principal del oficial Atenas. Las otras muchachas voltearon para ver quién era, y Camilo se inclinó para ver si detectaba una marca en su frente. No había nada.

—¿Rehúsas la marca de la lealtad de la Comunidad Global? —dijo Alex.

—Por cierto que me gustaría pensarlo —dijo ella—. Parece una decisión drástica, no algo en lo que uno se involucra a la ligera.

—¿Entiendes las consecuencias?

—Sólo me gustaría pensarlo bien.

—Está bien. ¿Alguien más? —Nadie—. Jovencita, ya que eres la única de este edificio, antes de enviarte derecho al facilitador de confirmación, puedes reflexionar mientras haces la fila. Tus contrapartes masculinas casi terminaron el procedimiento y la posición que ocupes en la fila, determinará cuánto tiempo tienes para decidir. Cuando llegues al lugar en que te pregunten dónde quieres que te pongan la marca, esa será tu última oportunidad para preferir no tenerla en absoluto.

—¿Y entonces?

—Serás llevada al facilitador de confir...

—Niña, ¿sabes qué es eso? —preguntó una adolescente.

—¡Eres mujer muerta!

—¡Guillotina! Cabeza cortada.

Las chicas callaron y Atenas la miró.

—¿Todavía quieres pensarlo bien?

—¿Qué, ellas hablan en serio? ¿Me va a cortar la cabeza por querer pensar bien esto?

—Señorita, no por pensar. Por decidirse en contra. Si se decide a favor, sólo escoge dónde.

—Así que, en realidad no tengo opción.

—¿Dónde has estado? —dijo una de las muchachas y las otras se le unieron.

—Por supuesto que tienes opción —dijo Alex—. Creo que lo dejé muy claro. Acepta la marca o la alternativa.

—¿Dice, la marca o la muerte?

—¿Todavía quieres pensarlo bien?

Ella negó con la cabeza.

Una de las chicas dijo: —Seguro que lo complicaste más de lo necesario.

—Bueno, no sabía que en realidad no había opción.

Antes de proceder con las presas adultas, Camilo y Albie siguieron a las jóvenes, a las filas del edificio del medio. Ya se había convertido en un modelo de eficiencia. Las presas se movían uniformemente. Estaban listas con su opción de frente o mano, y se les aplicaba rápidamente el desinfectante anestésico. Los inyectores sonaban como engrapadoras eléctricas y, aunque algunas receptoras se acobardaban, nadie parecía sentir dolor.

Casi todos los adolescentes varones recibieron la marca en la frente y, uno de los últimos, cuando regresaba a la fila, levantó ambos brazos gritando: —¡Viva Carpatia! —cosa que pronto se volvió costumbre, como entre las jóvenes que elegían recibir la marca en sus manos.

Camilo se quedó mirando fijamente, deseando poder predicar. Ellas habían tomado la decisión, sí, pero *en realidad* ¿sabían lo que elegían? No era entre la lealtad o la muerte; era entre el cielo o el infierno, la vida eterna o la condenación eterna.

Su corazón se aceleraba al terminarse la fila de jóvenes mujeres, que eran llevadas de vuelta. Él esperaba ver a la señora Miclos en el próximo edificio. ¿Cuántas amigas habría ahí con ella?

La instalación para mujeres era surrealista pues no había jaula. Los guardias eran en su mayoría varones otra vez y, evidentemente, no esperaban problemas. Las mujeres estaban sentadas, principalmente pasivas, conversando tranquilas, pero sus ojos curiosos también se clavaron en el pelotón de Atenas.

Camilo paseó por fuera, alrededor del grupo de mujeres, buscando a la esposa de Laslo. Finalmente se fijó en unas veinte mujeres arrodilladas, arrinconadas al fondo. La señora Miclos estaba orando, al centro.

—¡Callen y escuchen! —bramó un guardia y la mayoría de las mujeres prestó atención—. Este que ven aquí, es el oficial Atenas, y tiene anuncios e instrucciones.

Alex empezó pero las mujeres del fondo, que Camilo suponía eran las creyentes amigas de la señora Miclos, no prestaron atención y siguieron orando. Algunas miraban al cielo y Camilo vio las marcas de sus frentes. Otras miraban a lo alto y alrededor del grupo hacia Alex, y Camilo notó que algunas no tenían marca. La esposa de Laslo había estado, evidentemente, intentando reclutar nuevas creyentes.

Atenas se impacientó con las arrodilladas del fondo.

—¡Señoras, por favor! —dijo, pero ellas no le hicieron caso. Él hizo un gesto con la cabeza a una de sus auxiliares, que le alcanzó a una compatriota su rifle de alto poder de fuego y el arma del costado, sacó su bastón y se abrió paso entre las mujeres de aspecto recio que estaban delante, dirigiéndose hacia el fondo. Una mujer joven, gruesa y saludable, miró fijamente a las amenazantes, sabiendo claramente que sus camaradas le guardaban las espaldas.

—Como estaba diciendo —retomó Alex pero se detuvo cuando la atención de las mujeres se desvió hacia donde su auxiliar se dirigía.

—¡Señoras! —bramó esta—, terminen y desistan, miren al frente y pongan su atención al oficial Atenas.

Muchas lo hicieron. Algunas se pararon y se alejaron del grupo. Otras se quedaron arrodilladas pero alzaron los ojos. Aún hubo otras que mantuvieron sus cabezas inclinadas y los ojos cerrados, moviendo los labios al orar. La señora Miclos, arrodillada, de espaldas a la guardiana, mantuvo sus manos cruzadas, la cabeza inclinada, los ojos cerrados, orando suavemente.

La guardiana le dio con la punta del bastón, y casi perdió el equilibrio. Cuando la señora Miclos se dio vuelta para mirarla, la guardiana se inclinó acercándose y vociferó:

—¿Me entiende, señora?

La señora Miclos sonrió tímidamente, se acomodó de nuevo y volvió a orar. La guardiana, claramente enfurecida, tomó un extremo del bastón con ambas manos, se afirmó, lo impulsó hacia atrás y dio un paso adelante.

Camilo apenas pudo contener la voz y Albie tuvo que aguantarlo, cuando el bastón rompió ruidosamente la parte posterior de la cabeza de la señora Miclos.

La sangre saltó manchando a varias mujeres, mientras la señora Laslos caía hacia delante, retorciendo los brazos y las piernas. Unas gritaron. Muchas de las que estaban arrodilladas, aun las que tenían marcas en las frentes, se pararon y corrieron a juntarse al grupo principal. Una mujer se arrodilló para examinar a su amiga herida y la guardiana la agarró justo debajo de la nariz con un segundo golpe feroz.

Camilo oyó que los dientes se quebraban, y ella gritaba cuando su nuca golpeaba el suelo y sus manos le tapaban la cara.

La guardiana volvió al frente, por entre el mar de mujeres. Milagrosamente, la señora Miclos se apoyó en sus manos y rodillas y lenta, majestuosamente volvió a su posición de rodillas, con las manos cruzadas por delante.

De espaldas al resto, la herida abierta, brotando mucha sangre que le corría por el pelo y el suéter, quedó expuesta a la vista de todos. La mayoría desvió los ojos pero Camilo miraba fijamente el hueso blanco de su cráneo en la parte superior de la herida. Tenía el cráneo fracturado, y con toda seguridad había huesos incrustados en su cerebro. Sin embargo, ahí estaba arrodillada, continuando su oración en silencio.

La otra mujer rodó sobre su estómago y se incorporó lentamente, escupiendo dientes, con la sangre corriéndole por la barbilla, y volvió a orar. Camilo sintió un escalofrío en la base de su espina dorsal, imaginándose el dolor cegador.

La guardiana recuperó sus armas con una mirada de satisfacción y excitación. La multitud se comportaba con una actitud de ¿quién-quiere-ser-la-que-sigue? Y Alex dijo:

—Veremos quién tiene la fuerza suficiente para pararse en la fila del facilitador de la vigencia.

Camilo, con el pulso acelerado y tomando aliento a bocanadas, se quedó rígido, mientras Alex hacía por fin la pregunta decisiva:

—Sólo para que sepamos —dijo—, ¿cuántas rechazarán la marca de la lealtad y elegirán la alternativa?

La señora Miclos se paró y se dio media vuelta para enfrentarlo. Su rostro no tenía color, los párpados le aleteaban. Tenía el pecho agitado por el esfuerzo del mero respirar. La sangre se empozaba detrás de ella, corriendo de la fea herida. Parecía como víctima de un Parkinson avanzado y, no obstante, alzó ambas manos con una sonrisa beatífica que le suavizaba su macabro semblante.

—Usted elige la ejecución por guillotina en vez de la marca de la lealtad —aclaró Alex.

La mujer que estaba a su lado, con la cara hinchada, la nariz roja, sin los dientes de arriba, se paró y alzó ambas manos sonriendo con una mueca cadavérica.

—¿Entonces, dos?

Pero hubo más y, ahora, el resto de las mujeres se paró sólo para ver quién hacía es elección. Del grupo original de las devotas arrodilladas se paró media docena, con las manos levantadas y sonriendo. —¿Todas ustedes quieren morir esta noche? —gritó Alex, como si fuera lo más ridículo que él hubiera oído—. Cuento ocho. Ustedes, las ocho, ahora nueve, irán al extremo derecho cuando..., muy bien, ahora, diez, cuando las lleven al centro de procesamiento. Perfecto, ahora pueden bajar las manos. ¡Dos más! Bien, doce. ¡No es necesario que mantengan las manos en alto!

Un par de mujeres del frente, se miraron una a la otra y comenzaron a caminar hacia el fondo, apareciéndoles la marca del creyente en sus frentes cuando levantaron las manos.

—Muy bien —dijo Alex—, las que aceptan la marca se quedan a la izquierda cuando entremos al centro; las suicidas, a la derecha —y mientras hablaba, tres más se pusieron en fila detrás de las mujeres que sangraban.

Camilo luchaba por no llorar. Podía rendirse a la emoción y terminar como mártir esa misma noche y, en la emoción del momento, eso no le parecía mal. Pero él tenía esposa e hijo y compatriotas que contaban con él. Se quedó parado, pestañeando, acezando, luchando por mantener el control. Esas mujeres eran heroínas de la fe. Ellas iban a incorporarse a los grandes héroes lavados en sangre que, literalmente, hicieron sacrificios vivos de sus cuerpos. Estaban prontas a ser martirizadas y a aparecer debajo del altar de Dios en el cielo en túnicas de justicia blancas como la nieve. ¡Él no podía dejar de envidiarlas!

Al ser conducidas hacia fuera, Alex gritaba por encima del estruendo: —¡Pueden cambiar de idea! ¡Si eligieron esa opción ridícula y desean no haberlo hecho, sencillamente sálganse de una fila y entren a la otra!

Pero al ir desfilando las valientes por el lado de Camilo, él vio la marca en cada frente y supo que no habría ninguna que se arrepintiera, no, ninguna. Él alineó su paso con la guardiana que dirigía a las condenadas a la fila de la guillotina. Esto resultó ser una fascinación sin fin para las demás que las contemplaban fijamente, mientras ellas estaban en las filas de la lealtad, decidiendo dónde llevarían la marca de Nicolás.

Cuando la guardiana se adelantó más allá del principio de la fila para hablar con los dos hombres que se encargarían de la máquina de la muerte, Camilo se acercó a la señora Miclos y simuló que la interrogaba.

—Laslo quería que le dijera que la ama con todo su corazón y que la verá en el cielo.

Ella se dio vuelta hacia él con un sobresalto, con la sangre todavía corriéndole por la espalda. Miró al uniforme y, luego, la frente de Camilo. Entonces, a su cara: —Yo lo conozco —dijo.

Él asintió.

—No creo que haya conocido a la señora Demeter —dijo ella.

Camilo estaba atónito. La esposa del pastor había recibido el golpe en la cara.

—Le daría la mano —susurró ella con su boca deshecha—, pero, entonces, usted iría en esta fila con nosotras.

La señora Miclos se inclinó acercándose a Camilo.

—Dígale a Laslo que le agradezco por llevarme a Jesús. ¡Lo veo, puedo verlo! ¡Veo a mi Salvador y se me hace larga la espera para estar con Él!

Dicho eso se le doblaron las rodillas y Camilo la sujetó. La guardiana reapareció y la agarró.

—¡No, no, doña! —dijo—, usted escogió esto y lo va a recibir de pie —Camilo tuvo que contenerse mucho para no pegarle a la mujer en la cara. Ella se dio vuelta hacia él y le dijo—: ¿Qué vamos a hacer con todos estos cadáveres? No estábamos preparados para algo como esto.

Camilo se dirigió al fondo, donde los guardias estaban en fila a lo largo de la pared. Esta era la primera de las ejecuciones que ellos verían y era claro que no querían perderse un detalle. Albie se le unió, claramente sobrecogido.

—La que estaba con la señora Miclos es la esposa del pastor D.

Albie movió la cabeza.

—Son campeonas, Macho. No sé si yo pueda presenciar esto.

—Vámonos de aquí.

—Quizá debiéramos estar aquí, con ellas.

—Empezaremos con la vigencia —anunció Alex Atenas—. La que desee cambiar de fila puede hacerlo en cualquier momento. Señoras, una vez que hayan sido sujetadas en la posición adecuada para el aparato, no se aceptará cambio de idea. Informen a alguien antes de eso o sufran las consecuencias.

Camilo se quedó paralizado cuando llevaron a la señora Miclos a la horrenda máquina.

—¿Ha sido probada? —gritó Atenas—. No quiero que funcione mal.

—¡Afirmativo! —respondió el asistente que se turnaría con el verdugo con cada víctima.

—¡Adelante!

A diez metros de distancia Camilo leyó los labios del verdugo: —Señora, la última oportunidad.

La esposa de Laslo se arrodilló y el asistente la colocó en posición.

—¡Dale vuelta! —aulló alguien—. ¡Queremos ver lo que pasa!

Albie se volvió al hombre.

—¡Silencio!, esto no es para que te diviertas.

La sala quedó en silencio sepulcral. En esa quietud, Camilo escuchó la delicada voz de la señora Miclos cantando "Jesús mío, te amo, yo sé que eres mío".

Un sollozo se le atravesó en la garganta. Evidentemente con un solo movimiento, el asistente sujetó la grampa, parándose rápidamente, con ambas manos levantadas para indicar que estaba libre la ruta de la hoja, mientras el otro asistente tiraba la cuerda corta. La pesada navaja se deslizó velozmente hasta el fondo del eje. Camilo, empujando a los demás, salió al aire de la noche, disgustado con la ovación que recibió el golpe repulsivo.

Se alegró del vómito que brotaba de su ser, permitiéndole sollozar abiertamente. Las lágrimas le corrían como cascadas al pensar en los fríos equipos de trabajadores que sacarían las cabezas y los cuerpos, haciendo espacio para la próxima, la siguiente y así sucesivamente.

De pie en el césped frío, convulsionando ahora por arcadas secas, se tapó los oídos intentando vanamente ahogar los golpes y los vítores, que se repetían una y otra vez. Albie salió y le apoyó una mano en la espalda. Habló con voz grave al inclinarse y quitarle suavemente a Camilo, las manos de las orejas.

—Cuando yo llegue al cielo —susurró—, después de Jesús, estas mujeres son las primeras personas que quiero ver.

DIECIOCHO

Jaime acostumbraba a pasearse por la Torre Fuerte, repitiendo frases una y otra vez. Raimundo observó que, habitualmente, llevaba una Biblia pero, a veces, un comentario o sus propios apuntes.

A Raimundo, él no le parecía elocuente, fuerte, ni confiable. Era como si todo lo que pretendía, fuera aprenderse bien lo básico y tener una idea de lo que estaba hablando. También se mostraba abatido y Raimundo quería volver a aconsejarlo sobre su posición con Dios, pero no se sentía calificado para hacerlo sentir mejor consigo mismo. Evidentemente Jaime no consideraba a Zión su mentor personal sino sólo maestro y motivador infatigable.

A Raimundo le impactó que todos ellos tuvieran que soportar las mismas dudas y temores, al principio de ser creyentes. Habían pasado por alto la verdad, por eso temían dirigirse a Dios solamente como el último recurso desesperado para evitar el infierno. ¿Tendría validez eso? La Biblia decía que eran nuevas criaturas, que las cosas viejas pasaron y que todo había sido hecho nuevo. Raimundo había luchado mucho para aceptar la verdad de que Dios lo veía ahora, esencialmente *a través de* Cristo, Su Hijo, sin pecado.

Pero eso había sido casi imposible. Sí, él era hombre nuevo por dentro. Sabía que eso era verdad desde el punto de vista espiritual, pero todavía luchaba en muchas formas con su antiguo ego. Aunque la verdad de Dios sobre él debió pesar más que sus emociones finitas, diariamente estas hacían mucho ruido frente a su conciencia. ¿Quién era él para decirle a Jaime Rosenzweig que solamente tuviera fe y confiara que Dios lo conocía y entendía mejor de lo que Jaime mismo pudiera?

Si había alguien que parecía más saludable y que mejoraba con mayor rapidez que los demás, era Patty. La ironía no se le escapaba a Raimundo. Poco menos de veinticuatro horas antes de ser creyente, ella era una suicida. Meses antes admitía, a cualquier miembro del Comando Tribulación que tuviera la resistencia para debatir con ella, que entendía y creía toda la verdad del evangelio de salvación de Cristo. Simplemente, por cuenta propia, había decidido rechazarlo voluntariamente porque, si a Dios no le importaba que ella no lo mereciera, a ella sí. En efecto, decía que Dios podía ofrecerle el perdón de sus pecados sin tener méritos para recibirlo, pero ella no tenía que aceptarlo.

Pero en cuanto recibió la dádiva, su persistencia era agotadora. En muchas formas, era la misma mujer franca, una creyente nueva casi tan fastidiosa como la resistente mujer de antes, pero naturalmente, todos estaban felices de que, por fin, ella estuviera en el mismo equipo.

Si Raimundo podía juzgar por las expresiones faciales, Jaime, por lo menos, se divertía con ella. Él era el segundo creyente más nuevo, así que quizá podían identificarse. Sin embargo, Jaime no estaba reaccionando en absoluto como ella. ¿Era sana envidia lo que le hacía parecer intrigado con su charla? ¿Se preguntaba él por qué no le había sido dado tal abandono junto con su consagración a la verdad?

Raimundo no quería adelantarse a sí mismo; ni quería aceptar demasiado al pie de la letra las felicitaciones de Zión por su regreso al liderazgo efectivo, pero a veces, una movida sorpresiva, inesperada, era efectiva. ¿Se animaría —se atrevería— a conspirar con Patty para que ella viera si podía empujar al doctor Rosenzweig sacándolo de la partida? Zión se había convencido de que Jaime era el hombre de Dios para este momento y Raimundo había aprendido a confiar en la intuición del rabino. Pero Jaime iba a tener que avanzar mucho en poco tiempo si iba a ser el vehículo que Zión anticipaba.

Patty había alimentado y cambiado a Keni cuando él se le acercó. ¡Qué regalo para Keni tener tantos padres y madres! Los hombres lo amaban en demasía y hasta Zeke, aunque un poco intimidado, era extremadamente gentil y amoroso con él. Las mujeres parecían saber intuitivamente cuándo turnarse entre ellas para darle cuidados de madre pero, por supuesto, la mayor parte de la responsabilidad le correspondía a Cloé.

—¿Tienes un minuto? —preguntó Raimundo a Patty mientras ella apoyaba sobre su hombro al niño, recién entalcado y vestido, y se sentaba a mecerlo.

—Si este muchacho tiene sueño, tengo todo el tiempo del mundo que, conforme a nuestro rabino preferido, es poco menos de tres años y medio.

Patty no es tan divertida como ella se cree, pensó Raimundo, *pero merece que le reconozcan su constancia.*

—¿Podría conseguir que me hagas un favor? —dijo Raimundo.

—Lo que sea.

—Patty, no aceptes eso con tanta rapidez.

—Lo digo en serio. Lo que sea. Si te ayuda, lo haré.

—Bueno, si triunfas, ayudará a la causa.

—No digas nada más. Estoy lista.

—Tiene que ver con Jaime.

—Es de lo mejor ¿no crees?

—Patty, él es fabuloso pero necesita algo que Zión y yo no alcanzamos a darle.

—¡Raimundo! ¡Él tiene el doble de mi edad!

———

Como para no despertar sospechas, Camilo sugirió que él y Albie comenzaran con el siguiente grupo dirigiéndose directamente al edificio ubicado al oriente del centro de procesamiento. Este albergaba a los delincuentes menores, conforme al oficial organizador. Aunque también había dicho que los disidentes religiosos estaban con los peores delincuentes en el edificio más al este.

Ambos se acercaron a los guardias del Edificio 4.

—¿Listos para nosotros? —dijo uno con acento vulgar londinense.

—Pronto —dijo Camilo—, tú eres el que sigue.

—Oí alboroto y gritos. ¿Alguien escogió la navaja?

Camilo asintió pero trató de dejar en claro que no quería hablar de eso.

—¿Más de una? —agregó el hombre.

Camilo volvió a asentir. —No fue nada bello.

—¿Sí? Desearía haberlo visto. Nunca antes vi a nadie aceptarla. ¿Miraste, eh?

—Te dije que no fue nada bello. De lo contrario, ¿cómo lo supiera?

—¡Lo sien-*to*! Preguntaba nada más. Entonces, ¿cuántas viste?

—Sólo una.

—Pero, ¿había más? ¿Y usted, comandante? ¿Usted se quedó durante todo el espectáculo?

—Cabo, basta —espetó Albie—. Varias mujeres la escogieron y demostraron más valor que cualquier hombre que yo haya visto.

—Eso está bien, pero entonces ellas no eran leales al Soberano, ¿no?

—Ellas defendieron sus convicciones —dijo Albie.

—Convicciones y sentencias, a mí me parecen lo mismo, compañero.

—¿Tú elegirías morir si sintieras eso profundamente?

—*Yo lo siento* así de profundo, hombre. Sólo que estoy al otro lado ahora, ¿no? Elegí lo que tiene sentido. El hombre se levanta de los muertos, él se lleva mi voto.

Los guardias armados condujeron a las sombrías sobrevivientes de regreso al edificio de las mujeres, mientras que el pelotón de Atenas alcanzó a Camilo y Albie. Camilo notó que la gente de Alex parecía tan sometida como las presas, pero sus guardias parecían fortalecidos.

—Terminemos esto —dijo Atenas, entrando.

Estos eran delincuentes profesionales o timadores de menor cuantía. Nada de bravatas, nada de amenazas, poco ruido. Ellos escucharon, nadie optó por la guillotina y desfilaron calladamente para ser procesados. A Camilo le repugnaba el olor a sangre que flotaba en el ambiente. Calladamente se difundió la noticia entre los hombres de que habían decapitado a varias mujeres en esa misma sala, y los varones callaron aun más. Los trabajadores asignados a la guillotina parecían estar aliviados de tener un descanso.

Camilo observó el proceso desesperándose al ver las masas que sellaban su destino en forma tan ignorante. Los trabajadores se habían vuelto más efectivos con la experiencia y la operación prosiguió cada vez con más rapidez. Ponte en la fila, decide, algodón, siéntate, inyección, de vuelta a la fila, sal fuera. Irónicamente la vida real florecía en el lugar de la muerte sangrienta. Los hombres recibían lo que aparentaba ser una marca inofensiva que los mantendría vivos pero sellaban en realidad sus sentencias de muerte. De la muerte, vida. De la vida, muerte.

Camilo estaba ansioso por encontrarse con el pastor Demeter del cual Raimundo le había hablado tanto. No obstante, temía la confrontación con lo peor de los peores criminales del Edificio 5, sabiendo que muchos creyentes elegirían el horrible pero correcto destino.

Su teléfono vibró. El mensaje decía "Máxima prioridad. Cita en Kozani no antes de las 01:00 horas con oficial de penales CG reasignada del Tapón a ESUNA. Urgente. Sus documentos especifican destino. Edad casi treinta. Pelo oscuro. Ming Toy. Sellada".

—Tendremos compañía en la noche —le dijo Camilo a Albie—. Será refrescante tener una hermana a bordo que no me recuerde este lugar cada vez que la mire.

—Entiendo —dijo Albie—. Yo podría haber vivido toda la vida sin tener que ver esto y sin sentir que me perdí algo.

———

Avanzada la tarde en la casa de refugio, todos estaban ocupados excepto Raimundo.

Zeke cosía. Zión escribía. Cloé trabajaba en la computadora. Lea copiaba. Jaime estudiaba duro como antes de un examen. Keni dormía. Patty, le hizo un guiño a Raimundo y se acercó a Jaime.

El viejo levantó los ojos desde un sofá para mirarla, al parecer intrigado. Raimundo estaba sentado cerca, aparentemente absorto en un libro.

—¿Listo para una interrupción? —dijo ella—, porque a mí no me disuaden —ella se sentó en el suelo, cerca de los pies de él.

—Señorita Durán, como parece que no tengo opción, pudiera aprovechar una distracción. ¿Tiene algo en mente?

—Usted también es nuevo en esto —dijo ella—, pero he notado que no anda por todas partes hablando al respecto.

—Tengo una asignación, una pesada carga de estudio. ¿Se acuerda de la universidad?

—No terminé. Quería ver el mundo. Pero, mire, usted no permitirá que el estudio se interponga en el camino del entusiasmo, ¿no? Esto tiene que ser algo más que sólo estudio o se perderá la diversión.

—Diversión, no la asocio con esto. Llegué a la fe, usted y yo, ambos lo hicimos, en el peor momento histórico posible para disfrutarlo. Ahora se trata de la supervivencia. El gozo viene después. Si hubiéramos llegado a creer antes del arrebatamiento, pudiera yo comprender dónde lo hubiera disfrutado más.

Ella hizo una mueca. —Yo no me refiero a divertido como ¡Ja-ja, qué divertido! Sin embargo, podemos dejar que nos llegue, por dentro, que nos toque, ¿no?

Él dejó que su cabeza oscilara de un lado a otro: —Supongo.

—¿Sí? Sus ojos y su lenguaje corporal me dicen que todavía no vio el cuadro.

—Oh, no se equivoque. Estoy dentro. Creo. Tengo la fe.

—Pero no tiene el gozo.

—A eso me refería, al gozo.

—Yo no puedo discutir con un cerebro como usted pero no me rindo. No me importa si usted es diez veces más educado, quiero que usted entienda esto.

—Trataré —dijo él—, ¿de qué quiere convencerme?

—Justamente que tenemos tanto por lo cual estar agradecidos.

—Oh, yo concuerdo con eso.

—¡Esto debe entusiasmarlo!

—En cierto modo me entusiasma, pero a mi manera.

Patty dejó caer los brazos y suspiró.

—Esto es demasiado para mí. No puedo convencerlo. Pero estoy tan emocionada de que usted sea mi hermano, y me siento entusiasmadísima por lo que Dios le pide que haga.

—Señorita Durán, mire, ahí es donde yo supongo que diferimos o no estamos de acuerdo. He llegado a entender que Zión tiene razón, que yo estoy en una posición única para participar en algo estratégico. Me he rendido al hecho de que es inevitable y que yo debo hacerlo. Pero no me entusiasmo con eso, ni lo anhelo ni lo espero.

—¡Yo sí!

—Señorita Durán, ahora escúcheme a mí.

—Lo lamento.

—Yo acepto este encargo con mucha seriedad y pesadumbre en el corazón. Me esfuerzo por no ser cobarde o, siquiera, reacio o resistente. Esto no es algo que uno debe abrazar fervorosamente como una especie de honor o logro. ¿Entiende?

Ella asintió. —Tiene razón; estoy segura de que la tiene, pero ¿tampoco lo humilla que Dios lo haya escogido para algo como esto?

—Oh, estoy totalmente humillado pero hay ocasiones en que puedo identificarme con el mismo Señor Mesías cuando oró y pidió que si era posible, Su Padre permitiera que esa copa pasara de él.

Patty asintió. —Pero Él añadió también, "No se haga mi voluntad, sino la tuya".

—Indudablemente —dijo Jaime—. Ruegue para que me acerque a ese mismo nivel de quebrantamiento y disposición.

—Bueno —dijo ella levantándose—. Sólo quiero decirle que sé que Dios hará grandes cosas a través de su persona. Yo estaré orando por usted a cada paso del camino.

Jaime pareció incapaz de hablar. Finalmente se le humedecieron los ojos y carraspeó: —Muchas gracias, joven hermana mía. Eso significa más para mí de lo que puedo decir.

———

Mientras Camilo entraba arrastrando los pies en el último edificio, se encontró al lado de Alex Atenas que repasaba sus notas.

—Feo trabajo —dijo Camilo.

Alex gruñó. —Más feo de lo que pensé. ¿Quién hubiera adivinado que esas mujeres iban a ser tan resueltas? Ahora nos vamos a encontrar con algunos maridos. Veremos quién es más recio.

—Me parece difícil creer que tengan a los disidentes religiosos con los criminales empedernidos.

—Eso no es cosa mía. Aquí yo tengo un solo trabajo.

—Yo no lo quisiera.

—Yo no lo solicité.

—¿No está de acuerdo en que la mezcla que hay en este edificio es rara?

Los demás pasaron mientras Alex se detuvo y miró a Camilo directo a la cara, haciéndolo sentirse incómodo.

—Jensen, déjeme preguntarle algo, ¿ha hablado alguna vez con Nicolás Carpatia?

Camilo se heló. ¿Por qué este suponía eso?

—Hace mucho tiempo —dijo Camilo.

—Bueno, yo sí. Y él considera que los disidentes son tan peligrosos como los criminales. Bueno, ambos son criminales.

—¿Asesinos y gente de fe?

—Gente de la fe mala, divisora, intolerante.

Camilo se acercó más. —Alex, escúchese usted mismo. Acaba de enviar a la muerte a más de doce mujeres porque ellas no comparten la fe de Nicolás Carpatia y, ¿usted *las* califica de intolerantes?

Alex lo miró fijamente. —Tengo ganas de denunciarlo. Usted me hace cuestionar su lealtad.

—Quizá yo también me la esté cuestionando. ¿Qué le pasó a la libertad?

—Jack, todavía tenemos libertad —escupió Alex—. Estas personas pueden decidir por sí mismas si quieren vivir o morir.

Camilo entró tras él. Este era, de lejos, el salón más grande donde había hombres de todas las edades dando vueltas, hablando. Camilo se fijó que había, por lo menos, dos docenas de hombres con la marca de Dios en sus frentes, y todos parecían estar rogando fervorosamente en pequeños grupos. Extrañamente parecía que los otros los escuchaban.

Camilo captó la mirada de Albie. —¿Ves a todos esos? —moduló con la boca. Albie asintió tristemente. Era grandioso ver tantos creyentes, pero eso significaba que habría más matanza dentro de poco. Camilo se preguntó cómo podría identificar al pastor Demeter sin llamarlo en voz alta.

Le preguntó a un guardia.

—¿Quién es el líder de los disidentes?

—¿Los judaítas locales?

Camilo se encogió de hombros. —¿Así es cómo les dicen aquí?

El guardia asintió y señaló hacia un hombre alto de pelo oscuro rodeado al menos, por otros doce más. El varón hablaba con fervor y rapidez, gesticulando. Raimundo había dicho que el hombre tenía el don de la evangelización y debía estar ejerciéndolo con desesperación. Camilo se movió adonde pudiera escuchar.

—Pero Cristo murió por nosotros aunque todavía estábamos muertos en nuestros delitos y pecados. Esos somos ustedes y yo, caballeros. Les ruego que no acepten esta marca. Reciban a Cristo, obtengan el perdón de sus pecados, presenten su reclamo al Dios del universo.

—Pudiera costarnos la vida —dijo uno.

—Amigo, *le costará* la vida. ¿Cree que no me doy cuenta de que esto es algo muy difícil? Pregúntese, ¿quiero estar con Dios en el cielo esta misma noche o comprometer mi lealtad a Satanás sin nunca más poder cambiar de idea? Esta noche estarán muertos por un instante y, luego, en la presencia de Dios. O pueden vivir unos pocos años más y pasarse la eternidad en el infierno. Ustedes eligen.

—Yo quiero a Dios —dijo un hombre.

—¿Conoce las consecuencias?

—Sí, apresúrese.

—Ore conmigo —se arrodillaron.

—¡De pie, todos! —gritó Alex.

—Dios, yo sé que soy pecador —empezó el pastor D y el hombre lo repitió.

—¡Dije, de pie!

—Perdóname mis pecados, ven a mi vida y sálvame.

—¡No me obliguen a mandar a un guardia para que les rompa la cabeza!

—Gracias por enviar a Tu Hijo a morir en la cruz por mí.

—¡Muy bien, entren!

—Yo acepto tu dádiva y te recibo ahora mismo.

—¡No digan que no les advertí!

Camilo notó que otros hombres también repetían la oración, aunque sus ojos estaban abiertos y miraban al frente, de pie.

—Amén.

Justo cuando el guardia llegó al pastor D, él se paró y levantó al otro varón.

—¡Oigan ustedes dos, de pie ahora!

Cuando el guardia se retiró, Camilo oyó que otro hombre susurraba: —Ore eso de nuevo.

El pastor D empezó otra vez, suavemente, aparentando prestar atención mientras Alex terminaba su información. Por toda la jaula había hombres que oraban y dirigían a otros a hacer lo mismo. El murmullo llegaba hasta los guardias pero era difícil señalar a una persona.

—Tengo que saber si alguno de ustedes rechazará la marca de la lealtad para que podamos ponerlos en la fila apropiada, ¡ahora!

—¡Póngame en la otra línea! —pidió el pastor D en voz alta.

—¿Usted rechaza?

—¡Sí, señor!

—¿Entiende las consecuencias?

—Sí, yo rechazo la autoridad del príncipe de este mundo y deseo...

—Señor, no pregunté por su filosofía. Solamente pónga-se en la fila a mi derecha cuando...

—¡Yo deseo ofrendar mi lealtad al único Dios vivo y ver-dadero y Su Hijo, Jesucristo!

—¡Le dije que se calle!

—¡Él es el único que ofrece el regalo gratis de la salva-ción a todo el que cree!

—¡Hagan callar a ese hombre!

—¿Qué va a hacer, matarme dos veces? ¡O, que pudiera morir dos veces por mi Dios!

—¿Alguien más?

—¡Yo!

—¡Yo también!

—¡Cuéntenme ahí!

—¡Inscríbanme!

Y uno tras otro, al elegir los hombres su muerte, empeza-ron a gritar sus razones.

—¡Acabo de ser creyente esta noche, aquí mismo! ¡Há-ganlo, hombres! ¡Es verdad! ¡Dios te ama!

—¡Silencio!

—¡Fui arrestado porque estaba adorando a Dios con los hermanos creyentes! ¡Dios nunca te desamparará ni te aban-donará!

—¡Guardias! —los guardias siguieron a los hombres de Alex adentro de la jaula, derribando a los varones al suelo, pateándolos en la cabeza y la cara.

—¡No resistan! —gritaba el pastor D.— ¡Pronto estare-mos libres de nuestro tormento! ¡Que los mismos hombres que nos pegan puedan oír nuestro testimonio antes que sea demasiado tarde!

Le pegaron en la cabeza con un palo y se desplomó al suelo. Un delincuente, que Camilo vio que no tenía el sello de Dios en la frente, agarró al guardia por el cuello desde atrás y lo arrojó al suelo mientras otros se le subieron encima.

—¡Hermanos, no se resistan! —gritaba un creyente—. ¡Sólo digan la verdad!

Pero los incrédulos estaban amotinándose. Uno gritó:
—¡Yo tomo la marca de Carpatia, pero dejen de herir a estos hombres! ¡Yo soy cobarde pero ellos valientes! ¡Estemos o no de acuerdo, ellos tienen más valor que cualquiera de nosotros!

Un guardia saltó sobre él, enroscando sus brazos alrededor de la cabeza del hombre, con una mano en la barbilla. Tiró hasta que le quebró el cuello y el hombre cayó muerto.

Alex que seguía fuera de la jaula, cuidando las armas de sus hombres, tomó una y disparó al aire, ahogando las bravuconerías de la mayoría de los incrédulos.

—¡Autorizaré a mi gente que disparen a matar! —dijo—. Ahora, pónganse a mi izquierda si aceptan la marca de la lealtad a la Comunidad Global y nuestro Soberano resucitado. Y pónganse a la derecha si...

—¡Hay un solo Dios y un solo mediador entre Dios y el hombre, Cristo Jesús el hombre!

—¡Háganlo callar!

Los creyentes ayudaron a pararse al pastor D pero él no pudo sostenerse por sí mismo. Lo llevaron al frente de la fila a la derecha de Alex, y docenas más se pusieron detrás. Súbitamente empezaron a cantar:

> *"¿Qué me puede dar perdón?*
> *¡Sólo de Jesús la sangre!*
> *¿Y un nuevo corazón?*
> *¡Sólo de Jesús la sangre!"*

—¡Sáquenlos de aquí! ¡Háganlos callar! ¡Primero, la fila de la guillotina! ¡Muévanse, muévanse!

> *"¡Precioso es el raudal que limpia todo mal!*
> *¡No hay otro manantial, sólo de Jesús la sangre!"*

Al pasar la fila frente a Camilo, él tomó al pastor D por su camisa tirándolo hacia él, como si lo obligara a caminar. Susurró desesperadamente a su oído: --¡Jesús resucitó!

Demetrio Demeter, el evangelista, con los ojos entrecerrados, la lengua espesa, las piernas muy débiles, masculló:
—¡Cristo resucitó sin duda!

Camilo observó a la banda tambaleante, cada uno con el sello de Dios en su frente, marchar a la sala de la muerte, cantando de la sangre de Jesús y aceptando los golpes. No podía seguirlos adentro, sabía que no toleraría presenciar la muerte de esos santos, antiguos y nuevos. Con los ojos llorosos, buscó a Albie en la multitud y le hizo gestos para que lo siguiera. Se fueron raudos al *jeep* pero no lo suficientemente rápido, como para evitar escuchar la primera caída de la hoja, el golpe sordo y los vítores de la masa sedienta de sangre.

Camilo encendió el motor para ahogar los sonidos y partió, chirriando, hacia la noche. Él y Albie no cruzaron palabras mientras iban a toda velocidad por los cuarenta kilómetros al sur, hacia el aeropuerto de Kozani. Camilo patinó al parar al lado del grupo de Transporte y saltaron del *jeep*, entrando por la puerta a todo correr.

—¿La llave está puesta? —preguntó alguien y Camilo asintió, pues no se tenía confianza para hablar.

Al ir cruzando hacia la pista y al hangar donde les esperaba el avión, ya lleno de combustible, Camilo vio a una pequeña asiática sentada en un banco, debajo de un poste de luz, al lado de una valija enorme y de un saco pequeño. De la forma en que daba la luz sobre su uniforme rojo del sistema de cárceles de la CG, la hacía lucir angelical.

Ella parecía indecisa cuando los vio, se puso de pie y sacó de su bolsillo sus órdenes. Ella era un pedacito de la realidad, un vínculo a la vida, a la seguridad, una copa de agua fría en medio del desierto de la desesperación.

—Dígame que usted es Ming Toy —dijo bruscamente Camilo apenas confiando en su voz.

—Yo soy. ¿Señor Williams?

Camilo asintió.

—¿Y el señor Albie?

—Por favor, señora, Jensen y Elbaz hasta que abordemos —dijo Albie y Camilo supo que él estaba tan destrozado emocionalmente como él.

—Déjeme ver sus documentos —dijo Camilo tomando la maleta de ella mientras Albie tomaba el saco.

—Caballeros, déjenme llevar algo. Ustedes no tienen idea cuánto aprecio esto.

—Señorita Toy, hasta que estemos en ese avión —dijo Albie—, solamente obedecemos órdenes y estamos transbordando una empleada desde un puesto asignado a otro.

—Entiendo.

—Cuando estemos a bordo, podremos ser amables.

Camilo arrojó la valija detrás del asiento trasero, luego la ayudó a subir a bordo indicando dónde sentarse. Mientras ella se ponía el cinturón de seguridad, Albie se deslizó tras los mandos. Camilo se sentó a su lado pero no se puso el cinturón. Se dio vuelta de modo que sus rodillas quedaron entre su asiento y el de Albie y tomó un portapapeles.

Encaró a la mujer silenciosa sentada detrás de él, diciendo: —Señorita Toy —y empezó a sollozar—. Tenemos que hacer una lista de verificación antes del vuelo y obtener el permiso para despegar —ella lo miró de soslayo, como lo hacía al lidiar con las presas del Tapón, según él suponía. Ming debió preguntarse qué andaba mal en este hombre—. Pero en cuanto estemos en el aire —dijo entre grandes bocanadas de aire—, vamos a decirle qué milagro es usted y por qué la necesitamos tanto en este avión, esta noche —recuperó el aliento y agregó—, y le vamos a contar una historia que no creerá.

DIECINUEVE

David despertaba cada cierto tiempo mirando su reloj. Por último a las 06:00 salió de la cama, corrió ocho kilómetros, desayunó, tomó una ducha y se vistió. Ya a las 07:30, estaba en su oficina.

—¿Cambió esta cita? —le preguntó su asistente.

—Sí, lo siento, Tiff. ¿Algún problema?

—No, pura curiosidad.

David llamó al 4054 sólo para cerciorarse de que Chang estuviera aún ahí y pensando venir a las 09:00. Cuando David se identificó, la señora Wong dijo:

—Señol Wong no aquí ahora mismo. Le haré devolvel su llamada, ¿está bien?

—¿Chang está ahí?

—No, Chang con padle.

—¿Sabe dónde están?

—Vel señol Moon.

—¿Están con el señor Moon, ahora?

—Le haré devolvel su llamada.

—Señora, señora Wong, ¿su esposo y su hijo están ahora con el señor Moon?

—Yo no entiendo. Llame señol Moon.

David llamó a la oficina de Moon y le dijeron que Walter estaba en Personal. Personal le dijo que los ejecutivos se encontraban reunidos.

—¿Puede decirme si ya empezaron a poner las marcas a los nuevos contratados?

—No que yo sepa, pero *se supone* que es hoy, y que *de eso* trata la reunión.

—¿Puede decirme si Chang Wong, uno de mis candidatos está ahí?

—Creo que lo vi junto a su padre entrar aquí esta mañana con el señor Moon.

—¿Dónde están ahora?

—No tengo idea. ¿Quiere el número de su habitación? Ellos están alojados en el...

—No, gracias. Realmente necesito hablar con Moon.

—Señor, le dije que él está en una reunión con ejecutivos de Personal.

—Es una emergencia.

—Eso dice usted.

—Señora, yo soy un director. ¿Quiere interrumpir la reunión y decirle al señor Moon que necesito hablar con él inmediatamente?

—No.

—¿Perdón?

—He tenido problemas antes, precisamente por esta clase de cosas. Si es tan importante, siéntase libre de interrumpir usted mismo la reunión.

David colgó bruscamente el teléfono y fue corriendo a Personal. Encontró vacía la sala de conferencias, luego halló a la recepcionista. Ella lo detuvo con una mano levantada mientras contestaba otra llamada.

—Pídales que se detengan un segundo —dijo—, esto es importante.

—Un momento, por favor.

—*¡Gracias!* Ahora, yo...

—No puse esta llamada en espera para ayudarle, sino para pedirle a usted que aguarde su turno.

—Pero yo...

Levantó una mano otra vez y volvió a la llamada. Otro teléfono sonó mientras ella terminaba y se fue directamente a contestarlo. David se inclinó por encima de su escritorio y apretó el botón de espera.

—¡Director Hassid! Lo denunciaré por esto.

—Mejor que haga que me despidan antes que yo la eche a usted —dijo él—. Ahora, dígame ¿dónde es la reunión?

—No sé.

—No es aquí; ¿dónde es?

—Fuera de este lugar, obviamente.

—¿Dónde?

—Honestamente no sé, pero supongo que en el subterráneo del edificio D.

—¡Eso está como a cuatro cuadras de aquí. ¿Por qué no me dijo dónde era cuando sugirió que yo mismo interrumpiera?

—Realmente no sabía que usted lo iba a hacer.

Su teléfono volvió a sonar.

—No conteste eso.

—Es mi trabajo.

—Conteste y habrá sido su trabajo. ¿Por qué sería la reunión en el D?

—No sé si es ahí. Dije que es una suposición.

—¿Por qué *pudiera* ser ahí?

—Porque allá están instalando el centro de aplicación de la marca de la lealtad —dijo y contestó el teléfono.

David golpeó el escritorio de ella con ambas manos, haciéndola saltar y luego disculparse con la persona que llamaba. Al empujar la puerta para salir, ella lo llamó con tono monótono:

— Director Hassid, usted quisiera contestar esta llamada. Es su asistente.

Él regresó, sólo para recibir una mirada condescendiente.

—Como si yo fuera a permitirle usar mi teléfono —ella señaló un teléfono sobre una mesa de la sala de espera.

—Habla David.

—Hola. Hace poco entró una llamada de Walter Moon.

—¿Dónde está?

—Lo siento. No lo dijo y a mí no se me ocurrió preguntarle. ¿Quiere que se lo busque?

—¿Qué quería?

—Dijo que él y el padre del candidato estaban sumamente entusiasmados por su interés, usted sabe el libreto, que él mismo lo traería a su cita de las 09:00, personalmente.

—¿Qué estaba haciendo con Moon esta mañana?

—Ni idea señor, pero averiguaré si usted quiere.

—Busque a Moon y llámeme a mi celular.

David se fue rápido al Edificio D y encontró que el subterráneo estaba acordonado. Tuvo que usar todo su repertorio para pasar por Seguridad. Cuando, por fin, pudo atisbar entre las puertas dobles que se abrían a una enorme sala de reuniones, dio su primer vistazo del escenario para aplicar la marca. Las barricadas para control de multitudes estaban dispuestas para canalizar la gente a los puntos de procesamiento y, finalmente, a los cubículos donde estaban poniendo el último de los inyectores y probándolos.

—¿Para qué es todo esto? —preguntó David a una mujer que arreglaba sillas.

—Oh, vamos, usted lo sabe.

—Pero ¿por qué tan grande? Pensé que sólo iban a marcar primero a los nuevos empleados.

Ella se encogió de hombros. —El resto de nosotros será enseguida. Mejor que tengan todo instalado en su lugar y probado, ¿ah? Estoy impaciente. Este es el sueño de toda una vida.

—¿Ha visto al jefe de Seguridad, Moon, esta mañana?

—En realidad, *estuvo* aquí hace un rato.

—¿Con alguien?

—No podría decirle quién. Unos muchachos de Personal, eso sé.

—¿Alguien más?

Ella asintió. —Aunque no les presté atención.

—¿Alguna idea de dónde está ahora?

Ella movió la cabeza. —Supongo que usted oyó los rumores.

—Dígame.

Ella sonrió: —Ustedes, los pobres gerentes se pierden el chisme, ¿no?

—A menudo.

—Me imagino que ustedes empiezan la mayoría o, al menos, sus decisiones.

—Concedido. ¿Qué se dice esta mañana?

—Que Moon está en la fila para Comandante Supremo.

—No me diga.

—Me gusta. Pienso que será bueno en eso.

El celular de David vibró y él se disculpó. —La gente de Moon dice que ahora él está con Carpatia —dijo Tiffany.

—¿Solo?

—David, lo siento. No pregunté. Averiguaré lo que usted quiera pero tengo que saber con anticipación qué estoy buscando.

—La culpa es mía. ¿Dijeron si Walter todavía traerá a Chang a las 09:00?

—¡Sí! ¡Eso sí lo sé! Sí.

—¿Realmente?

—Cierto.

—¿Chang está con él y Carpatia ahora?

—Lo lamento. Ni idea.

—Voy para allá.

David usó su celular mientras caminaba e intentó llamar nuevamente al departamento de los Chang. Esta vez contestó el señor Wong. Animado, David preguntó por Chang.

—Él no está disponible ahora. Lo ve a usted a nueve, ¿sí?

—Correcto. ¿Está bien?

—¡Mejor que bien! ¡Muy excitado! Señol Moon viene buscarnos para llevarnos a ver usted.

—¿Usted también viene?

—Sí, bien. ¿Puedo?

David suspiró. —¿Por qué no?

—¿No?

—Sí, seguro.

De vuelta en su oficina, faltando quince minutos, espió la oficina de Carpatia. Lo primero que oyó fue la voz de Nicolás.

—¡Hickman era un bufón! Estoy mejor sin él. No sé qué estaba pensando León.

—Probablemente que iba a ocupar su puesto y Jaime hubiera sido fácil de manejar.

Carpatia se rió. —Walter, eres un buen juez del carácter. Se trata de ti o Suhail. Él tiene unos antecedentes impresionantes pero es tan nuevo en su puesto actual.

—¿Y se puede fiar de un paquistaní? No entiendo a esos tipos.

—Walter, ¿en quién se puede confiar en estos días? Ahora, escucha. No sé cómo te desenvuelves con pompas y circunstancias, pero yo no quiero hacer gran cosa de eso. Tendrás una oficina apropiada que no tienes que compartir con nadie, pero quiero anunciar tu nombramiento sin mucho protocolo.

—Perfecto —dijo Walter—. No quiero distraer la atención sobre usted, señor.

David pensó que Walter sonaba como desencantado y evidentemente desilusionado. Tenía razón, de todos modos, al halagar el ego de Carpatia. Nadie iba a robar eso de ninguna manera.

—Walter —dijo Carpatia—, ¿cómo andamos con los MMCG?

Moon pareció sorprendido. —Señor, los monitores de moral llevan mucho tiempo instalados en sus sitios. Todos los días recibo datos de ellos y sé que Suhail cuenta con sus informes de inteligencia.

Era claro que Carpatia estaba impaciente.

—Señor Moon, seguramente usted captó mi intención reciente, cuando hablé de movilizar una gran muchedumbre de refuerzo de cada tribu y cada nación que...

—Por supuesto, Soberano. Estoy trabajando en eso con el jefe Akbar...

—¡No lo creo! Walter, ¡no lo entendió! Estoy decidido a rodearme de personas que me entiendan intuitivamente.

—Excelencia, lo siento, yo...

—Pese a todas las debilidades e idiosincrasias de León, él es hombre que está conmigo, anticipando mis necesidades, deseos y estrategias. ¿Sab...

—Esa es la clase de subordinado que quiero s...

—¡Por favor, no me interrumpa!

—¡Me disculpo!

—¿Sabes dónde está León ahora?

—Supe que voló a los Estados Unidos Europ...

—¡Está en Ciudad Vaticano, Walter! Él ha convocado a reunión a los diez potentados regionales y le ha pedido a cada uno que traiga a su líder espiritual de mayor confianza y lealtad para que se les una en aquel que fuera el gran bastión de la cristiandad.

—No entiend...

—¡Por supuesto, que no! ¡Hombre, piense! En este momento me imagino que el Reverendo Fortunato está arrodillado en la Capilla Sixtina, que los subpotentados y el líder espiritual de cada región, que representará al carpatianismo en todo el planeta, le imponen las manos y lo consagran para la gran tarea que tiene por delante.

—¡Quisiera haber estado allí, Excelencia!

—¡Tú eres mi jefe de seguridad y ni siquiera sabías esto! ¡Te voy a hacer Comandante Supremo pero tienes que coger el ritmo!

—Haré lo mejor.

—León me llamó al amanecer, diciéndome con gran alivio que había ordenado destruir todas las reliquias del Vaticano, imágenes, obras maestras que homenajeaban al impotente dios de la Biblia. Hubo entre los potentados, y hasta los carpatianistas, quienes sugirieron que estos así considerados tesoros sin precio, fueran trasladados a palacio para preservar su valor y recordarnos de la historia. ¡Historia! No sé cuándo he estado más orgulloso de León. Antes que él regrese, el Vaticano quedará sin vestigios de ninguna clase de tributo a ningún dios, salvo el que mi pueblo puede ver, tocar y oír.

—Amén, Su Santidad. Usted resucitó sin duda.

—¡Por supuesto, y todo el mundo lo observaba! Ahora, cuando el otro día hablé de una hueste de reforzadores, quería que captaras que me refería al núcleo mismo de mis tropas más leales, los MMCG. Ellos ya están armados. ¡Los quiero bien apoyados, totalmente equipados! Quiero que los enlaces con nuestras municiones para que el monitoreo de ellos tenga dientes. Deberán ser respetados y temidos al punto del terror.

—Señor, ¿usted quiere que la ciudadanía se asuste?

—¡Walter! Nadie que me ame y me adore tiene que temer. Tú sabes eso.

—Sí, señor.

—Si un hombre, mujer, joven o niño tiene razón para sentirse culpable cuando se encuentra con un miembro de la Fuerza Monitora de la Moral de la Comunidad Global, entonces sí, ¡quiero que tiemblen hasta las botas!

—Entiendo, Excelencia.

—¿Walter, entiendes? Realmente necesito saberlo.

—Señor, absolutamente.

—No me importa quien te reemplace como jefe de seguridad. Todo lo que quiero que sepas es que te considero personalmente responsable por concretar este deseo.

—De dar más músculos a los MMCG.

—El eufemismo del siglo.

—¿Algún presupuesto para esto?

—Walter, dependes directamente de mí. Yo controlo el planeta, política, militar, espiritual y económicamente. Tengo un mar insondable de recursos. No ahorres un Nick en tu esfuerzo de hacer a los MMCG la maquinaria de vigencia más poderosa que haya visto el mundo.

—¡Sí, señor!

—¡Diviértete con eso! ¡Disfrútalo! Pero no te demores. Quiero un contingente completo, por lo menos cien mil tropas totalmente equipadas en Israel, para cuando yo regrese allá triunfante.

—Señor, pero eso está a sólo pocos días.

—¿Contamos con personal?

—Sí.

—¿No tenemos armamentos?

—Sí. ¿Ha levantado el embargo de las demostraciones de fuerza militar en cuanto a tanques, maquinaria de combate, bombarderos y otras armas por el estilo?

—Walter, estás entendiendo. Quiero aplastar la resistencia en Israel antes que siquiera surja. ¿De quién debo esperar oposición?

—Los judaítas y...

—Ya me dijiste que es improbable que den la cara. Ellos toman sus puestos de combate desde atrás de los árboles de la Internet. ¿De quiénes esperaré oposición de carne y hueso dentro, digamos, del mismo Jerusalén? Tú conoces mis planes.

—No por completo, señor.

—Conoces bastante para saber quiénes se enfurecerán.

—Los ortodoxos, señor. Los devotos, los judíos religiosos.

David oyó un crujido de sillas y fue evidente que Carpatia se había puesto de pie y Moon lo imitó.

—Ahora, Walter, te pregunto, ¿cuán peligrosos para mí serán esos hombres de aspecto cómico, con sus barbas, sus trenzas y sus casquetes, en cuanto vean cien mil tropas con armamento pesado, ahí, para protegerme a mí y a los que me adoran?

—No mucho, Excelencia.

—Walter, sin duda, no mucho. Buen día para ti.

David supuso que Walter todavía tenía tiempo para llegar a su cita. Su meta era hablar informalmente con Walter, halagar al señor Wong, y librarse de ambos en alguna forma a fin de poder tramar con Chang cómo irse de ahí con los otros cuatro creyentes. Se sentó, con los audífonos puestos, listo para apagar su computadora pero, cuando oyó a Carpatia que tarareaba, luego cantaba, como si estuviera componiendo una canción, probando una estrofa, mejorándola, empezando de nuevo. David escuchaba y quedó paralizado.

Finalmente, perfeccionando la melodía que sonaba militar, Carpatia cantó suavemente:

> Salve Carpatia, nuestro señor y rey resucitado;
> Salve Carpatia, reina sobre todo.
> Lo adoraremos hasta morir;
> Él es nuestro amado Nicolás.
> Salve Carpatia, nuestro señor y rey resucitado.

Justo antes de medianoche en Chicago, sólo estaban despiertos Raimundo y Zión. Todos sentían entusiasmo por el esperado retorno de Camilo y Albie con un nuevo miembro, Ming Toy. Cloé y Lea pidieron que las despertaran tan pronto como llegara el helicóptero.

Zión había estado trabajando todo el día en un mensaje nuevo, aunque no muy extenso.

—Estoy por transmitirlo —le dijo a Raimundo—, pero agradeceré que lo leas. Es un estudio interesante, pero no para principiantes. Tenemos cientos de miles de creyentes nuevos que ingresan a nuestras filas diariamente, pero también tengo que pensar en edificar a los más maduros, de la leche a la carne. Quizá llegue el día en que alguien como Jaime pueda encargarse de enseñar a los novatos.

Raimundo aceptó ansiosamente la copia impresa de Zión. Siempre se sentía privilegiado cuando era de los primeros en dar un vistazo a algo que beneficiaría a mil millones de personas.

Amados en Cristo:
De las cartas que ustedes envían al diario de mensajes, percibo algunas preguntas sobre ciertos pasajes y doctrinas, uno de los cuales trato hoy. Me anima mucho que ustedes lean, estudien, tengan curiosidad y que, tan simplemente, quieran aprender y crecer como creyentes en el Mesías. Si usted depositó su confianza en el Cristo sólo para salvación por gracia por intermedio de la fe, usted es un verdadero santo de la tribulación. Aunque todos nos regocijamos en nuestra nueva posición ante Dios —pasamos de lo viejo a lo nuevo, de muerte a vida, de las tinieblas a la luz— sin duda que todos estamos muy sobrios, pues en realidad vivimos con el tiempo prestado, ahora más que nunca.

He captado de muchos, que una de sus metas más elevadas, es sobrevivir hasta la manifestación gloriosa. Comparto ese anhelo pero deseo recordarles gentilmente, que ésta no es nuestro supremo objetivo. El apóstol Pablo dijo que vivir es Cristo, pero morir es ganancia. Mientras sería indiscutiblemente emocionante, ver al triunfante Señor Cristo regresando a la Tierra para establecer Su reinado de mil años, creo que lo tomaría positivamente, si fuera llamado al cielo por anticipado y, ver su llegada desde esa perspectiva.

Amados, ahora nuestra prioridad principal no es ni siquiera frustrar las maldades del Anticristo, aunque me dedico a ello cada día. Quiero confundirlo, reprenderlo, enfurecerlo, frustrarlo e interponerme en sus planes de todas las formas que conozco. Su finalidad primordial es elevarse a sí mismo, la adoración de su persona y la muerte y destrucción de todos los que, de no rendirse a sus caprichos, llegarían a ser santos de la tribulación.

Así, pues, por noble y valioso que sea el objetivo de ir a la ofensiva contra el perverso, creo que podemos hacerlo con suma efectividad, enfocándonos en persuadir a los indecisos para que abracen la fe verdadera. Sabiendo que cada día pudiera ser el último, que podemos ser hallados y arrastrados a un centro de aplicación de la marca, para ahí decidir morir por causa de Cristo, debemos dedicarnos con más urgencia que nunca a nuestra tarea.

Muchos han escrito con temor, confesando que no creen tener el valor o el carácter para escoger la muerte y no la vida cuando sean amenazados con la guillotina. Como compañero peregrino de este viaje de fe, permitan que confiese que tampoco entiendo esto. Soy débil en mi carne. Quiero vivir. Me asusta la muerte pero más que eso, temo morir. El sólo pensar que me separen la cabeza del cuerpo, me repugna tanto como a cualquiera. En mi peor pesadilla me veo, de pie ante los funcionarios de la CG como una masa temblorosa y débil que no puede hacer nada sino rogar por su vida. Me imagino rompiendo el corazón de Dios al negar a mi Señor. ¡Ay, qué cuadro tan espantoso!

En mi imaginación más odiosa, fallo a la hora de la prueba y acepto la marca de la lealtad que, todos sabemos, es el signo maldito de la bestia y todo porque aprecio mucho mi propia vida.

Amigo, ¿es ese su temor? ¿Se siente bien mientras esté escondido y puede sobrevivir de alguna forma? Pero, ¿presiente que un día se verá obligado a declarar públicamente su fe o negar a su Salvador?

Le tengo una buena noticia, la cual ya reconocí es difícil de entender, aun para mí, habiendo sido llamado a pastorearlo a usted y a exponerle la Palabra de Dios. La Biblia nos dice que en cuanto uno está sellado por Dios como creyente o acepta la marca de la lealtad al Anticristo, esta es una decisión absoluta, de una vez por todas. En otras palabras, si decidió por Cristo y el sello de Dios es claro en su frente, ¡usted no puede cambiar de idea!

Eso me dice que de alguna forma, cuando nos enfrentamos a la prueba definitiva, Dios vence milagrosamente nuestra egoísta carne pecaminosa, y nos da la gracia y el valor para decidir correctamente a pesar de nosotros mismos. Mi interpretación de esto es que seremos incapaces de negar a Jesús, incapaces hasta de elegir la marca que nos salvaría temporalmente la vida.

¿No es este un pensamiento bendito? Tendría las mismas probabilidades de lograr esto en mi carne, como de cruzar a nado el Pacífico. He oído relatos de creyentes del pasado, a los que se les pidió que negaran su fe a punta de pistola, y no obstante se mantuvieron firmes, muriendo por ello. Yo nunca me he visto con esa clase de firmeza.

Aun desde la última vez que les escribí, supe de uno que estuvo entre los primeros en enfrentar esta prueba. No tenemos el relato de testigos presenciales, nadie nos contó cómo se desarrolló la escena, pero sabemos que de todos los implicados en el proceso de aplicación de la marca en ese lugar específico (que debo mantener confidencial, naturalmente) sólo un varón rechazó la marca. Conociendo las consecuencias, él optó por morir, antes que negar a Jesucristo.

Se me rompe el corazón por sus seres queridos. ¡Qué horrorosa imagen para sazonar el duelo de uno! Pero ¡cuánto emociona saber que Dios fue fiel! Él estuvo ahí, en la hora más oscura. Y este amado santo es uno de los mártires bajo el altar de Dios, con su túnica blanca como la nieve.

Puesto que el Anticristo y el falso profeta difunden su mensaje de mentiras, odio y falsa doctrina por el mundo, forzando a millones a adorar al mismo Satanás y amenazando con decapitar a los que se nieguen, bueno sería para nosotros que nos aprendiéramos de memoria un versículo del

Apocalipsis de Juan. En el capítulo 20 versículo 4, escribe como parte de la visión dada por Dios:

Y vi las almas de los que habían sido decapitados por causa del testimonio de Jesús y de la palabra de Dios, y a los que no habían adorado a la bestia ni a su imagen, ni habían recibido la marca sobre su frente ni sobre su mano; y volvieron a la vida y reinaron con Cristo por mil años.

¡Sus seres queridos que fueron llamados a lo que el mundo calificara de fin innoble y sangriento, volverán con Cristo en Su manifestación gloriosa! ¡Ellos vivirán y reinarán con Él por mil años! ¡Gloria a Dios Padre y a Su Hijo Jesús, el Cristo!

En cuanto a usted y yo, amigo mío, ¿estaremos entre ésos? ¡Oh, qué privilegio!

Apocalipsis 14:12-13:

Aquí está la perseverancia de los santos que guardan los mandamientos de Dios y la fe de Jesús. Y oí una voz del cielo que decía: Escribe: "Bienaventurados los muertos que de aquí en adelante mueren en el Señor." Sí —dice el Espíritu— para que descansen de sus trabajos, porque sus obras van con ellos.

Y ¿qué será de los que disfrutan temporalmente del favor del príncipe de este mundo? ¿Qué de aquellos que eludieron la guillotina y parecen prosperar? Por alentadoras que sean las Escrituras para los que están lavados con la sangre del Cordero, miren cuán espantoso puede ser para los que escogen su propio camino. En Apocalipsis 14:9-11, Juan cita a un ángel:

Entonces los siguió otro ángel, el tercero, diciendo a gran voz: Si alguno adora a la bestia y a su imagen, y recibe una marca en su frente o en su mano, él también beberá del vino del furor de Dios, que está preparado puro en el cáliz de su ira; y será atormentado con fuego y azufre delante de los santos ángeles y en presencia del Cordero. Y el humo de su tormento asciende por los siglos de los siglos; y no tienen reposo, ni de día ni de noche, los que adoran a la bestia y a su imagen, y cualquiera que reciba la marca de su nombre.

Usted no tiene que ser un erudito en Biblia para entender eso.

Ahora bien, preciosos hermanos y hermanas, permitan que intente aclarar algunos pasajes que suscitan interrogantes. En el Salmo 69:28, el salmista implora al Señor acerca de sus enemigos:

Sean borrados del libro de la vida, y no sean inscritos con los justos.

Éxodo 32:33 dice:

Y el Señor dijo a Moisés: Al que haya pecado contra mí, lo borraré de mi libro.

Estos textos han hecho que, naturalmente, algunos teman perder su salvación pero mi observación indica que el libro aludido en esos versículos es el libro de Dios Padre en el cual están escritos los nombres de toda persona que Él creó.

El Nuevo Testamento menciona el Libro de la Vida del Cordero, y sabemos que Jesús es el Cordero pues Él es aquel al cual se refería Juan el Bautista (Juan 1:29) cuando dijo: *"He aquí el Cordero de Dios que quita el pecado del mundo"*.

Jesús el Cristo vino al mundo a salvar pecadores, y por eso, el Libro de la Vida del Cordero es aquel libro en el cual se anotan los nombres de los que recibieron Su regalo de vida eterna.

La diferencia más importante de estos dos libros es que queda claro que una persona puede hacer que su nombre sea borrado del Libro de los Vivos. Pero en Apocalipsis 3:5 el mismo Jesús promete: *"Así el vencedor será revestido de vestiduras blancas y no borraré su nombre del libro de la vida, y reconoceré su nombre delante de mi Padre y delante de sus ángeles"*.

Los vencedores a que Él se refiere son los vestidos con los ropajes blancos del mismo Cristo, garantizando así que su nombre no puede ser borrado del Libro de la Vida del Cordero.

Para mí, el Libro de los Vivos es un retrato de la misericordia de Dios. Es como si en amorosa anticipación a nuestra salvación, Él escribe el nombre de cada persona en ese Libro. Si uno muere sin confiar en Cristo para salvación, su nombre es borrado porque ya no está más entre los vivos. Pero aquellos que confiaron en Cristo están inscritos en el Libro de la Vida del Cordero, de modo que cuando experimentan la muerte física, siguen vivos espiritualmente y nunca son borrados.

———

Raimundo tuvo que reconocer que también se había preocupado por su propia reacción, de tener que enfrentarse a la guillotina. Quería ser veraz y fiel al que murió por él y volver a ver a su familia. Pero si fallaba y resultaba ser un cobarde, se preguntaba si perdería su posición ante Dios.

—Zión —dijo—. Yo no cambiaría ni una palabra. Esto animará y consolará a millones. Ciertamente lo hizo conmigo.

VEINTE

David no podía quedarse quieto. ¿Cómo iba a salir bien de esto? Quizá debiera mostrarse desinteresado en Chang como empleado. ¿Se lo creerían? Se puso de pie y paseó de un lado a otro, enderezándose la corbata y abotonándose la chaqueta del uniforme.

Cuando Moon, el señor Wong y Chang llegaron por fin, David se desconcertó con el aspecto de Chang. Chico de diecisiete años, delgado, de piel clara, vestía pantalones de uniforme, una camisa sencilla, una chaqueta liviana con el cierre subido hasta el cuello, y una gorra roja de béisbol calada hasta los ojos. Evidentemente estaba muy enojado, sus ojos miraban todo menos a David.

Moon y el señor Wong estaban contentos, riendo y hablando fuerte.

—¿Alguna vez vio a un niño tan asustado? —decía el señor Wong.

—¡No puedo decir que sí!

Tiffany los hizo pasar y David estrechó las manos, primero de Walter, luego del señor Wong que dijo: —Chang, saca sombrero por reunión.

Por primera vez, desde que los había visto en el funeral de Carpatia, David vio que Chang hacía caso omiso a su padre. El anciano enrojeció, dejó de sonreír, fingió una sonrisa, estrechando la mano de David: —¡Hizo sacar sombrero por foto!

Moon se rió por el recuerdo, fuera lo que fuera.

David extendió la mano a Chang. Este pasó el gesto por alto y permaneció con los ojos bajos. Su padre casi reventó.

—¡Chang, estrecha mano con el jefe!

El muchacho extendió su mano con pereza pero no apretó cuando David lo hizo. Fue algo así como agarrar un pez. David creyó ver una lágrima que rodaba a la boca del muchacho. Quizá esto era para bien. Si David pretendía sacarlo de aquel lugar en pocos días, sería mejor que no actuaran con cortesía mutua.

Walter Moon dijo: —Él resucitó.

El señor Wong y David respondieron: —Él resucitó sin duda. —David se asombró de oír que Chang murmuraba: "Cristo resucitó sin duda".

Chang podía considerar que eso era santo valor, pero David lo veía como imprudencia de adolescente. Nadie más pareció haberlo escuchado.

—Siéntense, caballeros, por favor —dijo David—. Quisiera hablar a solas con el candidato, pero probablemente sea bueno que ustedes dos estén aquí, Jefe Moon y señor Wong. Yo estuve estudiando el manual de Personal, y francamente no veo cómo no tener en cuenta el tema de la edad en este caso.

—¿El tema de la edad? —dijo el señor Wong, mostrándose impactado—. ¿Qué es eso?

—Bueno —dijo Chang y se puso de pie para irse.

—¡Siéntate! ¡Preocupa modales! ¡Tú aquí invitado y entrevista para puesto!

Chang se desplomó lentamente, quedándose como desmadejado y cruzó los pies.

Moon calmó con un gesto la preocupación de David.

—Su Excelencia ya descartó eso, y...

—La política no admite excepciones —insistió David.

—David —dijo Walter con lentitud, evocando el modo de hablar que escuchó de Carpatia dirigiéndose a Moon—, el Soberano *es* la política. Si él determina que el intelecto fuera de toda medida y el conocimiento de computación de este joven, son valiosos para la Comunidad Global, entonces es trato hecho.

David respiró, decidiendo pasar a la ofensiva.

Pero Moon no había terminado. —Usted sabe que el Soberano Carpatia ya dio vía libre a Chang para que termine su último año de secundaria aquí y, por supuesto, entonces le ofreceremos asimismo clases universitarias.

—Yo tenía la impresión de que la escuela de aquí era para beneficio de los *hijos* de los empleados —probó David.

—No creo que a los maestros les interese quiénes son los padres de los alumnos. David, dígale al señor Wong lo que usted tiene en mente para Chang.

El señor Wong, sonriendo, se inclinó hacia delante para asimilarlo todo.

Aquí no va nada, pensó David. —Yo lo veo terminando su secundaria en China y comenzando su carrera en cualquier otro lugar, menos acá.

La sonrisa del señor Wong desapareció. —¿Qué? —dijo volviéndose a Moon.

—¡David! —dijo Walter—. ¿Qué...

—Mírelo —dijo David y ambos hombres se dieron vuelta para mirar a Chang, que contemplaba fijamente el suelo, con las manos en los bolsillos.

—Siéntate, muchacho. Ya tú sabes. Me avergüenzas —Chang hizo un débil esfuerzo por enderezarse y levantó un par de centímetros la barbilla pero permaneció como el mismo retrato de la insolencia. Su padre se estiró para tirar del hombro de la chaqueta del muchacho y Chang se alejó. El señor Wong lo fulminó con la mirada.

—Él no quiere trabajar aquí —dijo David—. Es joven, inmaduro, sencillamente no está listo. No dudo de sus méritos ni de su potencial, pero dejemos que resuelva sus problemas con el dinero ajeno.

—Bueno, bueno, no nos precipitemos David —dijo Moon—. El muchacho acaba de pasar por un leve trauma. Estaba asustado pero así y todo, pasó por eso y, claramente, sigue un poco estremecido.

David ladeó la cabeza como si estuviera dispuesto a considerar la disculpa.

—¿Oh?

—Sí —dijo el señor Wong—. Está fastidiado. Él, asustado de aguja. No quería inyección. Gritó. Lloró. Intentó escaparse pero lo sujetamos. Un día me agradecerá. Quizá mañana.

—¿Y él necesitaba una inyección para qué?

—¡Micloplocesador! —anunció orgullosamente el señor Wong—. ¡Uno de los primeros en tenerlo! ¿Ve?

Tocó la gorra del chico pero Chang se paró nuevamente y le dio la espalda a su padre. David luchó por mantener la compostura. Ahora, ¿qué? ¿*Cómo* había podido dejar que esto sucediera?

—¿Cuándo? —expresó súbitamente—. ¿Cómo?

—Esta mañana —dijo Walter—. Yo esperaba que estuvieran listos para él. Tomamos una foto en el momento y todo. Pero en realidad no lo estaban. Íbamos a esperar hasta más tarde pero ellos notaron que yo me había tomado muchas molestias, así que cuando enchufaron la primera unidad y estuvo lista para funcionar, la probaron y, luego, lo hicieron el primer receptor de aquí. Aunque no estoy seguro de que la foto sea muy buena. El muchacho no estuvo más feliz allá, que aquí.

David dijo: —Bueno, eso es... ah... eso es...

—¿Algo, eh? —dijo Walter—. Pienso que él está contento de haber terminado con eso y, si es sincero, admitirá que no dolió nada.

—¡Yo orgulloso! Hijo será pronto, verá. Pero ahora listo para trabajo. Edad no problema. Escuela no problema. Este es lugar para él.

—Quizá la Comunidad Global —dijo David con voz hueca. ¿Cómo iba a explicarle eso a Ming?— Pero no en mi sección.

—David, no sea ridículo. Acabamos de explicar su actitud. Usted y yo sabemos que no hay un lugar mejor para él.

—Entonces, usted acéptelo. Yo no lo quiero. No tengo la energía para intentar ganarlo mientras lo entreno.

—*Tengo ganas* de aceptarlo David. Él hará que cualquiera parezca un genio. Mejor que sea yo.

David se paró y abrió los brazos, con las palmas hacia arriba.

— Fue bueno volver a verlos.

Chang empezó a levantarse pero su padre lo detuvo con una mano. El hombre miró a Walter.

—David, siéntese —dijo Moon—. Nosotros le damos unos minutos a solas con Chang, déjelo que él se lo gane.

—No hay suficientes flores ni cajas de dulces en los Estados Unidos Asiáticos.

—Averigüe qué es lo que le molesta. Si no es más que el trauma del procedimiento, él merece otra oportunidad. ¿Qué dice?

—Supongo que usted se irá corriendo donde el Soberano si yo no estoy de acuerdo.

Moon se paró, indicando a David que hiciera lo mismo. Se estiró acercándose a él por encima del escritorio y llevó la oreja de David a su boca.

—Esta no es forma de comportarnos frente a extraños, particularmente un patriótico apoyador de la CG, como es el señor Wong. Usted tiene toda la maldita razón de que iré directo a la cumbre. Usted sabe que Carp... Su Excelencia, quiere que este muchacho forme parte del personal, así que siga con el programa —soltó a David y se volvió al señor

Wong—. Démosle unos pocos minutos para que se conozcan.

El señor Wong le hizo una reverencia a su hijo cuando salía.

—Tú hace orgulloso, y lo digo —pero Chang desvió la vista.

En cuanto se cerró la puerta, Chang se puso de pie y se sentó en la silla del centro, enfrentando a David. Retomó su postura desafiante. David se sentó apoyando un codo sobre el escritorio, la barbilla en la mano, mirando fijo a Chang, que no le daba la cara. El muchacho masculló:

—¿Están abiertas las persianas detrás de mí? —todavía mirando a otra parte.

—Sí.

—Ciérrelas.

—Chang, eso daría malas señales. Si están observando quiero que vean que tú no me gustas demasiado, que es exactamente lo que ahora siento.

—¿Todavía están allá afuera?

—Sí.

—Entonces cierre las persianas o dígame cuando se van.

—Están yéndose.

—Bueno, entonces espere hasta que ya no se vean para que pueda cerrarlas sin que lo malinterpreten, así no tengo que preocuparme de que alguien más, por ejemplo su secretaria, pase por aquí y mire.

—Asistente.

—Lo que sea. Tiffany. ¿Correcto?

—Observador.

—No se me escapa nada, como el hecho de que ella no es creyente.

—Intento hallar una forma de trabajar eso.

Era enervante que Chang siguiera desplomado en el asiento, mirando para abajo.

—Usted no puede dejar que ella sepa cuál es su postura por temor a que lo denuncie.

—Por supuesto.

—Por favor, ¿pudiera cerrar las persianas?

—No hasta que me digas qué vas a hacer.

—Esperaré —dijo Chang.

David se paró y cerró las persianas.

—Hijo, ¿qué se suponía que hiciera? No sabía...

Al volver David a su lado del escritorio, Chang se enderezó.

—No me diga hijo. Lo detesto —se sacó bruscamente la gorra—. ¡Míreme! ¡Mire lo que me hicieron!

David se inclinó por encima del escritorio para estudiar la marca de la lealtad de Chang. Era la primera que había visto que no fuera el dibujo.

—Esto es raro —dijo.

—¿Es noticia para mí?

—No, quiero decir que, obviamente, luce diferente para mí y así será para cualquier creyente. Podemos ver las dos marcas. El sello de Dios sigue ahí, Chang —David no podía desviar los ojos del pequeño tatuaje negro que mostraba un 30 y estaba seguido por una cicatriz rosada de un centímetro que, en pocos días, sería una línea más oscura—. Todavía no he averiguado el significado de los prefijos —agregó David.

—¿Habla en serio?

—Siempre.

—No me diga que ni siquiera sabe por qué Carpatia está tan obsesionado con el 216.

—Por supuesto —dijo David—. Eso fue más bien transparente. Fácil.

—La misma lógica elemental de estos. Diez regiones diferentes o subpotentadurías, como le gusta decir a Carpatia. Nosotros los conocemos como reinos. Diez prefijos diferentes, todos relacionados con Carpatia. Quiero decir, el hecho que uno sea 216 debiera haber sido su primer indicio.

—Chang, no me lo digas. Lo entenderé.

—Ya debiera entenderlo.

—Puedes ilustrarme más. No sé cómo podría haber prevenido esto. El juego no sirvió. Tu hermana me va a matar. Y, suponiendo que desees irte de aquí tanto como anhelan Ming y los otros cuatro creyentes, ¿de qué sirvió eso?

—¿Puede creer que mi padre y Moon pensaron que tuve una pataleta porque tenía miedo a las agujas?

—Me alegra que no gritaras que eres creyente.

—Hassid, bueno, ¿qué soy ahora?

—No te gusta que te digan hijo... así que no me digas Hassid.

—Perdón. ¿Qué le gusta?

—Señor Hassid o Director Hassid mientras estemos aquí. Una vez afuera, señor o hermano estará bien.

—Usted habla como un viejo.

—Eso es porque tú eres joven. En cuanto a tu identidad, con ambas marcas, por cierto que debes estar en una categoría especial.

—Pero todo eso que escribe el doctor Zión Ben Judá sobre escoger entre el sello de Dios y la marca de la bestia. Yo elegí y tengo ambas. ¿Entonces qué?

David se sentó moviendo la cabeza. Chang ladeó la suya y frunció los labios.

—No es que yo no sepa en realidad, *señor* Hassid. Sólo que sigo examinándolo. ¿No es usted tan brillante como piensan, o durmió poco? No puede descifrar los prefijos, no puede...

—Primero, *no* soy tan brillante como piensan que soy pero pudiera sorprenderte *a ti*.

—Señor, no trato de ser irrespetuoso. En realidad, no lo soy. Pero usted ya me sorprendió por el tiempo que le lleva entender que las cosas tengan sentido.

—También he estado bajo presiones desacostumbradas durante meses, y peor en las últimas dos semanas.

—Sí. Lo siento por su..., ¿estaba comprometido? ¿Ella era su novia?

—Sí, en secreto. Gracias.

—Eso desestabiliza a cualquiera. Es comprensible.

—Entonces, estás enojado por tener la marca pero ¿ya le encontraste algo de sentido a eso?

Chang se echó para atrás en el asiento y cruzó las piernas.

—Usted conoce personalmente a Zión Ben Judá, ¿no?

—No nos hemos presentado, pero trabajamos juntos.

—¿Tiene su número de teléfono?

—Por supuesto.

—Bueno, pudiera llamarlo para confirmar o deme el número y yo mismo hablaré con él.

—Ni lo pienses.

—Está bien. Usted lo llama entonces y ve si tengo razón. Soy creyente. Eso no ha cambiado. La Biblia dice que nada nos puede separar del amor de Cristo, y eso tiene que incluir a nuestro propio yo. Y Dios dice que estamos escondidos en el hueco de Su mano y nadie nos puede sacar de ahí. Yo no escogí la marca. Me la impusieron a la fuerza. No veo nada sino ventajas.

—¿Entonces, por qué la tremenda escena?

—No me doy cuenta inmediatamente *de todo*. Ciertamente no *quería* la marca. Pretendía encontrar una forma de evadir eso, justo hasta el momento en que me sujetaron. No tiene que gustarme pero lo hecho, hecho está y un tipo inteligente como usted debiera ser capaz de ver el lado bueno de esto.

—Dímelo tú, oh, gran intelecto.

—Bueno, ahora se burla de mí. Olvídelo. De todos modos. No debiera habérselo dicho.

David se paró, se puso al frente del escritorio y se sentó encima, con las rodillas a centímetros de las de Chang.

—Bueno, escucha. Es evidente que eres un prodigio mental, que tienes una mente como una trampa de acero, todo eso. Supe que eras un fenómeno para memorizar la Biblia, lo que es mucho dado que no te puedes arriesgar a ser sorprendido con una. ¿Aprendiste todo eso leyéndola en la Red?

Chang asintió.

David continuó. —Yo no pretendo ser el más inteligente en la sala, sin importar donde esté. No siempre fue así, especialmente cuando tenía tu edad. Disfrutaba no sólo de abrumar a los mayores con mi cerebro, sino también haciéndolos reconocer quién era el rey. ¿Quieres que me tire al suelo, que te bese los pies? Estupendo. Tú eres el mejor, eres más inteligente que yo. Soy un jornalero, un atorado, comparado contigo. ¿Eso es lo que quieres oír? No me molesta en realidad, que estés unos cuantos pasos más por delante de mí. No. Lo que me fastidia es que tú supongas que me incomoda, porque a ti te molestaría si la situación fuera al revés. Entonces, yo me pongo a la defensiva, pretendiendo probar que no me afecta, y esto hace que parezca que sí me fastidia. ¿Estás entendiendo esto?

Chang sonrió. —Sí, lo capté.

—Entonces, ilumíname y deja de andar fanfarroneando. ¿Qué vas a hacer con esta "ventaja" como la llamas, siendo bileal por falta de una palabra mejor? Y ¿de qué sirve a esa causa actuar enojado conmigo, cualquiera que esta sea?

—Me alegra que pregunte. ¿Puedo empezar por el principio?

David asintió.

—Primero, me gusta la palabra "bileal". Esa es la apariencia que tiene. Esta frente va a molestar a los creyentes. Ellos sólo pueden suponer que la marca del sello es la falsa, ya que nadie falsificaría la de la bestia. Van a necesitar cierta persuasión y, si yo estuviera en su lugar, no confiaría nunca.

»Pero los leales de Carpatia... ellos no pueden ver el sello de Dios y no tienen razones para creer que la marca de la lealtad sea otra cosa, sino lo que ven. Por tanto, tengo la libertad para vivir entre ellos, comprar y vender, ir y venir, hasta trabajar aquí sin sospechas y, si tengo cuidado, sin riesgos.

—Chang, eres bueno. Pero eso último fue un pensamiento muy de adolescente.

Chang aparentó meditar en ello y luego asintió.

—Quizá sea así, pena que no tenga cerca un anciano como usted, que me impida ser muy impetuoso e impulsivo.

—Estoy empezando a sentirme anciano.

—Director, lo es. Piense cuán pocos son los años que le quedan en la tierra, como la conocemos.

—Cómico.

—La cuestión es ¿cómo salen usted y sus tres amigos de aquí y cómo consigo yo su puesto?

—Tú no vas a tener mi puesto.

—Pudiera hacerlo.

—Quizá puedas, pero ni siquiera Carpatia es lo bastante necio como para arriesgarse. Tienes que abrirte camino hacia arriba y yo tengo una idea de quién pudiera tomar mi lugar. Tú terminarás trabajando para él.

—Qué lástima, si usted tiene la razón.

—Tengo la razón. Eres muy inteligente, usa un poco de sentido común. No van a poner a un adolescente en el puesto de un director. No lo harán. Piénsalo. Yo soy el director más joven ahora, ya por ocho años.

—Felicitaciones.

—No se trata de eso. Si vas a quedarte aquí y ser un espía mejor que yo, porque la marca te ofrece una credibilidad incuestionable, tienes que ser estratégico. Elige tus puntos. Haz lo que puedas.

—¿Cuáles son, en su opinión?

—Puedo enseñarte todo lo que sé, antes de irme.

Una sonrisa jugueteó en los labios de Chang.

—¿Qué? —dijo David—. Sé que te mueres por decir algo.

—Que enseñarme todo lo que sabe no tomaría mucho tiempo. Es un chiste. Vamos.

—Un auténtico comediante . Bueno, por lo limitado que soy, me gustaría pensar que te asombrarás con lo que he hecho aquí y lo que tengo instalado. Mi mayor preocupación es que mi acceso remoto sirva solamente mientras ellos operen con el sistema actual.

—Ya no tiene que preocuparse más por eso —dijo Chang.

—¿Por qué?

—Yo estaré aquí.

—Pero no vas a ser director. No será tu función establecer en cuál sistema operen o a cuál cambian.

—Pero yo puedo adaptar lo que usted tiene instalado, para trabajar de ambas formas.

—Probablemente sí.

—Sé que puedo.

David se tapó la boca con la mano, pensando. ¿Por qué *no había* visto inmediatamente las posibilidades?

—En parte tu confianza es atrayente. En parte me repele.

—Señor, gran parte es pura actuación.

—¿De veras?

—Seguro. Toda la cosa de aquí dentro fue una actuación. El presionarlo un poco a usted para que reaccionara, fue por diversión. Yo sólo le estoy demostrando cómo encajaría aquí. Ser un poco sarcástico, un poco condescendiente. Pellizcar a la gente. ¿Cree que van a pensar que soy un judaíta?

—Sólo me pregunto qué hay realmente dentro de ti, Chang.

—¿Qué quiere decir con eso?

—Espiritualmente. Tu hermana es una guardiana ruda.

—Ella puede pegarme duro.

—Pero brilla con espiritualidad, con humildad. Ella tiene una cualidad realmente como Cristo.

—Cuando lidia con las reclusas, no.

—Supongo que no, pero ¿qué hay en ti, Chang? ¿Sabes quién eres y quién no eres? ¿Entiendes la profundidad de tu propia depravación y te das cuenta de que Dios te salvó cuando tú aún estabas muerto en tus pecados?

Chang asintió, manteniendo el contacto visual.

—Sé que pudiera hacer mucha más introspección pero, sí, lo sé. Y aprecio que me lo recuerde.

—Muy bien. Chang, tengo un plan.

—Eso me da ánimo. Yo también. Pero yo tuve un poco más de tiempo para pensar el mío, así que empiece usted.

—Empezaré porque soy el mayor. Tengo más rango que tú y yo te estoy entrevistando. Tú no eres siquiera un empleado todavía.

—Me rindo. El mío será mejor de todos modos, así que, adelante... ¡Hacía bromas!

—Mantén la misma actitud frente a la gente de aquí y tu padre, pero dale un poquito de alivio antes que se vaya. Él tiene que creer que por lo menos estás conforme con estar en este lugar. No actúes impresionado conmigo.

—Eso no será difícil.

—¡Muy bien!

—Escucho.

—Apuesto que sí. Acepta, de mala gana, que quieres trabajar aquí y que supones que este es el departamento más apropiado, aunque no te impresionas mucho con eso. No querrás parecer muy ansioso. Ellos están muy entusiasmados contigo, entonces deja que sigan así. Muéstrate un poco difícil de convencer. En cuanto a mí, yo no actuaré mucho más emocionado de lo que parecía delante de Moon y me limitaré a asignarte al tipo, que supongo, me reemplazará. Fuera de horas de trabajo, nos encontraremos, principalmente por teléfono y correspondencia electrónica, y te mostraré lo que he instalado. Durante el día tú trabajas con él. No lo enajenes porque rápidamente estarás en segundo puesto. Puede que hasta debas controlarte de tal modo, que no te conviertas demasiado en estrella. Deja que se olvide de ti mientras te tenga confianza. De ese modo serás más valioso para nuestra causa. ¿Tiene sentido?

—¿Acaba de pensar todo eso, justamente ahora?

—No empieces.

—Hablo en serio. Esas eran exactamente mis ideas. Y no hay nada que quiera más que usar cada don que Dios me ha dado para ser, como dijo, valioso para la causa. ¿Seré miembro del Comando Tribulación? o ¿tendré que vivir en la casa de refugio para eso?

—Ellos me consideran miembro. Por supuesto, esto es como el centro nervioso. Ellos dependen de lo que hagamos aquí para allanarles el camino y facilitarles libertad de movimiento y acción.

—Así que tienen que adoptarme bastante pronto.

—Me lo imagino.

—¿Puedo darle la mano, ya que nadie está mirando? —David se la dio y Chang la apretó fuerte—. No me tome muy en serio. Sólo que me gusta sacudir un poco la mente de los demás.

—Supongo que pocos pueden competir contigo —dijo David.

—Bueno, usted puede, por cierto.

—Voy a dejar que te vayas y no hagas ni digas nada. Deja que ellos pregunten qué decidí. Entonces, yo diré, con remilgos, que pudiera usarte si ellos insisten. De esa forma, seguimos manteniendo distancia.

—Así, cuando usted se escape, ellos no pensarán que yo tuve algo que ver en eso.

—Más o menos eso, pero en realidad...

—Perdóneme, señor Hassid, pero ¿usted ha pensado en hacer que sus desapariciones no parezcan como que están huyendo de la marca?

David movió la cabeza negando. —Chang, ¿me concedes unos minutos?

VEINTIUNO

Una semana antes del ampliamente difundido retorno triunfal a Jerusalén del resucitado Nicolás Carpatia, Raimundo Steele convocó al Comando Tribulación de los Estados Unidos Norteamericanos a una reunión a las ocho de la noche, en la zona común cerca de los ascensores de la Torre Fuerte.

Pesaroso por el pastor griego que había conocido sólo brevemente, y por la querida esposa de Laslo, se sentía nervioso y se esforzaba para que no se notara. Dios lo había restaurado al liderazgo y estaba decidido a cumplir con su deber. Mientras los demás se ubicaban en sus puestos, Raimundo revisó las hojas con las esquinas dobladas de su libreta de apuntes y carraspeó. Esperaba no emocionarse y le preocupaba que eso le restara confianza a su autoridad. Pero no pudo controlar su voz temblorosa desde la primera palabra.

Eran once, incluyendo a Raimundo, Camilo, Cloé, los tres miembros originales del Comando Tribulación que sobrevivieron, y Keni Bruce. También estaban, por orden de incorporación, Zión, Lea, Albie, Jaime, Zeke, Patty y Ming.

—Es importante —dijo Raimundo— que siempre recordemos a nuestra extensa familia. En Grecia queda solamente

Laslo. En Nueva Babilonia tenemos a David, Max, Abdula, Hana Palemoon y Chang Wong. Quizá antes de lo imaginado, estaremos todos juntos. Mientras tanto, agradezco a Dios por cada uno de este equipo.

Raimundo le pidió a Zión que orara y cada uno de los presentes en el lugar, se pusieron de pie o se arrodillaron espontáneamente cuando él empezó.

—Dios, Padre nuestro, venimos a ti, débiles, frágiles y heridos. Muchos de los presentes hemos perdido tanto, y no obstante, te agradecemos tu gracia y tu misericordia. Eres un Dios bueno, lleno de amorosa bondad. Oramos por cada miembro de nuestra familia y, especialmente, por los planes que tienes para nosotros justamente dentro de siete días.

»Nos consuela comprender que tú te interesas, aun más que nosotros, por nuestros seres queridos. Esperamos el momento en que te veamos cara a cara y rogamos que nos permitas el gozo de conducir a muchos más a ti. En el nombre de Jesucristo. Amén».

Mientras los demás volvían a sus sitios, Raimundo tomó de nuevo la palabra.

—Tengo tareas asignadas a cada uno. Los que siguen se quedarán aquí durante lo que llamaremos Operación Águila: Cloé y Keni, Ming, Zeke, y Zión. Preveo usar más a Ming pero, por ahora, ella ha sido reportada como ausente sin permiso del sistema penal de la CG, y eso la hace muy vulnerable. Cambiar su aspecto será una prueba verdadera de las destrezas de Zeke. Mientras tanto, él ha creado nuevas identidades, aspectos, nombres y documentos para todos los que los necesitan.

»Albie y yo iremos mañana en el avión de combate y el Gulfstream a Mizpe Ramon, en el Negev para supervisar la terminación de una pista de aterrizaje apartada y de un centro de reabastecimiento de combustible para el rescate aéreo. Camilo y Jaime irán a Jerusalén en un vuelo comercial, disfrazados y con nombres falsos. Jaime se hospedará en el reconstruido Hotel Rey David, esperando confrontar a Carpatia cuando éste entre a Jerusalén. Camilo irá a Tel Aviv y regresará a Jerusalén a tiempo para el regreso de Nicolás.

»Patty y Lea irán a Tel Aviv en un vuelo comercial, y procesarán los vehículos y choferes voluntarios, que ayudarán a evacuar a los creyentes desde Jerusalén a las llanuras del Negev, cuando esto sea necesario. Ellas controlarán también la llegada de Carpatia y, así como Camilo, Pattyn se mezclará con la muchedumbre para mirar el espectáculo aéreo que nuestros hermanos y hermanas de Nueva Babilonia planean ofrecerle al Soberano, y seguirá a la comitiva de Carpatia a Jerusalén.

»Lea usará un vehículo alquilado para reunirse en Jordania con los cuatro de Nueva Babilonia, en el anteriormente llamado Aeropuerto Internacional Reina Alía, ahora conocido como Resurrección Internacional. Lea llevará al contingente de Nueva Babilonia al lugar del rescate aéreo, y ellos volarán de regreso a los Estados Unidos con Albie y conmigo al terminar el rescate. ¿Preguntas?

Jaime levantó la mano.

—Sólo tengo miles de preguntas pero ¿no es hora de que mi maestro, que debiera respetar a su anciano alumno, revele la ciudad de refugio?

Zión sonrió y miró a Raimundo.

—Pronto todos deben saber adónde se dirigen los santos fugitivos después de llegar al lugar del rescate aéreo en el Negev. S, Jaime, te has dedicado a tus estudios y mereces saber adónde conducirás al pueblo. Es una ciudad que has conocido toda tu vida. Sin duda que has oído muchas historias sobre ella y no me sorprendería saber que en realidad fuiste a verla como turista. Es una de las ciudades antiguas más famosas del Oriente Medio. Algunos la llaman la Ciudad Rosada.

Los ojos de Jaime cobraron vida. —¡Petra! —dijo—. ¡En la antigua tierra de Edom!

—La misma —dijo Zión.

—Debiera haberlo imaginado. Nos será difícil entrar a nosotros, mucho más a un ejército perseguidor.

—Efectivamente, Jaime, Dios les hará imposible la entrada. Él tiene planeados obstáculos especiales, como los que no se han visto desde los días del primer éxodo. Dime, ¿has estado en Petra?

—Dos veces cuando era joven. Nunca lo puedo olvidar. Oh Zión, esto es un golpe de genialidad.

—Tiene que ser. Estoy de acuerdo con incontables académicos que dicen, que Dios lo ha planeado para este mismo propósito desde el comienzo.

———

Lo más difícil para David fue planear la fuga de los cuatro creyentes sin reunirse con Hana. Era lógico que se reuniera con Max y Abdula que, en definitiva, le rendían cuentas a él. Y mientras David tenía que ser circunspecto y no demasiado evidente, pasó algo de tiempo con Chang sin que se arquearan cejas. Lo que realmente quería era reunirse con los cuatro para tramar cuidadosamente todo el escenario. Lo consiguió con llamadas telefónicas y cartas electrónicas de conexión segura.

Chang resultó aun mejor de lo que David podía esperar. Aunque joven e impetuoso, era más que un genio de la computación. También era un buen actor, y sencillamente prestaba sus servicios al departamento, impresionando a su superior inmediato con su laboriosidad. Cuando sus padres regresaron a China, le asignaron habitaciones permanentes y, él y David diseñaron e instalaron una computadora con defensas electrónicas inexpugnables que realizaba el mismo trabajo que la de David.

El Comando Tribulación tendría acceso a todo lo que David había instalado en el sistema de palacio desde cualquier parte del mundo. Pero sobre todo, Chang controlaría el escape y quedaría enlazado con las computadoras de la casa de refugio en Chicago. Todos sabrían dónde estaba cada uno y cómo iba avanzando la misión.

Las sugerencias prácticas de Hana resultaron muy valiosas. Ella pensó que ninguno de los cuatro tenía que empacar o llevar nada que no llevaran en un viaje real de la misma duración.

—Resistan la tentación —aconsejaba—, de llevar todo lo que necesiten para el resto de su vida.

No debía haber indicios de terminación o finalidad en la forma en que dejarían sus habitaciones y oficinas. David podía justificar llevarse solamente su computadora portátil, de las muchas que tenía.

Cada uno de los cuatro, planeó dejar algo de dinero en sus muebles, cosas por hacer, retratos en la pared, artículos personales tirados por ahí. Estaban determinados a que todo quedara como si regresarían en cuestión días. Tal vez hasta encendida la luz de una cocina, una radio funcionando, ropa o zapatos preferidos a la espera. Listas de cosas pendientes, comida a medio consumir en el refrigerador, correspondencia sin abrir.

Max tomó un turno con un médico para la segunda mañana después que regresara. Abdula mandó dos uniformes a las tintorerías de palacio que tenía que recoger en la tarde de su retorno. David programó reuniones de personal y sesiones de información con miembros clave de su personal para toda la primera semana posterior a su regreso. Envió notas recordatorias a unos colegas, mencionando asuntos que él querría discutir, "en algún momento, pronto, cuando nuestros horarios locos se estabilicen un poquito".

El anuncio del ascenso de Walter Moon a Comandante Supremo fue hecho sin pompa y fue apenas notado. David, que le rindió cuentas oficialmente por primera vez, preguntó de pasada si debía cancelar sus propios planes relacionados con Israel, debido al cambio de personal en el nivel superior de la jefatura.

—Y ¿cuáles eran esos planes, director Hassid?

—Max y Abdula iban a pilotear el Fénix 216 a Tel Aviv donde el Soberano Carpatia y sus personas más importantes inaugurarán el primer sitio de aplicación de la marca de la lealtad abierto al público. Entendemos que allá, primero, tiene un par de días ocupados con reuniones.

—Correcto. Él y el Reverendo Fortunato tienen sesiones largas con los subpotentados y sus representantes religiosos.

—Max y Abdula regresarán a Nueva Babilonia y volverán para allá en uno de los Quasi Two, llevando con ellos a la joven de Servicios Médicos que tiene experiencia con el sistema de inyección de microprocesadores.

—Le puedo asegurar, David, que no quiero que eso cambie. Su Excelencia se enorgullece de ese avión y le gustará mucho mostrarlo a la ciudadanía.

—Nosotros pensamos que Max haría un pequeño espectáculo aéreo, dejando así saber lo que ese bebé puede hacer.

—Al potentado le gustará mucho eso —dijo Walter.

—A mí también, si usted considera que no es demasiado extravagante dejarme ir.

—No en absoluto. Proceda, vaya.

—Max sí que puede hacer piruetas con ese aparato. Él y su primer oficial pueden hacer los pases con la joven y yo a bordo, junto con el equipo para el sitio de aplicación. Después de aterrizar, podría presentar a la enfermera y al equipo mientras la gente forma fila.

—Perfecto. Su Excelencia inaugurará ese local y nosotros continuamos a Israel donde él tiene algo más planeado.

Cuando llegó el día, Max y Abdula se levantaron antes del amanecer, y David supervisó la carga del Fénix 216 para el vuelo del Soberano y su comitiva a Tel Aviv. La tarea mayor del personal de carga, que recientemente había perdido a su jefa, fue cargar un cerdo gigantesco que había sido traído la noche anterior desde Bagdad.

—¿No hay cerdos en la Tierra Santa? —quiso saber el comandante supremo Moon.

Un joven ruso que se había nombrado a sí mismo como jefe de carga interino, con la aprobación de David, dijo:

—El difunto señor Hickman, que su alma descanse, insistió en el más grande y más gordo que hubiera en la base de datos, y usted *lo o la* está viendo.

A David le gustaba el ruso porque se desempeñaba conforme a todas las reglas y eso le sirvió de mucho esa tarde, cuando Hana fue enviada al hangar para ordenar la carga del Quasi Two. Como ella había sido asignada a David para el trabajo en Israel, podía finalmente reunirse con él en su oficina sin despertar sospechas.

—Funcionó como un conjuro —dijo ella—. Mira esto.

Le pasó a través del escritorio, una copia del manifiesto de carga perteneciente al departamento de pedidos. Escrito a mano en el rubro de Nota Especial, decía:

Luego de los repetidos esfuerzos del jefe de carga interino para disuadir a la señora Palemoon que insiste en que la aprobación viene directamente del Director Hassid, este avión fue sobrecargado por lo menos veinte por ciento, en opinión de dicho jefe. Si este manifiesto de carga no está firmado por dicho director, el personal de carga no será responsable por la capacidad de vuelo de este avión.

—Me gusta —dijo David, garabateando su firma—. Cuando todos nos estrellemos, la investigación empezará y terminará con nuestro amigo ruso. Él será el héroe apesadumbrado que desearía que hubiéramos escuchado y, probablemente, será elevado al puesto que él quiere. En cuanto a nosotros, junto con avión y carga que valen millones de Nicks, se explicará el asunto como un triste error humano. El mío.

—Estoy tan orgullosa de ti —dijo Hana, estrechando la mano de David—. Me matas en mi primera tarea —pareció que ella se impactó por la falta de humor de ese comentario, dada la reciente pérdida de David.

—Hana, está bien —dijo él—, yo mismo me doy cuenta de que aludo a la muerte todo el tiempo como si ni siquiera pudiera recordar.

Ella suspiró. —Realmente este es un plan ingenioso. Puedo decir eso porque tuve tan poco que ver con esto.

—Yo también —dijo David—, si funciona se lo debemos a Max y Abdula. Max me confiesa, si no lo admite al mismo Smitty, que lo mejor de esto fue de Abdula.

Dos mañanas después, Max y Abdula hacían el control previo al vuelo mientras David y Hana abordaban el Quasi. El ruso se preocupaba y movía la cabeza intentando poner de su lado a los pilotos. Max le dijo: —Él es el jefe. Tú haces solamente lo que puedes y, luego, tienes que recordar que eres el subordinado.

—Repítete eso mismo mientras tu avión se estrella —dijo él.

—Si yo pensara que fuese de vida o muerte, me enfrentaría con él —dijo Max.

—Mis manos están limpias —dijo el ruso—. Tu funeral.

En realidad Hana había exagerado el peso de cada pieza de equipo que había cargado en el avión. La carga era grande y voluminosa y tensaba las cuerdas, pero el centro de gravedad se mantendría perfecto para permitir que Max navegara sin afectar adversamente el desenvolvimiento de la nave aérea.

La única carga más pesada de lo que parecía, eran los pilotos y pasajeros. Hana les había recordado que si algo debía salir flotando a la superficie del desastre, debían ser sus valijas con ropa, zapatos, pertenencias personales y artículos de aseo y tocador. Todos llevaban una valija adicional para poder dejar pruebas en el agua y aún tener lo indispensable.

—Mira esto —dijo Max mientras maniobraba el brillante avión de retropropulsión sacándolos del hangar hacia la pista. Al hacer el primer giro, aumentó la velocidad justo lo suficiente para que el avión se desviara del rumbo—. Eso debe dar pie al chico de carga, para mover su cabeza.

Seguro que sí, mientras Max esperaba el permiso para despegar, el control de tierra le preguntó si estaba consciente de que el jefe de carga interino había presentado una advertencia de sobrecarga. —Torre, no me sorprende —dijo Max—. Nos atenemos a las consecuencias.

—Sabes que puedes abortar el despegue si no acelera.

—¡Correcto!

Max movió un poco la cola del avión mientras aceleraba por la pista, y una vez más escuchó la advertencia de la torre mientras despegaba. —Cautela notada —dijo.

Puso rumbo a Tel Aviv pero cuando estaban a una distancia equidistante de allá y del Resurrección Internacional de Jordania, informó a las dos torres que iba a tener que aterrizar en Jordania como medida de precaución.

—Como precaución, arreglamos que parte de la carga sea llevada por tierra a Tel Aviv.

Lea, esgrimiendo una orden impresa ingeniada por David, había logrado que la dejaran pasar al lado de la pista en un furgón insignificante. Ella se acercó a la zona de carga. Los pilotos y los pasajeros ayudaron a cargar dos guillotinas y medio cajón de inyectores en el furgón. Satisfechos con que los ojos curiosos hubieran perdido interés hacía tiempo, los cuatro ocupantes entraron al furgón, se mantuvieron en el piso, y Lea salió lentamente entre dos hangares. Max pudo atisbar por la ventanilla y aún ver el avión.

Él se comunicó con la torre por una radio portátil y con un control remoto guió el impulso y el despegue del avión. Al perderse el Quasi de vista poco a poco, Max comunicó a la torre por medio de una conexión intencionalmente distorsionada, que creía que estaba perdiendo potencia de la radio.

Preguntó si ellos podían informar a la torre del Ben Gurión que él estaba a la hora prevista, que aún haría el espectáculo aéreo, y que agradecería si podían darle el permiso para aterrizar inmediatamente después. También dio indicios de que deseaba haber descargado un poco más de carga pero que confiaba poder manejar el resto del viaje.

—Aconsejamos abandonar espectáculo, considere —dijo Torre Resurrección.

—¿Repita?

—Considere abandonar espectáculo aéreo y proceda de inmediato a aterrizaje terrestre convencional.

—No recibo, torre.

Ellos repitieron su consejo pero Max apagó la radio. Lea salió del aeropuerto y juntamente con las cuatro víctimas falsas se dirigió a Mizpe Ramon.

—Todos podemos mantener cruzados los dedos —dijo Max—. Yo he visto a esos Quasi haciendo cosas asombrosas basados solamente en lo que les manda hacer la computadora de a bordo que tiene el sistema de manejo del vuelo. Pero este es un vuelo largo por cuenta propia y le he pedido que haga algunas cosas interesantes.

—¿Cruzamos nuestros dedos? —dijo Hana—. Sólo Dios puede hacer que esto funcione. Capitán McCullum, usted es el experto pero si esta cosa se desploma en cualquier otra parte que no sea bien hondo en el Mediterráneo, no pasará mucho tiempo sin que descubran que no había nadie a bordo.

———

Camilo y Jaime llegaron a Israel sin incidentes el día anterior y se alojaban en el Rey David. Jaime todavía parecía un pez fuera del agua, había escondido dos comentarios en su portafolio. Camilo pensaba que tenía el aspecto de un sabio y viejo monje en su disfraz pero, privadamente, se preguntaba si sería capaz de dirigir y conservar un público.

Desde la primera vez que había conocido al doctor Rosenzweig para entrevistarlo como el Hombre del Año del *Semanario Global*, le había impresionado la ecuanimidad con que se expresaba. Tenía un fuerte acento israelita aunque también, un buen dominio del inglés. Pero su brillo científico, su celo por la vida y su pasión nacían de una entrega intensa, distinta, calmada. ¿Eso transmitiría autoridad y exigiría el respeto que él necesitaba para servir como un Moisés de los últimos días? ¿Podría este hombrecito con su callada conducta dirigir al remanente de Israel y a los santos de la tribulación a la tierra prometida de la seguridad?

Él tendría que retar al príncipe del mundo, desafiar a las huestes del Anticristo, colocarse en la línea del frente contra el mismísimo Satanás. Sí, Jaime tuvo la fuerza para realizar el asesinato tramado contra Carpatia pero, por confesión propia, en ese tiempo no sabía con quién se las veía.

Camilo se guardó sus reservas y siguió orando. Se había metido en tantos lugares precarios de esta misma ciudad que, de alguna manera, la perspectiva de tener un asiento en primera fila para esta porción de profecía, parecía corresponder a su trayectoria.

Daba la impresión de que toda la nación se había volcado al Aeropuerto Ben Gurión para dar la bienvenida al Soberano, luego se esperaba sencillamente una creciente expectativa por su discurso del día siguiente. La inauguración del primer centro público de aplicación de la marca era una cosa, pero ver al resucitado rey de las naciones regresando a la misma ciudad de su muerte, bueno, eso era para lo cual se acondicionaba el país.

Abundaban los rumores de que Su Excelencia iba a asestar el último golpe definitivo a los porfiados judaítas usando para él uno de sus sitios tradicionales más sagrados, la Vía Dolorosa misma. Nadie podía imaginar la escena. ¿Habría oposición? ¿Protestas? La mayoría del populacho daría la bienvenida a su ídolo y admiraría su valor. ¿Podría Carpatia tomar el lugar del objeto de adoración de muchos creyentes devotos, humildemente y con distinción, rindiendo homenaje a Jesús, uno de los muchos que ahora consideraba como su predecesor?

Y, entonces, su plan de hablar al mundo desde el interior del reconstruido templo de Jerusalén... ¿correría el riesgo de ofender a dos grandes grupos el mismo día? No era secreto que los cristianos, los judíos mesiánicos, y los judíos ortodoxos eran los últimos bastiones contra el carpatianismo. Pero, ¿Carpatia mismo y el Reverendo Fortunato no habían demostrado su ascendencia por medio de su resurrección y de los milagros mortales? Una cosa era leer los mitos y las leyendas y, quizá, relatos de testigos presenciales de una resurrección ocurrida siglos atrás. Pero haber visto con los propios ojos a un hombre que volvía de la muerte evidente y ver a su mano derecha investida de poderes sobrenaturales, bueno, ahí había una religión para el presente.

Camilo, cuya revista *La Verdad* cubría algunos de los incidentes más dramáticos del día, había hallado una enorme audiencia de judaítas y carpatianistas por igual. Había engendrado una reacción mundial con su relato de los primeros usos de los facilitadores de la vigencia de la lealtad. Él atribuía su escrito a testigos oculares sin identificarse como uno de ellos, de modo que nadie tenía idea de cuál era la fuente de la información. Tenía la esperanza de que hasta los simpatizantes de Carpatia se impactaran por la falta de humanidad.

Parecía que todo el mundo iba camino a la Tierra Santa. Zión había instado a los creyentes que lo hicieran. Cloé, por medio de la Cooperativa Internacional de Bienes, había reclutado pilotos, aviones, choferes y vehículos. Mientras tanto, Fortunato había reunido carpatianistas de todo el planeta para celebrar el valiente retorno de su ídolo a la escena del crimen.

De algún modo, los líderes cívicos de Jerusalén habían hallado el dinero y el personal para darle, al menos, una mano de brillo cosmético a la ciudad. Banderas, carteles y paisajes parecían haber brotado de la noche a la mañana. Aunque diez por ciento de la ciudad desolada por el terremoto reciente, seguía retorcida en ruinas, los ojos de los visitantes fueron dirigidos a lo nuevo. Si uno no miraba muy de cerca, se parecía otra vez al lugar festivo que había acogido a la Gala Global.

Vendedores callejeros y tiendas pequeñas ofrecían ramas de palma, perfectas para mecer o tirar al paso del Soberano, sólo por pocos Nicks la pieza. Uno podía comprar sombreros, sandalias, anteojos de sol, botones con el retrato de Nicolás, lo que usted pidiera.

Tel Aviv estaba abarrotada con el tráfico de vehículos y peatones que se dirigía a la playa y al gran anfiteatro improvisado que albergaría al equipo de aplicación de la marca.

Todo estaba en su lugar, incluyendo zonas techadas para tapar el ardor del sol. Todo lo que faltaba por instalar eran los inyectores, los facilitadores de la vigencia y el personal para manejar la instalación. La gente ya hacía filas, ansiosos de ser los primeros en mostrar su lealtad a Nicolás. Una parte de Camilo quería ser Moisés, Elías o hasta Jaime, si pudiera salir bien de eso. Mientras estacionaba el automóvil alquilado a varias cuadras del lugar, Camilo soñaba con abandonar la razón y gritar a los desinformados, "¡No lo hagan! ¡Están vendiendo su alma al diablo!"

Miró su reloj y apretó el paso. Quería tener la mejor vista de la exhibición aérea porque sabía cuán espectacular sería. Mientras se dirigía a la playa, llamó a Raimundo.

—Cuatro minutos para contacto visual —dijo—. Dejé justo el tiempo suficiente y deberé estar en la posición perfecta.

—Recuerda todos los detalles.

—Papá, no me insultes. ¿Cómo seré capaz de olvidar esto? ¿Ellos están a la hora prevista?

—Voy para allá. La maniobra del aeropuerto tuvo éxito. Se preocupaban del sistema de control del vuelo puesto que no había forma de conseguirlo personalmente. Un mal funcionamiento pudiera matar inocentes.

—Yo sería uno.

—Precisamente. Max se comunicó por teléfono con la gente de Moon, diciéndoles cuándo deben esperarlo y dejándoles saber qué tiene la radio que funciona mal.

—¿Cómo están las cosas en Aguila Central?

—Asombroso. Estos extranjeros se aparecen virtualmente con sus partes del plan de construcción y sin supervisión, hasta ahora, y sencillamente cooperan, se llevan bien y hacen que el trabajo avance. Progresan más de lo que Albie y yo pudiéramos creer. Estamos adelantados al plan. Ya hay docenas de helicópteros aquí. Eso servirá para llevar a los enfermos dentro de Petra sin que tengan que pasar andando por el desfiladero. Hasta ahora creemos que seguimos sin ser detectados pero eso no durará mucho.

Zeke había hecho un trabajo completo en Camilo. Este lo reconocía cada vez que se daba un vistazo. Mientras acampaba cerca de una concesión, se sentía tan invisible como había estado en el matorral, cerca de donde Moisés y Elías habían sido resucitados. Las multitudes parecían materializarse de todas partes anticipando una aparición en vivo del mismo Nicolás. Y él no desilusionaba.

Media docena de SUV atronó el sitio y la elite de poder del mundo se bajó caminando rápidamente a la plataforma entre aplausos enloquecidos. Carpatia estaba en la cumbre de su juego, agradeciendo humildemente a cada uno por venir y por hacerlos sentir tan bienvenidos a él, al Reverendo Fortunato, los diez subpotentados y sus respectivos representantes del carpatianismo. Hizo su charla habitual sobre el estado mejorado del mundo, su energía renovada "después de tres días del mejor sueño que haya dormido" y cuánto ansiaba el resto de su estadía en Tel Aviv y Jerusalén.

—Y ahora —dijo con deleite—, antes de una sorpresa maravillosa para ustedes, les dejo con la nueva cabeza de nuestra religión perfeccionada, el Altísimo Reverendo León Fortunato.

Inmediatamente León se dejó caer sobre una rodilla y tomó la mano derecha de Nicolás con ambas manos y la besó. Cuando llegó al podio dijo: —Permitan que les enseñe un himno nuevo que se enfoca en el que murió por nosotros, y que ahora vive para nosotros —con una voz de barítono, sorprendentemente fácil y de tono decente, León cantó de todo corazón una enérgica versión de "Salve Carpatia, nuestro señor y rey resucitado".

Camilo se estremeció. Sintió el pinchazo familiar de la expectativa cuando vio al Quasi en la distancia y oyó su alto zumbido. La multitud había captado rápidamente la letra y la melodía sencilla y envolvente, y terminaron después de cantar la estrofa dos veces, Carpatia volvió a elogiar la tecnología evidente en el nuevo Quasi Two, que traía "no sólo el equipo necesario para esta instalación, sino también un corto despliegue de sus capacidades, hábilmente demostradas por el piloto de mi Fénix 216, el capitán Max McCullum. Disfrútenlo".

La multitud dio vítores cuando el impresionante avión pasó rugiendo sobre la ciudad hacia la playa. Camilo se sorprendió de lo bajo que volaba pero la gente exclamaba ¡*ohs!* y ¡*ahs!*, claramente convencidos de que esto era parte del espectáculo. Camilo se preocupó de que el programa computacional se hubiera echado a perder de alguna manera y eso pudiera resultar en un desastre.

El avión volaba ahora a lo largo de la costa, con el Mediterráneo resplandeciendo al sol. Súbitamente el aparato tomó velocidad y giró a un lado, se niveló, luego giró al otro lado antes de volver a descender. A Camilo le pareció que iba a no más de tres metros sobre el agua y no pudo imaginar que Max hubiera programado un margen de error tan mínimo.

Un giro largo y bajo puso al ágil aparato directamente encima de los dignatarios que intentaron conservar su majestad, mientras miraban de reojo al cielo, forzándose a no ceder a la urgencia de tirarse al suelo, con las corbatas aleteando en la brisa. El Quasi dio otra vuelta hacia el Mediterráneo, volando paralelo al agua por unos cuatrocientos metros abrasadores, y luego apuntando derecho hacia arriba.

La multitud murmuraba cuando el artefacto ascendió como un misil, y tuvieron que preguntarse, como Camilo, aunque él sabía que la nave estaba vacía, qué sentirían los de a bordo. Cualquier espectador astuto supo que el avión tenía problemas, antes que se hicieran evidentes. Al subir lentamente, se desprendió hacia atrás, en un giro de ciento ochenta grados, para hundirse justo en el agua y la parte inferior hacia la playa.

La gente hablaba excitada y se reía anticipando el tirón posible, que nivelaría al avión al último instante. Aun cuando parecía que no había más espacio o tiempo, ellos creían que la nave se propulsaría paralela, volaría mar afuera, y luego daría la vuelta para volver al Ben Gurión y recibir más aplausos.

Salvo que el Quasi nunca se niveló. Este avión no iba en caída libre hacia el Mediterráneo. No, esta maravilla de la tecnología moderna, de precio multimillonario de Nicks, iba acelerando, con sus turbinas traseras al rojo vivo, dejando una larga estela de vapor fulgurante. La extraña posición y el ángulo, conllevaron a que el aparato carenara en la playa, aproximadamente a mil doscientos metros al sur de la multitud.

El Quasi y, por supuesto, su tripulación de dos hombres y dos pasajeros, azotó la playa en forma perfectamente perpendicular, a cientos de kilómetros por hora. La primera impresión de la multitud enmudecida por el impacto tuvo que ser la misma de Camilo. Los motores rugientes del avión seguían resonando aún después de su desintegración, ocultos en un ascendiente globo de furiosas llamas negras y anaranjadas. Se asentó un silencio fantasmagórico, que a menos de medio segundo, fue seguido por el sonido nauseabundo del choque, una explosión atronadora acompañada por el rugido y el silbido del fuego rabioso.

Primero un espectador gritó, luégo otro. Nadie se movió. No había necesidad de correr, ni de alejarse o acercarse al choque. El avión había estado ahí, en toda su gloria, burlando las expectativas de ellos antes de convertir en realidad sus peores temores, y ahora, nada sino piezas incandescentes, todo evaporado en un cráter de arena.

Otra tragedia en un mundo de dolor.

La gente, como entumecida, se dio vuelta hacia el sonido de los altoparlantes, Carpatia había regresado y estaba hablando con tanta compasión y suavidad que ellos tenían que esforzarse para captar todas las palabras.

—Paz a ustedes. Mi paz os doy. No como el mundo la da. ¿Quieren irse de este lugar calladamente, honrándolo como lugar sagrado del fin de cuatro valientes empleados? Pediré que el sitio de aplicación de la marca sea apropiadamente reubicado, y les agradezco por su reverencia durante esta tragedia.

Se volvió y susurró brevemente a León, que entonces fue al micrófono y abrió ampliamente sus manos, los pliegues de las mangas de su túnica creaban grandes alas.

—Amados, aunque esto impide y concluye tristemente las actividades en Tel Aviv, el programa de mañana sigue vigente. Esperamos su presencia en Jerusalén.

Camilo se apresuró a llegar a su automóvil y telefoneó a Raimundo.

—La nave cayó en la playa. Nadie hubiera sobrevivido. Voy de regreso a la voz que clama en el desierto.

Camilo estaba impactado por una emoción desacostumbrada, mientras se metía en el tráfico que parecía arrastrarse hacia la antigua ciudad. Era como si hubiera visto a sus camaradas estrellarse con el avión. Él sabía que estaba vacío, pero sin duda esa estratagema había tenido un final muy dramático. Deseaba saber si era el final o el comienzo de algo.

¿Podía abrigar la esperanza de que la CG estuviera tan ocupada como para investigar el sitio del desastre en forma cabal? Ni pensarlo.

Todo lo que Camilo sabía era que el sufrimiento de estos tres años y medio era un paseo por el parque, comparado con lo que venía. Todo el camino de vuelta oró silenciosamente por cada ser querido y miembro del Comando Tribulación. Camilo tenía pocas dudas de que el poseído Anticristo no vacilaría en usar todos sus recursos para aplastar la rebelión que se levantaría contra él al día siguiente.

Camilo nunca había sido temeroso, ni uno que retrocediera frente al peligro mortal, pero Nicolás Carpatia era el mal personificado, y al día siguiente, Macho estaría en la línea de fuego, cuando la batalla de los siglos entre el bien y el mal por las almas de hombres y mujeres estallara desde los cielos, y todo el infierno se desencadenara en la tierra.

EPÍLOGO

Y oí una gran voz que desde el templo decía a los
siete ángeles: Id y derramad en la tierra
las siete copas del furor de Dios.
El primer ángel fue y derramó su copa en la tierra;
y se produjo una llaga repugnante y maligna en
los hombres que tenían la marca de la bestia
y que adoraban su imagen.

Apocalipsis 16:1-2

UNA NOVELA DE LOS POSTREROS DÍAS DE LA TIERRA

En un instante cataclísmico desaparecen del planeta millones de personas. Se descontrolan los vehículos repentinamente, sin nadie que los maneje. La gente está aterrada al desaparecer sus seres queridos delante de sus propios ojos.

En medio del caos global Raimundo Steele, capitán de aviones comerciales, debe buscar a su familia... las respuestas... la verdad...

Por devastadoras que hayan sido las desapariciones, los días más oscuros pueden estar aún por llegar.

• 497475   • ISBN 0-7899-0373-3

Disponible en su librería más cercana.

EL DRAMA CONTINUO DE LOS DEJADOS ATRÁS

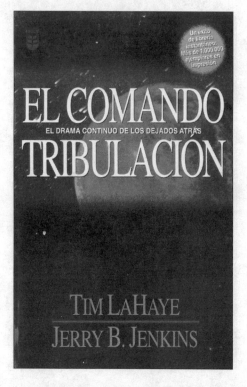

Los dejados atrás enfrentan guerras, hambrunas, plagas y desastres naturales tan devastadores que solamente sobrevive una de cada cuatro personas. Las posibilidades son aun peores para los enemigos del anticristo y su nuevo orden mundial.

Raimundo Steele, Camilo Williams, Bruno Barnes y Cloé Steele se unen para formar **"El Comando Tribulación"**. Su tarea es clara y su meta es nada menos que oponerse a los enemigos de Dios, y luchar contra ellos durante los siete años más caóticos que el planeta pasará jamás.

• 497476 • ISBN 0-7899-0374-1

Disponible en su librería más cercana.

EL SURGIMIENTO DEL ANTICRISTO

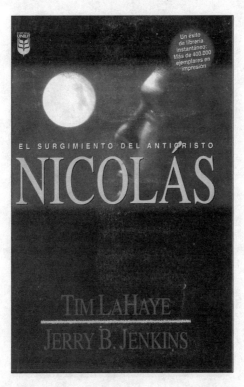

En *Nicolás* el drama continúa mientras que Raimundo, su nueva esposa Amanda, Camilo y Cloé (ya casados) cumplen su misión de ganar la mayor cantidad de almas para Cristo que sea posible. El final de la primera cuarta parte de los siete años de tribulación está próxima a cumplirse, cuando la profecía advierte "la ira del Cordero" será derramada sobre la tierra. Raimundo y Camilo trabajan directamente con Carpatia, que sabe que Raimundo conoce la verdad, pero no así de Camilo.

• 497488   • ISBN 0-7899-0457-8

Disponible en su librería más cercana.

EL MUNDO TOMA PARTIDO 4

En Nicolás, Raimundo llega a ser los "Oídos" de los santos de la Gran Tribulación. Mientras tanto Camilo intenta un dramático rescate nocturno desde Israel a través del Sinai...

En Cosecha de Almas siga enterándose qué pasa con los restos del Comando Tribulación mientras cada miembro lucha por sobrevivir y combatir al anticristo hasta que ocurra la manifestación gloriosa de Cristo.

• 497524 • ISBN 0-7899-0577-9

Disponible en su librería más cercana.

EL DESTRUCTOR ES DESENCADENADO

El mundo deja de respirar cuando el Comando Tribulación se va a Jerusalén para asistir a la gran Reunión de los Testigos.

Decenas de miles de los 144.000 testigos profetizados en las Escrituras se reúnen en el estadio Teddy Kollek para escuchar lo que enseña Zión Ben-Judá, el pastor y maestro de ellos.

El quinto capítulo de la serie Dejados atrás, fascinará y cautivará a los lectores fanáticos y nuevos por igual. Es el retrato más chocante y explícito del drama continuo de los *Dejados atrás*.

• 495095   •ISBN 0-7899-0655-4

Disponible en su librería más cercana.

MISIÓN: JERUSALÉN, BLANCO: EL ANTICRISTO

Asesinos, es el sexto libro del drama continuo de los **"Dejados atrás"**.
- Raimundo y el miembro más nuevo del Comando Tribulación son atacados por guardias de seguridad de la Comunidad Global de los Estados Unidos de Norteamérica...
- David mantiene una precaria vigilancia en el palacio de la Comunidad Global en Nueva Babilonia...
- Mac y su nuevo copiloto son atacados en África, estando a bordo del Cóndor 216...
- Patty es arrestada en Bélgica...

• 497527 •ISBN 0-7899-0725-9

Disponible en su librería más cercana.

LA BESTIA TOMA POSESIÓN

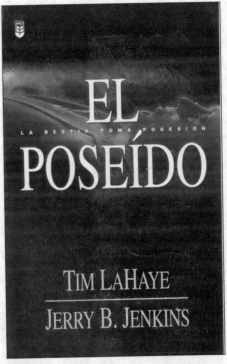

¿Todavía es segura la casa de refugio?
¿Es culpable de asesinato un miembro del Comando Tribulación?
¿Quién será el próximo camarada en morir?
¿Ha venido su ayuda de una fuente insegura?

El tiempo y la eternidad parecen suspendidos, y cuelga en el borde el destino del hombre. Es el punto intermedio de los siete años de la tribulación. Un reconocido hombre es muerto, y el mundo está de luto. En el cielo, la batalla de los tiempos continúa en crecimiento hasta derramarse por la Tierra, y el infierno queda libre.

• 495121 • ISBN 0-7899-0755-0

Disponible en su librería más cercana.